생명의 강, 시이노 가와

생명의 강, 시이노 가와

초판 1쇄 발행 • 2020년 9월 15일

지은이 • 오시로 사다토시(大城貞俊)
옮긴이 • 조정민
펴낸이 • 황규관

펴낸곳 • 도서출판 삶창
출판등록 • 2010년 11월 30일 제2010-000168호
주소 • 04149 서울시 마포구 대흥로 84-6, 302호
전화 • 02-848-3097
팩스 • 02-848-3094

종이 • 대현지류
인쇄제책 • 스크린그래픽

ISBN 978-89-6655-123-1 03830

이 책의 한국어판 저작권은 번역자이자 한국어판 대리인인 조정민을 통해
저자인 오시로 사다토시(大城貞俊)와 독점 계약한 삶창에 있습니다.

생명의 강,
시이노 가와

조정민 옮김

오시로 사다토시 장편소설

삼창

한국의 독자들에게

나라와 시대를 불문하고 인간은, 그리고 가족은 늘 존재해왔습니다. 가족은 인간의 기본적인 유대감을 형성하는 바탕이자 하루하루를 살아가게 만드는 원동력입니다. 부모와 자식 간의 사랑과 존경은 작은 마을을 만들기도 하고 큰 나라를 이루는 기반도 됩니다. 이렇게 소중한 가족들의 일상을 파괴하고 짓밟는 게 있다면 우리는 무엇을 꿈을 수 있을까요? 이 작품에서는 두 가지의 폭력을 제시하고자 했습니다. 외부적인 폭력으로서는 전쟁을, 내부적인 폭력으로서는 차별 혹은 편견을. 이 두 가지 폭력에 의해 단란하고 행복한 한 가정이 어떠한 결말을 맞이하고 말았는가에 대해 이야기하고자 했습니다.

가족이나 생명의 고귀함을 이야기하는 것은 문학의 보편적인 주제 중 하나입니다. 이는 시대는 물론 국경을 초월하는 주제입니다. 이 작품이 한국어로 번역, 출판되어 시대와 국경을 넘어 많은 분들과 만날 수 있게 된다는 것에 큰 기쁨을 느낍니다. 또한 이 작품이

4

가족의 의미와 폭력 없는 평화로운 사회를 만드는 데 조금이라도 기여할 수 있다면 작가로서 더할 나위 없는 영광일 것입니다. 출판을 위해 애써주신 관계자 여러분께 깊은 감사의 말씀을 드리며, 부디 이 작품이 한국의 독자들에게 사랑받고 삶의 행복을 다시 생각하는 데 보탬이 되기를 진심으로 기원합니다.

오키나와에서 **오시로 사다토시**

차
례

한국의 독자들에게 / 4

[해설]
오키나와전쟁과 대면하는 비극적 서정 / 245
김동현 문학평론가

제
1
장

1

일렁이는 산은 파도를 떠올리게 한다. 나무 한 그루 한 그루는 마치 큰 바다의 파도처럼 흔들린다. 때로는 부드럽게 때로는 소리 높여 통곡하듯 격렬하게, 또 때로는 부드러운 털 양탄자를 저 멀리까지 펼쳐놓은 것처럼 표면만 잔잔하게 흔들리기도 한다.

산은 언제 보아도 질리지 않는다. 꼿꼿하게 선 나무 꼭대기가 바람에 흔들리며 눕는 모습은 마치 도미노가 넘어지는 것 같은 장관을 연출한다. 숲 전체가 넓은 초원의 부드러운 잔디처럼 종횡으로 휘어지곤 하는 것이다. 여러 줄기의 녹색 강이 갑자기 뱀처럼 몸을 구불구불하며 나타났다가 이내 사라진다. 흔들리는 녹색 바닷물 이불에 훌쩍 뛰어들어 몸을 누이고 싶은 유혹을 느낄 때도 있다

계절이 바뀔 때마다 산은 선명하게 표정을 바꾼다. 싹이 돋는 봄

이면 실로 여러 색의 새싹이 나무를 장식한다. 붉은색과 노란색, 연녹색과 갈색, 군청색과 연두색…. 싹은 결코 녹색만 띠는 것은 아니다. 이렇게 갖가지 색의 싹이 일제히 돋아날 때면 그건 나무가 가지고 있는 또 다른 꽃인 것 같은 착각을 불러일으킨다. 겨울을 견디었던 생명의 꽃은 경쟁하듯이 싹을 틔우며 흔들리고, 그중에서도 모밀잣밤나무의 선명한 연녹색 새싹은 한층 더 봄 산에 광채를 더하며 피어난다.

산의 사계절 표정은 인생의 순간순간 표정과도 닮았다. 여름 산은 수줍어하는 젊은 처녀 같고 가을 산은 짙은 녹색을 온몸에 두르고 인생의 심오함에 잠겨 있는 장년 같다. 그리고 겨울 산은 노년에 막 접어든 이가 수많은 인파 속에서 말없이 걷는 것처럼 보이기도 한다.

이 모든 산은 흔들린다. 흔들리는 가운데서도 갖은 생명을 그 속에 품고 있다. 그 녹색 바다에서 수많은 동물들과 작은 벌레들은 살기 위한 애처로운 몸짓을 매일같이 반복하고 있는 것이다.

오키나와 본섬 북부 마을 뒤편에는 어김없이 그런 산들이 늘어서 있다. 본섬에는 498m로 가장 높은 봉우리를 자랑하는 요나하산(与那覇岳)을 비롯해 니시메산(西銘岳), 이부산(伊部岳), 데루쿠비산(照首山) 등 크고 작은 산들이 남북으로 가늘고 길게 뻗어 북부 지역의 중앙부와 남북을 달리고 있다. 분수령이 되는 산꼭대기에서는 짧은 계곡이 동서로 흐른다. 출구를 찾듯 바다로 흐르는 계곡물은 바닷가의 후미진 모래 언덕과 만나 작은 퇴적평야를 만들었고, 그 주위에 작은 마을들이 자리를 잡았다.

마을 뒤편에 늘어선 산들은 거의 해안에 닿아 있었고 단층을 이룬 곳도 있어 마을과 마을 사이의 왕래를 가로막고 있다. 말하자면 '육지의 고도'라고 부를 수 있을 정도로 고립된 독특한 마을이 형성된 것이다.

이러한 자연조건을 가진 북부 지역을 오키나와 사람들은 얀바루 (山原)라고 불렀다. 얀바루 역사는 자연조건과 무관하지 않은데, 예컨대 주변과 격리되어 있는 탓에 필연적으로 사람들은 폐쇄적인 생활을 할 수밖에 없었다. 반면 혈연이나 지역공동체 의식은 매우 높은 편이었다. 작은 마을이기 때문에 어쩔 수 없이 노동력 부족에 시달렸고 생산력도 낮았는데 사람들은 이런 문제를 해결하기 위해 '유이마―루'라는 공동 부역 제도를 만들기도 했다. 또 경작지가 협소하고 비옥하지도 않았기 때문에 류큐왕국 시대부터 산림행정을 중시해 농업보다도 임업을 주요 생활수단으로 발전시켜왔다.

눈앞에 펼쳐진 바다에는 풍부한 자원이 있었지만 어업이 번성하지는 않았다. 매일 많은 물고기를 잡을 수 있다 해도 그것을 내다 팔 수 있는 시장이 근처에 없었고, 선도를 유지한 채 먼 곳까지 옮길 수 있는 방법도 없었기 때문이다. 누구든 바다로 나가기만 하면 풍요로운 바다 자원을 얼마든지 얻을 수 있었기 때문에 어업은 자급자족의 수단 정도였다.

얀바루 북부에 위치한 헤도곶에서 남쪽을 바라보는 동쪽 해안선에는 오쿠, 소스, 아다, 아하 등 작은 마을들이 거의 같은 간격으로 늘어서 있었다. 이 가운데서도 소스는 가장 작은 마을에 속했다.

소스는 1736년 당시 슈리왕부 삼사관(三司官) 사이온이 오쿠와 아다 사이의 거리가 40리나 떨어져 있는 게 산림정책상 불편하다는 이유로 그 사이에 새로운 마을을 계획하면서 만들어진 곳이다. 오쿠 마을에 살던 스이카네쿠 마을 사람들 100명을 이주시킨 뒤 그곳에 '소스'라는 지명을 붙인 것이었다. 이후 1870년 초에는 슈리나 요나바루, 모토부 등에서 이주한 사람들이 기거하게 되었고, 1879년에 25가구 133명에 그쳤던 주민이 1903년에는 56가구 306명으로 늘어나게 되었다.

소스에서 한 걸음 더 산으로 들어가면 깊은 원시림이 우거져 있는데 그곳에서는 사라수 나뭇잎과 알로카시아의 커다란 잎을 곳곳에서 볼 수가 있었다. 이 깊은 산은 오키나와에만 사는 쥐인 게나가네즈미, 오키나와뜸부기인 얀바루쿠이나 그리고 풍뎅이의 일종인 얀바루테나가코가네 등과 같은 작은 곤충과 동물의 더할 나위 없는 좋은 삶터이기도 했다. 소스 마을 뒤로 우뚝 선 데루쿠비산의 산마루에서 흘러 내려오는 물은 마을에 이르는 동안 넘칠 정도로 불어나 강을 이루었고 이 강은 마을 북쪽 끝자락을 지나 태평양으로 흘러 들어갔다. 하구는 크게 열려 있고 바다는 마을 정면 안쪽으로 쑥 들어간 모양의 해안선을 만들고 있었다. 뜨겁게 타오르는 해는 눈앞의 태평양 수평선에서 떠올라 뒷산으로 저물었다.

1941년 12월 일본군이 하와이의 진주만을 공격해 미국과 영국에 선전포고를 하고 일본 전역을 온통 전쟁으로 물들일 무렵, 소스 마을은 40가구로 줄어 약 200명 정도의 사람들이 살았다. 그 가운데는 마쓰도 다이이치의 집이 있었다. 당시 다이이치는 이제 갓 일곱 살이 되었을 무렵이었다.

2

"다이이치, 엄마 왔다."

마당에서 동생 미요와 놀고 있던 다이이치를 엄마가 부른다.

다이이치가 목소리가 나는 쪽을 돌아보니 큰 바구니를 등에 짊어진 엄마가 바로 뒤에 서 있다. 바구니에는 방금 뜯은 고구마의 파랗고 큰 잎이 넘칠 정도로 가득 담겨 있어 엄마의 상반신이 폭 파묻혀 있는 것처럼 보였다. 고구마 잎 아래에는 고구마가 가득 들어 있을 것이다. 엄마의 머리까지 가려버린 고구마 잎 때문에 엄마는 마치 긴 녹색 머리를 늘어뜨리고 있는 것처럼 보인다. 그 녹색 머리카락 속에서 엄마가 다시 다이이치에게 말을 건넨다.

"다이이치. 부탁 하나 하자꾸나. 줄새우를 좀 잡아오지 않으련?"

엄마가 영차 하는 소리를 내며 큰 나무 그루터기에 바구니를 내린다. 엄마는 늘 그 그루터기에 바구니를 놓는다. 땅바닥에 쪼그리고 앉으면 가뜩이나 지쳐 있는 몸이 바구니 무게 때문에 뒤로 넘어지기 일쑤였지만 그루터기를 이용하면 엉거주춤한 자세로 짐을 내려놓을 수 있다.

"아빠가 만들어주신 그루터기야. 아빠 대단하지?"

엄마가 웃으며 다이이치에게 이야기하던 기억이 난다. 아빠를 자랑스럽게 말하던 엄마의 모습을 다이이치는 그때 처음 본 것 같다.

그루터기에 바구니를 내려놓은 엄마는 양손으로 허리를 짚고 일어났다. 주먹으로 허리를 두세 번 두드리고는 다이이치를 향해 싱긋 웃으며 말한다.

"다이이치, 엄마가 이 고구마랑 줄새우를 같이 튀겨보려고 해."

다이이치는 기분이 좋아졌다. 엄마의 말이 채 끝나기도 전에 곧장 처마 밑에 매달려 있는 바구니를 가지러 간다. 튀김은 다이이치가 가장 좋아하는 음식이기 때문이다. 다이이치의 식성에 대해서는 누구보다 엄마가 가장 잘 알고 있다. 다이이치는 바구니를 갖고서 엄마를 향해 고개를 끄덕여 보인 뒤 휙 뒤돌아 강을 향해 달려나간다. 동생 미요가 외친다.

"오빠, 나도 같이 가!"

미요는 발을 동동 구르며 큰 소리로 울먹인다.

"다이이치, 미요도 데리고 가려무나."

엄마의 말에 다이이치가 걸음을 멈춘다. 항상 이런 식이다. 이제

막 세 살이 된 미요는 다이이치가 어디를 가든지 함께 따라가고 싶어 한다. 데려가면 줄새우를 잡는 데 방해가 될 게 뻔하다. 다이이치는 엄마가 줄새우를 잡아 오라고 말할 때부터 어떻게든 미요를 남겨두고 혼자 가려고 마음먹었다. 오늘은 바구니 가득 줄새우를 잡아서 엄마를 기쁘게 해드리고 싶었기 때문이다. 미요를 데리고 가는 건 역시 고민스럽다.

"미요, 오빠를 방해하면 안 돼."

엄마가 미요를 타이른다. 엄마는 당연히 다이이치가 미요를 데리고 갈 거라고 생각하는 모양이다. 미요도 따라나설 요량이다. 다이이치는 짜증이 났지만 도리가 없었다.

"미요, 얼른 와라."

다이이치가 퉁명스럽게 미요를 부르자 미요가 신나게 달려온다.

"조심해. 너무 늦으면 안 된다."

엄마의 말에 다이이치는 큰 소리로 대답한다.

"걱정하지 마세요. 맡겨만 주시라니까요!"

미요도 돌아보며 엄마에게 말한다.

"걱정하지 마세요. 맡겨만 주시라니까요."

엄마가 웃으며 손을 흔든다.

다이이치는 미요의 손을 잡고 다시 달리기 시작한다.

강물 소리가 상쾌하게 주변 나무들 속으로 빨려 들어간다. 초여름을 느끼게 하는 기분 좋은 바람이 강물 위로 분다. 물은 손발이 서늘할 정도로 차다.

다이이치는 늘 가던 곳으로 곧장 달려갔다. 완만한 곡선을 그리며 강물이 흐르기 때문에 조금은 정체된 것처럼 느껴지는 곳이다. 활 모양으로 완만하게 곡선을 그리고 있는 물가에는 늘어진 나무뿌리나 풀뿌리의 부드러운 솜털이 하늘거린다.

다이이치는 조심스럽게 무릎까지 오는 강물 속으로 들어가 허리를 숙인 채 손을 넣어 풀뿌리 아래를 더듬는다. 처음에는 양팔을 쫙 펼치고 있다가 서서히 가운데로 모은다. 그러면 풀뿌리 아래에서는 반드시 두세 마리 정도의 줄새우가 잡힌다. 줄새우가 있다는 건 손의 감촉만으로도 바로 알 수 있다. 그때 망설임 없이 덥석 잡으면 된다. 아니면 살짝 가운데로 몰아 양손으로 잡아도 된다.

이렇게 하면 줄새우는 얼마든지 재미있게 잡을 수 있다. 줄새우 가운데는 가재처럼 큰 집게를 가진 친바—라는 녀석도 있다. 때로는 손가락이나 손바닥을 물려 놀랄 수도 있지만 다이이치는 그 친바—도 곧잘 잡았다. 엄마는 다이이치의 실력을 알고 줄새우 잡이를 부탁한 것이었다.

다이이치는 몇 마리째인지 알 수 없었지만 친바—를 바구니에 넣으며 엄마가 기뻐할 모습을 상상해보았다.

다이이치는 십여 마리 남짓의 친바—를 잡은 후 이번에는 상류 쪽으로 올라갔다. 강폭이 넓고 돌멩이투성이인 데다가 수심이 얕아진 만큼 유속도 다소 빨랐다. 다이이치는 '이거다', 하며 돌 하나를 골라 그 아래에 손을 넣는다. 돌 밑 주변을 쓰다듬듯이 손으로 더듬어본다. 큰 것을 노리는 게 아니라 수를 늘리기 위해서이다. 손가락 끝에서 줄새우가 스치는 게 느껴진다. 당황하지 않고 그걸 잡기만 하면 된다. 역시 짧은 시간 안에 줄새우 여러 마리를 잡았다. 재미난다.

다이이치는 고사쿠, 세이지와 함께 이곳에서 물놀이를 할 때 큰 장어를 잡았다가 놓친 적이 한 번 있었다. 심심풀이로 적당한 돌을 뒤집어 줄새우와 게, 그리고 작은 물고기 등을 잡아서는 함성을 지른 뒤 놓아주곤 했다. 그런 시시하고 어처구니없는 놀이를 반복하던 중 갑자기 큰 장어가 아이들 눈앞에 뛰어오른 것이었다. 모두 소리를 지르며 장어를 쫓았다. 고사쿠는 미끄러져 크게 엉덩방아를 찧었다. 세이지는 돌에 걸려 넘어져 코피를 쏟았다. 양손으로 장어를 잡았다고 생각한 다이이치도 결국은 놓치고 말았다. 어디서 긁혔는지 오른쪽 팔꿈치에선 피가 흐르고 있었다. 잡았다가 놓친 아쉬움이 지금도 잊히지 않는다.

다이이치는 문득 그때 일이 떠올라 자신도 모르게 벌떡 일어나 주위를 둘러보았다. 그 장어는 지금도 이 근처에 살고 있을까. 이 부근 어딘가의 돌 밑에 숨어 있는 게 아닐까. 아니면 이미 강바닥 깊은 웅덩이에 숨어서는 유유하게 헤엄치고 있는 것일까.

다이이치는 언젠가 반드시 그 장어를 잡으리라 생각하고 있었다. 상급생들이 낚싯바늘에 개구리를 매달아 깊은 웅덩이에서 장어를 잡았다는 말을 들으면 가만히 있을 수가 없었다. 혹시 그때 그 장어가 아닐까 싶은 생각이 드는 것이었다.

여동생 미요가 다이이치 쪽을 바라보며 강변 모래사장에 쪼그려 앉아 있다. 반질거리는 미요의 아랫배가 훤히 보인다. 오줌을 누고 있는 것이다. 다이이치는 무심결에 큰 소리로 미요를 부른다.

"미요! 이리 와봐."

그러고는 황급히 주위를 둘러본다. 누군가 있을 리 없다. 그 사실을 모르는 건 아니지만 어쩐지 인기척이 느껴지는 것 같다. 오줌을 누는 미요의 아랫배를 누군가가 보고 있다고 생각하니 부끄러워진다. 다시 큰 소리로 미요를 부른다.

"미요!"

미요가 일어나서 잰걸음으로 다이이치 쪽으로 다가온다. 다이이치는 다시 주위를 둘러본다. 나무가 사각사각 소리를 내며 흔들린다. 나무가 미요를 보고 있었던 걸까. 그걸 인기척이라 느낀 걸까. 다이이치는 나무들이 미요를 품에 감싸 안아 사람들의 시선으로부터 보호해주었으면 좋겠다고 생각한다.

미요의 작은 다리가 찰방찰방 물소리를 낸다. 미요의 발밑에서 반짝반짝 빛나는 물이 아름답게 사방으로 튄다.

3

소스 마을은 소스강을 사이에 두고 남북으로 나뉘어 있다. 남쪽에는 야트막한 구릉지 위에 집들이 드문드문 자리한 반면, 북쪽의 집들은 서로 몸을 기대듯이 한데 모여 있다. 북쪽 마을의 땅은 소스강 하구의 토사가 퇴적되어 산 아래쪽으로 펴져 만들어진 데다가 바닷가에서 불어온 모래도 같이 섞여 있는 좁은 땅이었다. 때문에 사람들은 그렇게 밀집된 방식으로 집을 지을 수밖에 없었다. 오밀조밀 모여 있는 집들과 얼마 안 되는 땅을 유우나 나무와 아단나무, 목마황 나무들은 해풍을 막아주며 지키고 있었다. 마을 사람들은 이렇게 만들어진 북쪽 마을을 '혼무라'라고 불렀고 남쪽 마을을 '우이누시마'라고 불렀다.

대부분의 집들은 혼무라에 있었고 우이누시마는 불과 대여섯 가구가 있을 뿐이었다. 학교는 우이누시마에 있었다. 아마도 혼무라에는 학교를 지을 땅도 없었기 때문일 것이다.

우이누시마의 고지대에는 혼무라에는 없는 널따란 밭도 있었다. 그곳 밭으로 가기 위해서는 발품을 팔아야 했는데 아마도 그런 수고를 덜기 위해 사람들은 우이누시마로 아주 이사를 한 것 같았다. 아니면 그곳에 학교가 있기 때문에 여러 가지 편리를 생각해 이사한 것인지도 모를 일이다. 학교 교정에서는 모밀잣밤나무가 울창한 산을 늘 한눈에 바라볼 수 있었다.

우이누시마의 북쪽에는 소스강과는 흐름을 달리하는 가지강 지류가 흐르고 있어 식수가 부족한 일은 없었다. 혼무라의 아이들은 소스강을 건너 매일 아침 이 언덕길을 올라 학교에 다니곤 했다. 다이이치의 집은 혼무라에 있는 30여 가구 중 한 집으로 거의 마을 중심에 위치하고 있었다.

다이이치는 자신이 잡은 줄새우로 만든 튀김을 가족들이 맛있게 먹는 걸 보면서 의기양양한 표정으로 엄마 얼굴을 살핀다. 엄마가 가족들 앞에서 자신을 칭찬해주기를 이제나저제나 기다리고 있었던 것이다.

"다이이치가 이 줄새우를 잡아온 게냐?"

할아버지 겐스케가 싱글벙글 웃으며 엄마 시즈에보다 먼저 다이이치에게 말을 걸어준다. 다이이치는 부끄러운 듯 고개를 끄덕인다.

"다이이치는 정말로 줄새우를 잘 잡는구나. 매일 잡아오면 좋겠어."

할머니 다에도 말을 보탠다. 기분이 좋아진 다이이치는 가족들의 눈에 띄도록 일부러 남겨둔 큰 친바— 튀김을 젓가락으로 찌르면서 말한다.

"미요가 방해만 하지 않았어도 더 큰 녀석을 잡을 수 있었을 텐데요."

다이이치는 불평하듯 답하며 미요 쪽을 바라본다. 미요는 모른 척하며 튀김을 먹고 있다. 미요 옆에 앉은 엄마와 눈이 마주치자 엄마가 이내 다이이치를 달래듯이 말한다.

"정말 다이이치는 대단해. 미요를 돌보면서도 이렇게 많은 줄새우를 잡아왔잖아. 정말 대단하다니까."

엄마 시즈에가 이제야 겨우 다이이치를 칭찬한다. 다이이치는 엄마에게 칭찬받는 게 무엇보다 기뻤다.

아버지 겐타는 할아버지 옆에서 조용히 식사를 하는 중이다.

"다이이치, 이번에는 삼촌이 바다로 데려가줄까? 바다에는 엄청 큰 새우가 있어. 넌 훌륭한 어부가 될 거야."

다쓰키치가 다이이치의 얼굴을 쓰다듬으며 말한다. 다쓰키치는 아버지 겐타의 동생으로 스물세 살이다. 오늘은 기분이 꽤 좋아 보인다. 다이이치는 삼촌 다쓰키치를 늘 '다쓰 형아'라고 부른다.

"다쓰 형아, 정말로 데리고 갈 거야?"

다이이치는 기뻐서 어쩔 줄을 몰라 한다.

"그럼, 정말이지. 언젠가는 꼭 데리고 가줄게. 기대하라고."

다쓰키치가 말하며 일어선다.

"친구 집에 다녀올게요."

바깥으로 향하는 다쓰키치의 뒷모습을 보며 고모 우메코가 말한다.

"다쓰 형아는 여자 친구가 있어서 좋겠어. 나도 좋은 사람을 얼른 찾으면 좋으련만. 그러면 당장이라도 결혼할 텐데."

그 말에 할머니가 딸 우메코에게 참견한다.

"네가 언니처럼 솜씨가 좋으면 또 모르지."

다에 할머니가 열여덟 살인 우메코에게 말하는 언니란 먼저 시집간 딸 요네코이다.

겐스케 할아버지와 다에 할머니는 서른세 살이 되는 아버지 겐타를 시작으로 요네코, 다쓰키치, 우메코 이렇게 네 명의 자식을 낳았다. 원래 겐타 위에 겐이치라는, 그러니까 살아 있다면 서른네 살이 될 터인 장남이 있었지만 태어나자마자 병으로 죽고 말았다. 할아버지와 할머니는 모두 겐이치에 대해선 말을 아꼈다. 이미 5년 전에 33주기 법요를 무사히 마친 터였고 엄마 시즈에가 시집 와서 두 해나 지난 시점이었다.

할머니는 겐이치를 스물두 살에 낳았다. 할아버지는 할머니보다 두 살 아래였는데, 두 사람은 결혼식을 하고서도 여전히 독립된 집을 갖지 못했다. 너무 젊었던 탓도 있지만 가난도 한몫했기 때문이었다. 처음에는 할아버지가 할머니 집에서 밤을 지내고 다음 날 아침에 다시 자신의 집으로 돌아가는 방식으로 결혼 생활을 시작했다. 당시에는 결혼식을 올리더라도 피로연은 하지 않는 게 대부분이었다. 또한 아이가 여럿 생기면 그때 남편 집으로 옮기거나 둘이서 새집을 장만하는 게 보통이었기 때문에 할머니와 할아버지도 그런 생활이 그리 힘들게 느껴지지는 않았다. 결혼식은 친지들에게 배우자를 소개하거나 널리 알리는 걸 대신하는 셈인 것이다.

두 사람을 중매한 이는 다에 할머니 옆집에 사는 마카테 할머니였다. 마카테 할머니는 신랑 신부인 겐스케 할아버지와 다에 할머니를 나란히 앉히고 두 사람 앞에 물그릇이 담긴 쟁반을 놓고서 손가락으로 두 사람의 이마에 물을 묻혔다. 이는 부부가 되었음을 신에게 알리는 의식이다. 흰밥에 국과 작은 생선을 곁들인 게 전부인 식사도 먹었다. 변변찮은 식사였지만 지켜보는 사람들 앞에서 두 사람은 그것을 나누어 먹었고, 기모노 한 벌을 사이에 두고 각자의 한쪽 팔을 각각의 소매에 넣는 의식도 거행했다. 이때 할머니와 할아버지는 모두 긴장했다고 한다.

할아버지는 고봉으로 담긴 흰쌀밥을 혼자서 급히 다 먹었다. 마카테 할머니는 할아버지 겐스케에게 부엌에 있는 '불의 신'에게 절을 시키고 냄비 그을음을 얼굴에 문질렀다. 겐스케의 의식을 보던 다에는, 아아 난 이 사람과 정말 결혼하는구나 싶었다고 한다. 결혼하자마자 곧장 겐이치가 태어났지만 일 년도 채 지나지 않아 고열과 땀을 흘리며 죽고 말았다. 할아버지의 낙담은 이만저만이 아니었다. 할머니도 반년 정도는 멍하니 정신을 놓은 채로 하루하루를 보냈다.

고모 우메코가 웃으며 할머니에게 대답한다.

"난 엄청 잘한다고 생각하는데 말이죠."

우메코가 장난스럽게 교태를 부리듯 말하며 크게 웃자 모두가 따라 웃는다. 그 웃음소리에 문득 할머니는 정신을 차리고 죽은 장남 겐이치의 추억을 떨쳐버리려는 듯이 고개를 저었다. 그리고 오른손 주먹으로 뭉친 어깨를 두드리며 우메코를 바라본다.

우메코는 실로 구김이 없는 성격이다. 우메코를 보면서 '역시 아직 철이 덜 들었구나' 하는 생각이 든다. 옆 마을 아다로 시집간 요네코도 이제는 서른 살이 다 되었을 것이다. 작년 말에 셋째 아이를 가졌다는 소식을 듣고 모두 기뻐했던 게 기억난다. 요네코가 시집을 간 건 열아홉 살 때였다. 스무 살에 시즈에가 시집을 왔고 지금 우메코는 열여덟 살이니 우메코도 이제는 결혼을 생각해야 할 나이가 되었는지도 모른다.

다쓰키치가 외출하는 뒷모습을 자못 부러운 듯이 바라보던 우메코는 그의 모습이 어둠 속으로 사라진 것을 확인하고 다에에게 이렇게 말한다.

"엄마, 다쓰 오빠는 친구 집에 가는 게 아니라 치에 언니를 만나러 가는 거예요. 얼마 전 다쓰 오빠랑 치에 언니가 완전히 부부처럼 지나가는 걸 봤다니까요."

"아무튼 허튼소리하기는. 같이 다닌다고 다 부부냐?"

다에가 우메코의 말을 끊는다.

"엄청 사이가 좋아 보였어요."

우메코도 지지 않는다.

"다쓰 오빠는 모—아시비(저녁에 남녀가 들판이나 해변에 모여 음식을 나누어 먹으며 가무를 즐기는 오키나와의 풍속)를 할 때도 항상 치에 언니하고만 다니는걸요. 엄마는 혼사 치를 준비를 하셔야 해요. 제가 모—아시비에 끼려고 하면 다쓰 오빠는 항상 절 쫓아내서 친구들과 놀 수도 없다니까요."

우메코는 제대로 이를 기회를 잡았다는 듯 그동안의 울분을 털어낸다.

시즈에가 시어머니 다에와 시누 우메코 그릇에 차를 부으며 웃는다. 시즈에는 요네코와 서로 교대하듯이 마쓰도 집안에 시집왔다. 겐스케나 다에는 딸 요네코를 시집보낼 때 섭섭하기도 했지만, 아들 겐타가 시즈에를 아내로 삼으려 한다는 이야기를 들었을 때엔 당장이라도 데리고 와서 결혼을 시키고 싶었다. 그래서 결혼식을 끝내자마자 곧장 축하연을 열었다. 겐스케나 다에는 입 밖에 내지는 않았지만 먼저 보낸 겐이치를 늘 생각하고 있었던 것이다. 한시라도 빨리 두 사람이 한 지붕 아래에서 같이 사는 게 두 사람을 위해서라도 가장 좋다고 생각하던 차였다. 시즈에는 실로 착하고 부지런한 며느리였다. 시어머니 다에는 시즈에가 낳은 손주 두 명도 귀여워 죽을 지경이었다.

"우메코에게도 곧 좋은 사람이 나타날 거예요."

지금까지 우메코와 다에의 대화를 가만히 듣고 있던 시즈에가 웃으며 말한다.

시즈에가 다에의 그릇에 차를 부어주자 다에가 다시 입을 연다.

"시즈에는 정말 참한 며느리야. 우리한테 얼마나 큰 행운인지. 겐타도 복이 많지. 이렇게 좋은 아내를 구하는 게 어디 쉬운 일이냐고. 우메코, 너도 시시한 소리만 하지 말고 시즈에를 조금이라도 닮도록 해봐."

"네에."

우메코가 또 장난스럽게 대답하자 세 여자는 크게 웃는다.

시즈에는 웃으며 시아버지 겐스케와 남편 겐타에게 차를 붓는다. 남편 그릇에 차를 따를 때에는 시어머니의 말이 생각나 약간 얼굴이 붉어졌다. 가족 모두에게 차를 낸 시즈에는 저녁상을 정리한다.

다에는 겐스케에게 말하는 것인지 겐타에게 말하는 것인지 애매하게 혼잣말처럼 중얼거린다.

"멧돼지가 고구마밭을 망치고 있어요. 어떻게든 손을 써야겠어."

"어디 고구마밭뿐인가요? 강 옆의 채소밭까지 모조리 망치고 있는 것 같아요. 여주밭이랑 오이밭 울타리도 죄다 뭉개버렸다니까요. 어떻게든 해야겠어요."

겐스케도 겐타도 답을 하지 않는다. 시즈에는 식사 자리를 정리하면서 반주로 마시던 아와모리 병을 두 사람 앞에 놓으며 남편 겐타에게 말한다.

"여보, 어머니가 저렇게 걱정하시잖아요, 손 좀 봐요."

시즈에의 말에 겐타가 아니라 겐스케가 옆에서 대답을 한다.

"요즘 멧돼지들은 너무 똑똑해서 길을 만들어 내쫓으려 해도 그냥 밭으로 쳐들어오고 만다니까. 겐타, 덫이라도 놓아볼까?"

겐타는 잔에 든 아와모리를 한 모금 마시며 아버지 겐스케에 대답한다.

"아이들이 있으니 덫을 놓으려면 꽤 조심해야 할 거예요."

겐타는 망설이며 대답한다. 겐스케도 겐타의 말에 일리가 있다고 생각한다.

멧돼지 덫은 멧돼지들이 다닐 것 같은 산길에 설치하는 게 보통이다. 적당한 두께의 탄력 있는 생나무를 끝만 잘라 그대로 활 모양으로 땅바닥까지 구부려 놓고서 그 끝에 밧줄을 묶어 둥글게 고리를 만든다. 고리 아래에는 직경 50센티 정도의 구멍을 파고 거기에 작은 마른 가지나 낙엽 등을 덮어 구멍을 감추면 된다. 그곳을 멧돼지가 밟으면 고리가 멧돼지 다리를 옭아매 공중에 매달리게 되는 것이다. 어두운 산길을 지나는 아이들은 그 장치를 발견하지 못한다. 아이들이 자주 다니지 않는 산길이라 해도 혹시라도 그것을 밟기라도 한다면 다리뼈가 부러지지 않는다고 장담할 수 없는 노릇이다. 몇 시간 동안 공중에 매달린 채 방치되면 호흡도 멈춰버릴 것이다.

그런데 아이들은 부모 몰래 그런 위험한 덫을 친구들과 함께 놓기도 했다. 열세 살이 되어 축하연을 하고 나면 마을 아이들은 어깨너머로 익힌 방법으로 재미삼아 덫을 만들기도 했던 것이다.

미요는 어느새 시즈에의 무릎에 앉아 쌕쌕거리며 잠을 잔다.

"안야사야―(그러게 말이야)….".

겐스케가 겐타의 말을 듣고서 깊은 숨을 쉬며 고개를 끄덕인다. 그리고 방금 전에 혼자 덩그러니 앉아 어른들의 이야기에 귀를 기울이고 있던 다이이치에게 말을 건넨다.

"다이이치, 이리 오렴. 할아버지한테 와."

겐스케는 다이이치를 무릎에 앉혀 머리를 쓰다듬는다.

"다이이치, 할아버지가 젊었을 땐 말이야, 큰 멧돼지를 혼자 잡은 적이 있단다. 안야사야―, 그 멧돼지가 110킬로그램 정도는 되었을 게다."

다이이치는 할아버지의 이야기를 듣는 걸 가장 좋아했다. 겐스케 역시 손자 다이이치에게 자신의 젊은 시절을 들려주는 게 즐거웠다.

"안야사야―, 할아버지가 지금 딱 아버지 정도였을 때, 그때 잡았던 것 같아."

"어머나, 또 할아버지의 안야사야―가 시작됐네."

할머니가 웃으며 할아버지를 놀린다. 겐스케 할아버지는 대꾸도 않고 다이이치에게 계속 이야기한다.

"안야사야―, 어느 날 겐타를 데리고 산에 들어갔지. 마음 좋은 산은 그날도 뭐든지 허락해주었단다. 오후에 물을 마시려고 강으로 내려갔는데 그곳에서 그만 멧돼지를 발견하고 말았지 뭐냐. 멧돼지가 모밀잣밤나무 아래에서 잠을 자고 있었던 거지. 땅에 떨어진 모밀잣밤나무 열매를 배불리 먹고 곯아떨어진 모양이었어. 모밀잣밤나무는 엄청나게 키가 컸는데 할아버지는 살금살금 나무 아래 멧돼지가 있는 곳으로 다가갔단다. 마침 손도끼를 가지고 있어서 그걸로 멧돼지 머리를 내리칠 생각이었어. 그런데 바로 그 순간에 멧돼지가 잠에서 깨고 만 거야. 당황해서 손도끼를 내던졌는데, 세상에 그게 보란 듯이 명중이 되고 말았지 뭐냐. 이제 남은 일이라곤 피를 흘리며 도망치는 멧돼지를 쫓는 것뿐이었지. 10리 정도 따라갔을까. 녹초가 된 멧돼지를 바로 이 할아버지가 잡고 말았단다. 멧돼지가 얼마나 큰지 그걸 지고 마을로 돌아오느라 정말 고생했어. 마을에 도착했을 땐 날이 이미 저물어 있었지만 마을 사람들 모두가 놀라워했지. 우이누시마 사람들도 모두 구경하러 왔고 말이야. 안야사야—, 우이누시마 사람들 모두에게 고기를 나눠주고도 남을 정도로 엄청나게 큰 녀석이었어. 안 그래? 할멈?"

젠스케는 아내 다에에게 맞장구를 구해보지만 다에는 미심쩍다는 듯이 고개를 옆으로 흔들며 다이이치에게 말한다.

"저기 있지, 할아버진 말이야, 아버지를 산에 혼자 두고 돌아왔단다. 아버지는 먼 산길을 혼자 걸어서 집으로 돌아왔고. 얼마나 불쌍하던지…. 지금 너만큼 어렸을 때란다."

"난 집으로 돌아가라고 분명히 일러주었다고."

"그렇다 해도 그 먼 산길을 아이 혼자서…."

"겐타는 어린아이치고는 참을성이 꽤 있는 편이었지. 겐타는 어렸지만 산에 대해선 잘 알고 있었어. 난 확신했다니까. 그래서 혼자 집으로 돌려보낸 거야."

아버지는 웃으며 할아버지와 할머니의 대화를 듣다가 겐스케 할아버지의 잔에 아와모리를 따른다. 겐스케 할아버지는 아버지가 부어준 술을 꿀꺽하고 마신다. 다이이치의 머리 위에서 겐스케 할아버지의 목이 꿀렁하고 움직이고 할아버지가 내뱉는 숨결에선 진한 아와모리의 냄새가 무릎에 앉아 있는 다이이치의 얼굴로 쏟아진다.

"다이이치, 너도 아버지처럼 참을성 있는 사람이 되어야 해. 그러면 어머니 같은 미인을 얻을 수 있단다."

겐스케 할아버지는 웃으며 다이이치의 입가에 아와모리가 든 잔을 댄다. 다이이치는 아버지를 쳐다보았다. 아버지는 웃고 있다. 다이이치는 할아버지의 아와모리를 조금 입에 머금고 할아버지처럼 꿀꺽 삼킨다.

"아이구, 이 양반이 정말…."

당황한 다에 할머니가 할아버지 무릎에 앉은 다이이치를 데려와 자신의 무릎에 앉힌다. 다이이치는 얼굴을 찌푸리며 눈을 아래위로 희번덕거린다. 그런 모습을 보고 모두가 큰 소리로 웃는다.

할아버지가 다이이치에게 말한다.

"다이이치, 내일은 할아버지와 함께 멧돼지 사냥하러 산에 가보자."

다이이치는 놀랍기도 하고 흥분되기도 해서 자신도 모르게 할아버지에게 되물었다.

"정말이죠, 할아버지. 진짜죠?"

겐스케 할아버지는 잠자코 있다가 겐타의 얼굴을 보며 말한다.

"안야사야―, 괜찮겠지?"

아버지는 웃으며 할아버지와 다이이치를 번갈아 바라본다. 할아버지는 일단 그렇게 말을 내뱉고 머리만 긁적인다. 아버지도 할아버지처럼 꿀꺽하고 아와모리를 마신다.

"아빠, 가도 되죠? 네? 아빠…."

아빠가 잠자코 할아버지를 쳐다본다.

"자, 다이이치, 이제 잘 시간이야."

엄마가 다에 할머니 무릎에 앉은 다이이치를 재촉한다. 다이이치는 할아버지의 이야기를 더 듣고 싶다.

할아버지가 다이이치에게 말한다.

"아버지랑 이야기해보마, 다이이치…. 언젠가는 반드시 데리고 갈 거니까 기다려보려무나."

어쩔 수 없다. 할아버지와 아버지가 산에 데려가는 날까지 기다리는 수밖에.

다이이치는 일어나 자고 있는 미요 옆으로 가 훌렁 누웠다. 이제는 자야 한다는 엄마 말에 갑자기 졸음이 몰려오는 것 같다.

초점을 잃은 다이이치의 눈에 마당에 있는 유우나 나무가 들어온다. 꽃 한 송이가 팔락 하는 소리를 내며 땅바닥에 떨어졌다. 바닷바람을 맞으며 보름달에 비치는 유우니 꽃이 반짝하고 순간 빛난다. 마치 황금으로 만든 컵 같다. 그 황금 컵을 보면서 이윽고 다이이치는 잠에 들었다.

4

시즈에는 행복했다. 신선한 아침 공기를 가슴으로 가득 마시고 있자면 자신의 주변에 맴도는 행복을 혼자 모조리 삼켜버리는 건 아닐까 싶을 정도로 행복했다. 그러다 무심코 쓴웃음을 지으며 주위를 둘러보곤 했다.

아직 어두컴컴한 주변은 아침 안개가 끼어 있다. 마쓰도 식구 가운데서 가장 먼저 일어나는 사람은 역시 시즈에다. 가끔 시어머니 다에가 더 일찍 일어나는 일도 있지만, 겐타와 결혼한 후 여덟 해가 되는 동안 시즈에는 시어머니보다 먼저 일어나는 걸 철칙처럼 지켜왔다. 마치 경쟁하듯이 일찍 일어나려 하던 다에도 시즈에가 자기보다 먼저 일어나기 위해 노력한다는 걸 알게 된 뒤에는 아침 일을 시즈에에게 완전히 맡기기로 했다.

시즈에는 시집오기 전에 친정 엄마로부터 아침 준비는 며느리가 해야 하는 일 중 하나로 반드시 지켜야 한다는 말을 들은 적이 있었다. 그러나 그보다 남편 가슴에 안겨 자고 있는 자신의 모습을 가족 누군가가 보는 게 부끄러웠다. 아침에 시어머니가 자신보다 일찍 일어나 있으면 얼굴을 마주하는 게 정말이지 그렇게 힘들 수가 없었다. 마쓰도의 장녀 요네코가 출가한 뒤 그 자리를 메우듯이 시집온 시즈에는 요네코의 빈자리를 채워야 한다는 마음도 가지고 있었다. 이는 겐타와 자신의 결혼을 곧장 허락해준 시부모님께 보답하는 마음에서 비롯된 것이기도 했고 또 남편에 대한 고마움의 표시이기도 했다. 결혼 후 다이이치와 미요가 차례로 태어났다. 시부모님은 물론 시누이 우메코와 시동생 다쓰키치도 두 아이에게 사랑을 듬뿍 쏟아주었다. 때문에 시즈에는 무엇 하나 불만이 없었다.

시즈에는 어젯밤도 남편 겐타 옆에서 살포시 몸을 기대어 잠이 들었다. 겐타는 진즉에 잠이 들어 있었지만 시즈에는 옆에 누워 남편의 체취를 맡는 게 좋았다. 나잇값도 못 한다는 생각이 들기도 하지만 남편과 손깍지를 꼭 끼고서 남편의 손을 자신의 몸에 가져와 자는 게 시즈에의 버릇이기도 했다. 남편의 온기를 느끼고 있자면 자신과 남편이 온전히 이어져 있다는 느낌이 들곤 했다. 어젯밤도 마찬가지로 그렇게 잠이 들었다.

남편은 과묵했지만 상냥함은 한결같았다. 이제 곧 날이 밝는다. 모두가 일어나기 전에 아침 식사 준비를 해야만 한다. 시즈에는 전날 밤의 겐타를 떠올리며 혼자 웃음을 지었다. 자신도 모르게 얼굴이 달아올랐다. 얼마 동안 멍하니 있었던 걸까. 정신을 차리자고 뺨을 두세 번 손바닥으로 두드리고 나서 손가락으로 눈꺼풀을 문질렀다.

아궁이에 장작을 넣는다. 냄비에는 어제 썻어놓은 고구마가 들어 있다. 장작 아래에 소나무 낙엽을 밀어 넣고 불을 붙이자 연기가 조금 피어오른다. 불이 제일 잘 붙는다는 소나무 낙엽은 장작에 곧장 불을 옮겨놓는다.

시즈에는 장작에 불이 붙은 것을 확인하고 부엌에서 나와 물통과 봉을 손에 든다. 양팔을 펼친 길이만큼 사이를 벌려 두고 두 물통을 각각 봉 끝에 매달아 균형을 잡아본다. 허리를 숙여 봉을 어깨에 메자 시즈에를 사이에 두고 양쪽으로 매달린 물통이 앞뒤로 흔들린다.

시즈에는 소스강을 향했다.

이른 아침부터 소스강에는 이웃 아낙들이 모여 한참 물을 긷고 있었다.

"오늘은 어쩐 일로 시즈에가 늦었네. 벌써 다녀간 모양이라고 모두 말하려던 참이었어."

먼저 와 있던 도시코와 나에, 도키가 말을 건넨다. 어젯밤엔 시아버지 겐스케의 옛날이야기를 듣다가 늦게 잠이 들었고 아침에도 멍하니 시간을 보내고 말았더니 평소보다 좀 늦은 모양이다. 그렇다고 둘러대기도 그래서 시즈에는 애매한 대답만 하고서 서둘러 그 자리를 뜨려 했다. 아침에 주부들은 누구 할 것 없이 모두 바쁘다. 아니나 다를까, 시즈에에게 말을 건네던 도시코와 나에, 도키는 시즈에의 대답이 채 끝나기도 전에 자리를 떴다.

커다란 태양이 수평선 위로 천천히 떠오르기 시작한다. 태양이 얼굴을 드러내면 아침 안개는 순식간에 걷히고 하루가 시작된다. 시즈에는 물통에 담긴 차갑고 맑은 물을 손으로 떠서 한 모금 마신다. 그러곤 물통에 달린 새끼줄을 봉에 달고 허리를 숙여 어깨에 메고는 힘차게 일어나 걷기 시작한다.

집에 도착하니 시어머니 다에가 아궁이 앞에 앉아 있었다. 다에는 아침에 일어나 반드시 한 번은 아궁이 앞에 앉지 않으면 마음이 편치 않다. 젊은 시절부터의 습관이다. 사소한 습관이지만 누구든지 각자 마음이 편안해지는 장소가 따로 있는 법이다. 다에에게는 아궁이가 바로 그런 장소였다.

"시즈에, 일찍 일어났구나."

물을 길어 온 며느리에게 다에가 상냥하게 말을 건넨다. 그리고 천천히 불 상태를 보면서 장작을 지핀다.

"어머니, 일어나셨어요? 오늘은 제가 늦잠을 잤지 뭐예요. 불 좀 봐주세요."

시즈에는 물통을 놓으며 시어머니에게 아침 인사를 한다. 다에는 시즈에를 보며 젊은 시절의 자신을 떠올리곤 했다. 자신도 젊은 시절엔 시즈에처럼 시어머니 앞에서 긴장했을까. 그렇다 하더라도 참으로 부지런한 며느리다. 시즈에가 시집을 온 뒤로는 모든 부엌 일을 그녀에게 맡기고 있지만, 아침에 한 번 이렇게 아궁이 앞에 앉아보는 것만큼은 시즈에에게 허락을 구해놓은 터였다.

몸을 숙여 아궁이 속의 장작을 깊숙이 밀어 넣는다. 얼마 후 기세 좋게 불이 붙기 시작한다.

시즈에는 다에가 불을 보고 있는 사이에 간단한 반찬과 된장국을 준비한다. 된장국은 고구마 새순만 넣은 소박한 것이었지만 어릴 때부터 마을 사람들은 모두 이런 국을 먹으며 살아왔다. 반찬으로는 흑설탕과 술에 절인 오이절임을 준비한다. 선반 위에 둔 국수가 눈에 들어왔지만 오늘 저녁 식사에 먹을 된장국에 넣자고 생각하며 그냥 둔다. 이제 얼마 남지 않은 국수는 미요가 제일 좋아하는 음식이다. 배가 부르도록 먹여주고 싶지만 그렇게 할 수는 없는 노릇이다.

식사 준비가 다 되어갈 즈음에 우메코가 일어나 나온다. 시아버지 겐스케와 남편 겐타도 이미 일어나 있다. 아침의 선선함이 가시기 전에 미리 간단한 일을 보고, 또 근처 밭을 돌며 한차례 땀을 흘리고 돌아온 후였다.

미요와 다이이치를 깨운다. 올봄에 소스국민학교 초등과 1학년에 입학한 다이이치는 의외로 학교생활에 빨리 적응했다. 등교할 때에는 옆집 고사쿠를 비롯한 이웃 아이들과 함께 가기에 걱정을 덜 수 있었다. 두 아이는 모두 졸린 눈을 비비며 세수하러 강으로 간다. 사실 세수보다는 아침 물놀이를 가는 거라고 표현하는 게 맞을지 모른다. 강은 아이들에게 늘 좋은 놀이터이다.

초여름 마당에는 유우나 꽃이 피기 시작한다. 뒤뜰에선 겐스케 할아버지가 장작을 패고 있다. 시즈에는 시아버지에게 말한다.

"아버님, 차 드세요."

겐스케는 이마의 땀을 닦으며 시즈에에게 답한다.

"그래, 시즈에. 고맙구나. 다쓰키치가 장작을 안 패놨지 뭐냐. 장작이 얼마 남지 않았는데도 게으름을 피우고, 오늘 아침에도 보이지가 않네. 대체 어디를 간 건지. 어제 저녁은 또 어디서 잤는지도 모르겠고. 이 녀석을 어쩌누⋯."

겐스케가 무슨 말을 하는지 뒷말은 잘 들리지 않는다.

시즈에는 웃으며 다시 부엌으로 돌아와 고구마를 삶고 있는 큰 냄비 뚜껑을 열었다. 아궁이의 불은 이미 빼둔 상태다. 뚜껑을 열자 단번에 김이 피어오른다. 잘 익은 고구마가 냄비 바닥에 가지런히 놓여 있다. 고구마를 나무 쟁반에 맨손으로 옮긴다. 그 모습을 보고 다에가 깜짝 놀라 말한다.

"시즈에, 그 뜨거운 걸 맨손으로 잡으면 어쩌니. 아직 김이 펄펄 나는 것 같은데."

"어머니, 괜찮아요. 늘 하는 일이라 아무렇지도 않은걸요."

웃으며 답하는 시즈에를 잘 이해할 수 없다는 듯 다에는 시즈에가 건넨 고구마를 한번 만져본다. 역시 뜨겁다. 손을 대자마자 바로 떼고서 시즈에를 보며 말한다.

"시즈에, 아직 뜨겁잖아. 손 데지 않게 조심해야지."

다에는 여전한 표정으로 시즈에를 한 번 더 본 후 쟁반에 담긴 고구마를 안방으로 가져간다.

"네, 어머니. 걱정 마세요."

시즈에는 다에에게 대답하고서 된장국을 그릇에 담는다. 그러고 보니 마쓰도 집안에 갓 시집왔을 즈음에는 고구마가 익었는지 확인하기 위해 뜨거운 김이 오르는 고구마를 몇 번이고 젓가락으로 찔러보기도 했었지만, 세월이 지나자 손가락으로 눌러보면 대충 알 수 있게 되었고 지금은 이렇게 뜨거운 고구마를 바로 손으로 집어 삶은 정도를 가늠할 수 있게 되었다. 아침 일이 바쁘다보니 그렇게 된 걸까, 아니면 정말 뜨거움에 익숙해져버린 걸까. 시즈에가 고개를 갸우뚱하며 언제부터 그랬는지를 생각해내려는데 우메코가 부엌으로 들어온다. 다이이치와 미요도 함께 소란스럽게 집으로 돌아온다.

유우나 나무 사이로 다쓰키치가 졸린 눈을 비비며 들어온다. 이제 초여름인데도 추운 듯이 어깨를 움츠리고 있다. 시즈에와 눈이 마주치자 쑥스러운 듯이 웃으며 바로 방으로 들어간다. 이제 모두 모였다. 시즈에가 생각한 대로 남편 겐타는 거실에 앉아 담배를 물고서 아버지 겐스케와 이야기를 나누고 있다. 이렇게 오늘 하루가 시작되는 것이다.

가족 모두가 식사하는 걸 옆에서 지켜볼 때면 시즈에의 가슴에
는 행복이 넘친다. 행복에 젖은 시즈에는 미요 옆에 앉아 조용히 미
소를 짓는다.

5

소스 마을의 바다 모양은 가운데가 움푹 패고 양쪽 끝이 바다로
뻗어 있는 조용한 내해(內海)였다. 멀리 산호초가 가늘고 긴 띠 모양
으로 늘어서 있어 마치 내해에 뚜껑을 덮은 듯했다. 썰물이 되면 산
호초는 일제히 떠올라 주변이 얼마나 풍부한 어장인지 자랑하곤
했다. 그곳은 조개나 물고기 등 어마어마한 해산물의 무한한 보고
였던 것이다.

산호초가 드러나는 썰물이 되면 마을 북쪽 곶에서는 무릎까지만
바닷물을 적시면 아이들이라 해도 충분히 걸어 다닐 수 있었다. 마
을 사람들은 그곳을 거닐며 산호초에 숨어 사는 풍부한 해산물을
마음껏 손에 넣었다. 그러나 만조 때엔 다른 곳보다 빨리 해수면 아
래로 깊게 잠겨 물살이 거세지는 위험한 바다였다. 때문에 아이들
끼리 먼 산호초 바다를 건너는 건 철저하게 금지되었다. 물고기 잡
이에 정신이 팔려서 바닷물이 차는 것을 알아차리지 못하는 일이

있을 수 있기 때문이었다.

초여름에는 그 산호초 주변에 '스쿠'라는 작은 바닷물고기 떼가 몰리는데 사람들은 서로 경쟁하듯이 바다에 들어가 그 물고기를 잡곤 했다. 소금에 절이면 1년 정도 보존이 되는 스쿠는 소중한 반찬거리 중 하나였다. 또 때로는 '마―비'라 불리는 큰 물고기도 무리 지어 오기도 했다. 누군가 마―비 떼를 발견하면 마을 중앙에 설치된 종을 쳐 마을 남자들을 모두 모이게 하여 웅장한 마―비 잡이를 펼치기도 했다.

마을 북쪽 외딴집에는 왼손잡이 할배라 불리는 홀아비가 살고 있었는데 그는 사바니(통나무로 만든 오키나와 지역 전통 배)를 가지고 있었다. 마―비 잡이를 할 때면 그 왼손잡이 할배가 가진 사바니를 빌려 어망을 싣고 바다로 나갔다. 엉성하고 짧은 어망이긴 하지만 그걸 일직선으로 바다 밑에 치고 바다에 뛰어든 남정네들이 손으로 해면을 두드려 큰 파도 소리를 내며 물고기를 몰면 마―비가 신기할 정도로 어마어마하게 잡혔다.

잡은 물고기는 각자 똑같이 나누어 가진다. 그리고 그날 밤은 늦게까지 바닷가에서 먹고 마신다. 어른들은 신선한 회를 안주로 삼아 아와모리를 마시고, 아이들은 아이들대로 각자의 집에서 마―비를 가져와 즉석으로 만든 화덕에 냄비를 올려놓고 요리해 나눠 먹으며 즐거운 한때를 보내는 것이었다.

다쓰 삼촌이 약속한 대로 바다에 같이 가자고 다이이치에게 말한 건 마—비 잠이도 다 끝나고 파랗게 갠 하늘이 며칠 동안이나 이어지던 어느 여름날이었다.

다이이치는 몇 번이나 바닷가로 나가 먼바다를 바라보며 언제쯤 썰물이 될지 지켜보았다. 다이이치는 들뜬 마음을 억누를 수가 없었다. 산호초 바다를 건너는 건 이번이 처음이었다. 오늘은 미요가 따라오지 못하도록 할 작정이다. 어디를 가든 늘 따라오고 싶어 하는 미요를 집에 남겨두고 오늘만큼은 다쓰 삼촌과 단 둘이서 바다로 나가려 한다. 이런 생각만으로도 다이이치는 왠지 어른이 된 것 같았다.

다쓰 삼촌은 툇마루에 앉아 장비를 준비했다. 물안경의 고무줄 끈을 살펴보고 작살 끝을 날카롭게 갈았다. 다이이치는 옆에서 다쓰 삼촌이 하는 동작을 들여다보다가 초조해하며 대문 밖으로 나가 썰물이 되었는지 바다를 확인하고 다시 집으로 돌아오기를 반복했다.

이제 다쓰 삼촌은 낚시 도구를 만들기 시작한다. 데구스(견사에 초를 먹여 말린 실)를 낚싯바늘에 통과시킨 뒤 줄 끝을 이로 강하게 물더니 다른 한쪽 실 끝을 세게 잡아당긴다. 그렇게 만든 것이 이미 열 개는 되어 보인다. 그중 하나를 좀 더 굵은 다른 데구스로 묶고 사각 모양의 나무토막에 둘둘 감는다.

"다이이치, 이건 네 거야."

다쓰 삼촌이 웃으며 다이이치에게 말한다.

"이걸 산호초 사이사이 깊이 팬 곳에 떨어뜨려 큰 물고기를 노리는 거야. 잘해봐. 다이이치."

다쓰 삼촌이 데구스를 건네주자 다이이치는 마음이 너 급해졌다. 그런데 다쓰 삼촌이 쓸 낚싯줄이 없는 게 이상했다. 다이이치는 삼촌에게 물어본다.

"형아는 어떻게 고기를 잡을 거야?"

"난, 작살…."

삼촌은 몸을 돌려 벽에 세워 둔 작살을 눈으로 가리켰다. 이것으로 준비는 모두 끝났다는 듯 삼촌은 벌렁 누워버렸다.

다이이치는 다시 마당에서 나와 썰물 정도를 확인하기 위해 바닷가로 달려 나갔다.

정오가 되기 직전에야 비로소 산호초가 선명하게 해수면 위로 떠올랐다. 산호초에 가로막힌 파도는 마치 하얀 선을 그은 것처럼 흰 물보라를 일으켰다. 그것을 경계로 뒤로는 군청색 바다가 펼쳐지고 앞으로는 조용하고 투명한 바다가 빛나고 있다. 바다 밑의 산호초 빛깔은 투명한 바닷물 위로 비친다. 녹색을 시작으로 수많은 색들이 춤추고 있다. 때때로 구름 그림자가 수면 위로 흐르듯이 지나간다.

다이이치는 흥분된 기분으로 집으로 돌아가 다쓰 삼촌에게 썰물이 되었다고 알렸다.

툇마루에 드러누워 있던 다쓰 삼촌은 일어나더니 신을 갈아 신고서 작살을 집어 든다.

"자, 다이이치. 슬슬 가볼까."

삼촌은 걸음을 재촉했다. 아버지도 어머니도 집을 비웠다. 미요도, 우메코 고모도, 할아버지도 보이지 않는다. 다이이치는 배웅하는 사람이 없어서 조금 서운한 기분이 들었다. 집 안에 남은 사람이라곤 부엌에 계신 할머니뿐이다. 다이이치는 작은 물고기 바구니와 낚시 도구를 챙겨 부엌으로 들어가 할머니에게 인사한다.

"할머니, 다녀올게요."

"기다리렴, 다이이치. 곧 찐 감자를 내올 테니 먹고 가거라."

할머니는 황급히 냄비 뚜껑을 연다. 하얀 김이 피어오르더니 할머니 모습이 사라지고 만다. 다이이치는 바쁘게 대답한다.

"괜찮아요, 할머니. 다녀와서 먹을게요."

다이이치는 도무지 할머니를 기다릴 수가 없다. 게다가 다쓰 삼촌은 할머니 말도 듣지 않고 벌써 나가버렸다.

"괜찮다고요. 다녀올게요, 할머니."

다이이치는 할머니의 목소리를 뒤로 하고 다쓰 삼촌을 뒤쫓아 갔다.

산호초가 떠 있는 바다 밑은 다이이치의 예상보다 아름다웠다. 헤엄쳐 다니는 형형색색의 물고기들과 화려하고 짙은 빛깔의 이름 모를 크고 작은 무수한 생물들이 신기하기만 했다. 다이이치는 이들 풍경에서 눈을 뗄 수가 없었다. 다쓰 삼촌은 낚시 미끼로 쓸 성게를 얼마간 모으더니 그것을 쪼개어 성게 가시가 없는 부드러운 입 부근에 낚싯바늘을 찌른 다음 산호초 사이의 갈라진 틈으로 데구스를 천천히 내려 늘어뜨린다. 그러고는 쪼그리고 앉아 잠시 기다렸다. 다이이치도 다쓰 삼촌 옆에 아무 소리도 내지 않고 가만히 쪼그리고 앉는다. 곧바로 다쓰 삼촌의 오른손이 재빠르게 움직였다. 뭔가 반응이 있었던 모양이다.

"다이이치, 잡았어."

다쓰 삼촌은 자리에서 일어나 데구스를 끌어당기며 사각 나무틀에 둘둘 감더니 단번에 잡아당겼다. 큰 물고기다. 다이이치의 양손으로는 감당하지 못할 정도로 크다. 다이이치는 산호초 위로 뛰어오르는 물고기를 보면서 깜짝 놀라고 말았다.

"이라부챠―, 이라부챠―라는 물고기야, 이 녀석은."

다쓰 삼촌이 물고기 이름을 다이이치에게 가르쳐준다. 푸른 바다 밑과 똑같은 색을 가진 물고기다. 다쓰 삼촌은 솜씨 좋게 입에 걸린 바늘을 빼낸다. 이라부챠―는 힘차게 뛰어오르려 한다. 당황한 다이이치가 황급히 손으로 잡는다. 다쓰 삼촌은 그 모습을 보고 웃으며 한쪽 끝에 철사를 댄 가는 새끼줄을 이라부챠―의 아가미 속으로 넣어 꿰었다.

"오늘은 맛있는 생선회를 먹을 수 있겠어. 자, 다이이치. 이번에는 네가 한번 해봐."

다쓰 삼촌은 그렇게 말하고서는 아까처럼 낚시 바늘에 미끼를 달더니 다이이치에게 건넸다.

"잘할 수 있지? 낚싯바늘이 바다 밑에 닿기 직전에 데구스를 멈추는 거야. 그 상태로 물고기가 달려들기를 기다리는 거지. 먹이를 물면 찌릿한 느낌이 손끝에 전해지거든. 그 순간에 바로 잡아당겨야 해. 잘 알아들었지?"

다쓰 삼촌은 그렇게 이르고 담배를 꺼내 물더니 맛있게 피운다. 다이이치는 삼촌 말대로 산호초 사이의 갈라진 틈에 앉아 바다 밑을 향해 천천히 데구스를 내려뜨렸다. 바닷속에서 물고기들이 무리지어 다니는 게 다이이치 눈에도 분명하게 보인다. 얼마 후 낚싯줄이 당겨지는 느낌이 든다. 손끝에 긴장감이 흐른다. 다이이치는 서둘러 일어나 낚싯줄을 감아올린다.

"좋았어. 다이이치."

다쓰키치가 황급히 달려온다. 낚싯줄을 감아보니 삼촌이 잡은 물고기에 지지 않을 정도로 큰 놈이다.

"다이이치가 해냈네. 대단해."

다쓰키치는 칭찬하며 낚싯바늘을 뺐다.

다이이치는 어쩔 줄 모를 정도로 기뻤다.

'엄마! 해냈어요!'

마음속으로 외쳐본다. 당장이라도 자신이 잡은 물고기를 보여주고 싶었다. 흥분이 가시지 않은 다이이치는 다쓰 삼촌에게 묻는다.

"다쓰 형아. 이것도 이라부챠—라는 물고기지?"

"맞아. 다이이치. 넌 역시 훌륭한 바닷사람이 될 거야."

다쓰키치는 다이이치를 올려다보며 말한다. 다이이치는 다시 한 번 가슴을 쭉 펴고 마을 쪽을 바라보았다.

바다 위를 지나는 바람 냄새가 다이이치의 코를 달큰하게 간질였다. 한여름의 태양이 뜨겁게 불타오르듯이 강하게 내리쬐고 있었다.

낚시를 다이이치에게 맡긴 다쓰키치는 옷을 벗고서 마른 산호초 위에 두었던 물안경을 쓰고 바닷속으로 들어갔다. 손에는 긴 작살이 들려 있었다. 작살에는 고무 튜브가 걸려 있어서 힘껏 당겼다가 놓으면 작살이 마치 화살처럼 물고기 몸통을 관통하게 된다. 다쓰키치는 낚시보다 작살이 더 스릴이 있고 또 더 많은 물고기를 잡기에 유리하다는 걸 잘 알고 있었다.

다이이치는 세 마리째 물고기를 낚은 뒤 자신도 다쓰 삼촌처럼 깊은 바닷속의 산호초 위를 헤엄쳐보고 싶었다. 낚시 도구를 정리한 다음 삼촌이 만들어준 물안경을 쓰고 바닷속을 들여다본다. 햇빛은 마치 비행운처럼 바닷속을 비추고 있고 크고 작은 형형색색의 물고기들이 유유히 헤엄치고 있었다. 그러나 바다 밑은 끝을 모를 정도로 깊고 쥐 죽은 듯 조용하다.

다이이치는 처음 마주한 신비로운 바닷속 매력에 표현할 길 없는 감동을 받았다. 마치 혼이 빨려 들어갈 것 같아서 섬뜩한 공포마저 느꼈다. 동시에 바다를 혼자 헤엄치는 게 바로 어른이 된 증거일 거라는 생각과 함께 이상한 유혹마저 느꼈다. 건너편 해안가까지의 거리를 한번 가늠해봤다. 그러고서는 과감하게 발밑의 산호초를 발로 차며 몸을 힘껏 바다 위로 펼쳤다.

다이이치가 다쓰키치 삼촌과 함께 바다에서 잡은 물고기를 들고 집으로 돌아와보니 식구들이 아무도 없었다. 할머니도 어디에 갔는지 보이지 않았다. 이런저런 자랑을 하고 싶어 입이 근질근질하던 다이이치는 그만 풀이 죽고 말았다.

다이이치는 왼손잡이 할배가 떠올랐다. 다시 마음을 가다듬고 자신의 첫 바다 경험을 들려주기 위해 할배에게 향했다.

왼손잡이 할배는 마을 북쪽 외진 곳에 있는 초가집에 홀로 살고 있었다. 다이이치를 비롯한 아이들은 할배를 좋아했다.

그는 쉰은 넘긴 것 같은 나이로 불편한 다리를 질질 끌고 다녔으며 오른 손목이 없었다. 왜 그런 불편한 몸이 되었는지 다이이치는 알지 못했다.

왼손잡이 할배는 젊은 시절, 남양군도에 있는 사이판섬에서 고기잡이를 했다는 이야기를 듣긴 했다. 당시에 자기 배를 여러 척 가지고 있었고 엄청나게 호화로운 생활을 했다는 이야기도 듣긴 했지만, 그 외에는 알지 못했다. 마을 어른들은 왼손잡이라고 부르는데, 왼손으로 모든 일을 해내는 할아버지라는 뜻으로 아이들 역시 어른들을 따라 왼손잡이 할배라는 별명으로 불렸다.

아이들에게 왼손잡이 할배는 사바니를 가지고 있는 것만으로도 충분히 선망의 대상이 되었다. 할배는 몸이 불편하기도 해서 격한 노동은 서의 하시 않고 집에 있거나 혹은 바나에서 유유히 사바니를 타곤 했다. 바다에 나가지 않고 집에 있을 때는 마당에 가마니를 깔고서 대나무 바구니를 만들었다. 그는 낚시한 생선이나 문어 그리고 직접 만든 대나무 바구니를 마을 아낙들에게 주고 대신 필요한 물품을 구해 생활했다.

다이이치가 할배 집에 도착했을 때 역시 그는 마당의 나무 그늘 아래에서 대나무를 깎고 있었다. 다이이치는 할배 맞은편에 앉아 한동안 그 손놀림을 홀린 듯이 쳐다보았다. 할배는 오직 왼손으로만 대나무를 정확하게 깎아나갔다. 오른쪽 무릎에 쪼갠 대나무를 올려놓고 불편한 오른손으로 그것을 누른 뒤 왼손에 쥔 낫으로 대나무를 섬세하게 다루고 있는 것이다. 쉭쉭하는 시원한 소리와 함께 대나무가 둥글게 말리며 쪼개졌다.

왼손잡이 할배의 손놀림을 지켜보던 다이이치는 바다에서 있었던 일을 당장이라도 이야기하고 싶어서 견딜 수가 없었다.

마당의 귤나무에 매달아놓은 새장 속의 동박새가 크게 울어재낀다. 새 울음소리를 계기로 다이이치는 할배에게 바다에서 있었던 일을 이야기하기 시작했다. 바다에서 잡은 큰 이라부챠—, 바닥이 보이지 않는 깊은 바닷속을 처음으로 헤엄친 일, 산호초와 말미잘,

그리고 아름다운 열대어 등 정체 모를 생물에 대하여….

다이이치는 자신의 말에 스스로 흥분되는 걸 느꼈다. 할배는 대나무 깎는 손을 멈추지 않고 응, 응 하고 머리를 끄덕이며 가만히 다이이치의 이야기에 귀를 기울인다.

다이이치는 자랑스러운 듯이 이야기를 이어나간다.

"할배, 정말로 나 혼자서 이라부챠─를 잡았다니까요."

"할배, 진짜 깊은 바닷속을 혼자 들어가 헤엄쳤다고요."

할배는 고개를 들고 다이이치를 보며 웃는다.

"그래, 그래. 대단하다, 다이이치. 나도 어릴 때부터 바다를 좋아했지. 그래서 지금도 어부를 하고 있단다. 그래도 있잖아, 혼자서 깊은 바다를 헤엄치는 건 위험해. 바다에 갈 때에는 항상 다쓰 형아와 함께 가도록 하려무나. 알겠지? 바다는 늘 조심해야 하는 곳이야."

할배는 그렇게 말하면서 조용히 대나무를 쪼갠다.

할배의 손놀림을 가만히 바라보던 다이이치는 문득 할배의 오른손은 남양군도 바다에 사는 상어에게 물어뜯긴 건 아닐까 하는 생각이 들었다. 깊은 산호초 바닷속에는 식인 상어가 산다고 들은 적이 있다. 그러고 보니 할배의 오른손은 상어에게 먹힌 거라고 들은 적이 있는 것 같기도 하다. 바닷속에서 벌어지는 장렬한 상어와의 싸움을 상상하며 다이이치는 다시 한번 할배의 오른 손목을 바라본다.

할배는 여전히 묵묵히 대나무를 깎고 있을 뿐이다. 어느 틈엔가 무릎 주변에는 깎고 남은 대나무 속이 부드러운 하얀 목화처럼 쌓여 있다.

귤나무 가지에 매달린 새장 속 동박새가 나시 소리 높여 울기 시작한다.

다이이치는 새 울음소리를 들으며 문득 엄마와 미요가 이제는 집에 돌아와 있을지도 모르겠다고 생각한다. 다이이치가 잡은 물고기를 보고서 지금쯤 분명히 놀라고 있을 터이다. 그런 생각이 들자 당장에 집으로 돌아가고 싶어졌다. 다이이치는 일어나서 할배에게 눈짓을 해 보이고서는 서둘러 집을 향해 달리기 시작했다.

6

"시즈에가 좀 무리하게 일을 하고 있는 건 아닐까 싶네요. 어쩐지 머리숱도 엷어진 것 같기도 하고."

맞은편에 앉은 도키가 말한다.

"그러고 보니 그렇기도 하네요. 시즈에 언니는 뭐든 열심히 하는 성미다 보니 피곤이 쌓인 탓도 있겠죠. 안색도 별로 안 좋은 것 같아요…."

도시코가 말을 덧붙인다.

언제부턴가 마을 아낙들은 자신보다 나이 많은 사람 이름 뒤에 '언니'를 붙여 부른다. 언니란 말은 원래 혈연관계에서 사용되는 호칭인데 이와 상관없이 그렇게 불렀다. 시즈에를 비롯해 마을 아낙들은 특별히 누군가에게 배우지 않았음에도 어릴 때부터 서로 그렇게 불러왔다. 아마도 나이 많은 사람에 대한 존경과 친밀감을 담다 보니 그렇게 된 것이 아닐까 싶다.

"아이를 가진 건 아닐까?"

나에가 묻는다.

"그러게. 시즈에 부부는 사이가 좋잖아. 아이고, 부러워라. 그런데 시즈에, 그것도 매일하면 피곤하다구."

시게코가 모두를 둘러보고 웃으며 혼자 묘한 맞장구를 친다.

"무슨 소리예요? 여자가 피곤하다뇨? 난 전혀 그렇지 않던데 어째서 여자가 피곤하다는 거죠?"

도시코가 큰 소리로 말한다.

"흠, 도시코. 넌 몸집이 좋으니까 안 피곤한 거야. 샛서방을 만들어 매일 해도 피곤하지 않을걸. 이렇게 큰 엉덩이를 가지고 있으니 말이야."

"어머, 나에 언니. 놀리지 말아요."

여자들의 소란한 웃음소리가 좁은 부엌 안에 울려 퍼진다.

오늘부터 나에 집 초가지붕을 잇는 작업을 시작한다. 그 탓에 혼무라 마을 사람들이 총출동했다. 오래된 초가에 새 억새를 덧붙이는 보수 작업이지만 그래도 힘든 일이기는 하다. 혼무라 남자들은 특별한 일이 있어 시간을 낼 수 없는 사람을 제외하고는 모두 산으로 올라갔다. 오늘 하루는 초가지붕 수리하는 데 온전히 보내야 할 것 같다.

마을 사람들이 '유이마―루'라 부르는 품앗이는 마을에서 공동으로 큰 작업을 할 때 이루어지는 것으로 개인적으로 필요한 경우나 마을 전체가 필요한 경우나 모두 해당된다. 아주 특별한 일이 없는 한 힘을 모아 같이 해결하는 게 보통이다. 나에 집의 초가지붕 수리도 그중 하나로 마을 사람들 모두가 나서서 돕고 있다.

남자들이 산에서 억새를 꺾는 동안 여자들은 점심 준비를 한다. 나에 집이 작업장인 탓에 그 집에서 가장 가까운 도시코의 집 토방을 빌렸다. 큰 솥을 앞에 두고 한자리에 모인 여자들은 오랜만에 여유를 즐기는 탓인지 이야기가 넘쳐나고 밝은 웃음소리가 끊이지 않는다. 외설스러운 이야기마저도 오갈 수 있는 여자들만의 즐거운 한때인 것이다.

그러나 시즈에는 방금 전부터 자신이 화제에 오르고 있는 게 약간 신경 쓰였다. 나에가 말한 것처럼 임신을 한 탓이기도 할 것이다. 아직 남편 겐타에게도 밝히지 않았지만 달거리가 없으니 임신이 분명했다. 겐타와 시즈에에게는 세 번째 아이가 생긴 셈이다. 다이이치와 미요가 기뻐할 얼굴이 눈앞에 선하다. 하지만 이번에는 어딘가 좀 이상했다. 도시코의 말처럼 눈썹이나 머리카락이 조금 더 많이 빠지는 것 같고 얼굴도 종종 부었다. 때때로 뺨에 경련도 일었다. 지금까지 이런 일은 단 한 번도 없었다. 자세히 거울을 들여다 볼 일이 없었지만 오늘은 집에 돌아가면 거울을 꺼내 얼굴을 구석구석 살펴보아야겠다고 생각했다. 게다가 아무래도 손발도 퉁퉁 붓는 것 같다. 손가락 마디가 굵어진 느낌이 드는 것이다. 한번 신경 쓰기 시작하자 걱정이 꼬리에 꼬리를 물고 이어진다. 도시코와 나에는 농담으로 한 말이겠지만 신경이 쓰이는 게 사실이다.

시즈에는 냄비 속의 죽을 저으면서 자신의 손을 다시 바라본다. 역시 마디가 굵은 남자 손처럼 보여 자신도 모르게 불쑥 말이 튀어나온다.

"봐봐요. 아무래도 제가 일을 많이 하는 편이긴 한가 봐요. 요즘에 남자 손처럼 손마디가 굵어진 것 같은데, 이건 그냥 제 느낌일까요…?"

그렇게 말을 꺼낸 후 시즈에는 곧바로 '아차. 괜히 말했구나' 하고 후회했다. 그러나 이미 늦었다. 추잡한 이야기로 깔깔대고 웃던 모두가 갑자기 입을 다물고 시즈에를 쳐다본다.

"어디, 어디, 한번 보여줘봐."

나에가 시즈에의 손을 붙잡고 사람들의 무리 속으로 데리고 들어간다. 모두가 시즈에의 손에 시선을 모은 채 한동안 입을 다물고 있다. 나에가 먼저 입을 연다.

"설마라는 생각이 들긴 하지만… 설마 아니겠지?"

"왜 그래요, 뭐가 설마란 거예요? 나에 언니."

"설마… 아니겠지…. 나병은 아니겠지?"

"설마…."

모두 한목소리로 놀라며 얼굴을 마주 보고 웃는다. 시즈에는 당황스러웠다.

시즈에는 겐타와 결혼하기 전에 자신의 고향에서 나병에 대해 들은 적이 있었다. 마을 사람들이 나병 할머니라 부르던 '나베 할머니'가 떠오른다. 마을 변두리 해안가 동굴에 혼자 살던 나베 할머니는 늘 허름한 옷을 입고 있었다. 친척도 없었던 것 같다. 어릴 적부터 동굴 가까이에는 가지 마라고 하던 부모님의 말도 생각났다.

그러나 시즈에는 친구 가요, 마쓰와 함께 나베 할머니를 훔쳐보러 딱 한 번 간 적이 있었다. 그때 본 나베 할머니의 얼굴은 지금도 잊을 수 없다. 부은 얼굴에 짓무른 입술, 듬성듬성한 눈썹, 손가락이 없는 손, 구부러진 허리…. 아이들은 어린 마음에도 할머니의 모습이 결코 나이 때문이 아니라는 걸 알아채고서 공포에 떨며 도망치듯이 집으로 돌아왔었다. 아버지한테 이 일을 들키면 어쩌나, 호되게 꾸중을 듣는 건 아닐까, 하고 며칠이나 불안에 떨었었다. 나베 할머니는 얼마 지나지 않아 그 동굴에서 죽은 채로 발견되었고, 마을 어른들은 동굴에서 화장을 한 뒤 할머니가 살던 동굴 입구를 돌을 쌓아 막아버렸다. 이제 막 열 살을 넘긴 어린 시즈에와 아이들은 주변에서 어떤 일이 일어나고 있는지 잘 알지 못했다. 그러나 어른들의 이야기에 귀를 곤두세워 들어보면 뭔가 끔찍한 일이 마을에서 일어나고 있다는 것을 눈치챌 수 있었다. 시즈에는 두려워하면서도 가요나 마쓰와 함께 떠도는 소문들을 서로 주고받곤 했다.

나에와 시즈에 두 사람은 옆 마을 아다에서 이곳 소스 마을로 시집왔다. 시즈에보다 열 살이나 많은 나에는 나베 할머니에 대해 더잘 알고 있음에 틀림없었다.

"무슨 소리예요, 나에 언니는 참…. 왜 그런 소리를 해서 괜히 사람을 걱정시켜요. 아휴 언니도 참…."

도시코가 말한다.

"나병이라면 큰일인 거잖아."

모두가 웃는다. 커다란 웃음소리로 불안을 없애려는 것 같다.

"별일 아닐 거야, 시즈에. 걱정 마."

말을 꺼낸 나에도 크게 웃는다.

그러나 모두는 십수 년 전인 1931년에 하네지 마을에서 일어난 아라시야마(嵐山) 사건을 떠올렸다.

아라시야마 사건은 산간 마을 소스까지 소문이 전해질 정도로 사람들의 이목을 모은 사건이었다. 마을 사람들에게 사건의 전말이 정확하게 전달된 것이지는 알 수 없지만, 병에 대한 공포가 과장되게 전해져 사람들의 마음 깊숙한 곳에 남게 되었다.

아라시야마 사건이란 오키나와현이 나병요양소를 하네지 마을 아라시야마에 건설할 계획을 세우자 그 지역 주민들이 반대운동을 일으킨 일이다. 반대운동은 오키나와현 당국이 요양소 건설 계획을 지역 사람들과 상의 없이 비밀리에 진행한 것 때문에 일어난 것으로 알려져 있다. 현(縣) 당국에 계획 철회를 몇 차례 진정했지만 계획을 바꿀 의사를 전혀 보이지 않자 마을 사람들은 실력으로 저지하기 위해 행동을 일으킨 것이었다. 그래서 반대운동은 마을 주민 전체는 물론이고 이웃에 있는 나고, 나키진 마을도 힘을 보태었고 더 나아가 오기미 마을의 젊은이들까지도 합세해 크게 고조되었다.

1932년에는 네 마을 중 하네지, 나고, 나키진, 오기미 마을이 합동으로 아라시야마에서 반대 집회를 열었다. 약 2만 명의 사람들이 깃발을 내걸고 징과 북을 치며 나고로 가서는 경찰서 주변을 돌아 하네지 면사무소로 복귀하는 시위운동을 전개한 것이다. 현 당국은 여전히 강경한 태도로 탄압했고, 이에 마을 행정을 담당하던 촌장 직원과 의원들이 총사퇴해 결국 행정 기능이 마비되고 말았다. 현에서는 현 소속 직원들을 파견해 행정 기능을 복구하려 했지만 주민들은 한발 더 나아가 세금 불납, 동맹 휴교 등을 전개하며 저항했다.

한편, 아라시야마 공사 현장을 황폐화시키고 면사무소에 파견된 현 직원에게 반대 동맹 단원들이 몰려가 협박했다는 이유로 오키나와현은 경찰을 동원해 마을 주민 100여 명을 검거했다. 그중 십여 명이 기소돼 징역형과 집행유예 판결을 받았다. 일련의 일들을 겪고 나자 오키나와현 당국은 아라시야마에 요양소를 건설하는 계획을 포기하였고 결국 사건은 이 정도에서 마무리되었다.

이 사건은 지역사회의 이익과 행정 정책과의 싸움이 지역공동체의 결속을 자극하고, 나아가 당시의 사회주의운동과 연동하여 강력한 에너지를 분출시킨 사건으로서 오키나와 사회운동사에서 주요하게 다루어지고 있다고 한다. 그러나 동시에 병에 대한 사람들의 편견과 공포가 큰 에너지를 만들어내는 원천이 되기도 한다는 걸 잘 보여주는 사건이기도 했다.

지금은 나병이 완치가 가능하다고 알려져 있고, 또 통원 치료나 재택 치료도 제도적으로 마련되어 있으며 사회 복귀도 가능하다.

그러나 당시는 달랐다. 1907년 일본 정부는 나병 예방법을 발표해 각 지차체가 합동으로 요양소를 지어 예방은 물론이고, 환자 발생 시 격리 조치하도록 만들었다. '나병은 무서운 전염병'이라는 국가 선전이 사람들의 두려움을 필요 이상으로 부추긴 것이었다. 사람들은 나병 환자를 꺼림칙해하며 그저 외면하기 바빴다.

나에와 도시코를 포함해 둥글게 둘러앉은 마을 여자들은 아라시야마 사건과 전염병에 대한 공포를 함께 떠올렸을 터였다.

"그래, 시즈에. 걱정 마. 아무것도 아니야."

말을 꺼냈던 나에가 큰 소리로 웃는다.

"저기, 시즈에 언니. 이제 내가 할게요."

시즈에가 죽을 젓느라고 쥐고 있던 주걱을 도시코가 대신 들고 냄비 앞에 앉는다.

"걱정 마, 시즈에. 아무것도 아닐 거야."

도키도 시게코도 시즈에를 안심시키려 하지만 그런 말을 들을 때마다 어쩐지 시즈에의 불안은 점점 커진다. 나병에 걸리면 열을 느끼는 게 둔해진다고 들은 적이 있다. 언젠가 뜨거운 김이 나는 고구마를 맨손으로 만지는 걸 시어머니 다에가 이상하게 쳐다보던 게 떠오른다. 이미 증상이 나타나고 있는 걸까.

시즈에의 불안감은 남자들이 구호를 붙여가며 모시풀을 지고 올 때까지 이어졌다. 또 말로는 괜찮다며 시즈에를 달래던 나에나 도시코, 시게코도 같은 마음이었을 것이다. 이후로 분위기는 시들해졌고 웃음소리도 점차 잦아들었다.

남자들이 돌아오자 여자들은 그 거북한 분위기를 떨쳐내려는 듯이 모두 자리에서 일어났다. 서둘러 차를 준비하고 죽을 그릇에 나누어 담았다. 떠들썩한 웃음소리가 되살아나자 시즈에의 고민은 여자들의 마음속에서 완전히 사라진 듯 보였다. 그러나 시즈에만큼은 그 생각을 떨쳐버릴 수가 없었다. 남편 겐타 앞에 죽을 내는데 바로 눈앞에서 땀을 닦는 겐타가 갑자기 먼 남처럼 느껴졌다. 시즈에는 격심한 공포에 사로잡히고 말았다. 그것은 지금까지 한 번도 경험한 적 없는 커다란 불안과 마음의 동요였다. 시즈에는 남편의 얼굴을 제대로 볼 수가 없었다.

식사를 마치고 한숨 돌린 후, 남자들은 각자 역할이 정해져 있는 것처럼 자연스럽게 분담하여 지붕 이엉을 잇는 작업에 들어갔다. 억새를 바닥에서 정리하는 사람이 있는가 하면 지붕에 올라가 늘어놓는 사람도 있다. 구령을 붙여가며 모시풀 끝을 정리해 구멍을 낸 막대 봉에 줄로 엮는 사람이 있고 또 그것을 받아 모시풀을 단단히 묶는 사람도 있어 일은 순조롭게 진행되었다. 나에의 남편 도쿠조, 도시코의 남편 가마스케, 시게코의 남편 세이토쿠, 도키의 남편 에이사쿠도 모두 땀을 한 바가지 흘리며 작업을 했다. 그런데도 사람들의 얼굴엔 생기가 넘친다. 작업을 마친 뒤 피로도 풀 겸 거하게 아와모리를 마실 생각을 해서일까. 아무래도 오늘은 나에 가족뿐만 아니라 온 마을 남자들이 바쁘고 분주한 하루를 보내게 될 것 같다.

시즈에는 겐타가 올라간 지붕 쪽을 바라본다. 그런데 겐타의 모습이 보이지 않는다. 어찌된 일일까. 방금 전까지 지붕 위에서 땀을 흘리고 있던 겐타의 모습이 갑자기 사라지다니. 놀란 시즈에는 하마터면 소리를 지를 뻔했다. 황급히 마당 반대편으로 달려가 지붕을 올려다본다. 다행히 겐타는 지붕 위에 있었다. 가만히 가슴을 쓸어내린다. 제정신이 아니었던 모양이다. 자칫하면 비명을 질러 모두의 웃음거리가 될 뻔했다. 시즈에는 혼자 불안해하는 자신의 모습이 부끄러워 얼굴이 달아오른다.

시즈에는 크게 어깨로 숨을 쉬면서 마당에 둥그렇게 앉아 모시풀을 정리하는 여자들의 무리 속으로 걸어갔다.

7

저녁 설거지도 끝내고, 나에 집에서 술자리를 하던 남편 겐타도 돌아와 가족 모두가 잠든 후였다. 시즈에는 혼자 아궁이 앞에서 불을 피우면서 혼수와 함께 가져온 손거울을 꺼내 자기 얼굴을 살짝 비추어 보았다. 가만히 바라보고 있자니 역시 조금 나이 든 티가 나는 것 같다. 겐타에게 시집온 게 막 스무 살이 된 무렵이니 그로부터 여덟 해가 지난 셈이다. 그렇다고는 하지만 서른 살도 채 되지 않았다. 아직은 젊은 편이라 생각하지만 얼굴에는 피곤한 기색이 곳곳에 묻어 있다. 이마에 내려온 머리카락을 손으로 쓸어 올리고서 찬찬히 자신의 얼굴을 들여다본다. 두 아이를 낳고 지금 세 번째 아이를 가져 몸이 무거운 여자, 그 여자는 마쓰도 시즈에이다. 바로 나인 것이다. 하지만 오랜만에 거울을 보는 탓인지 오늘만큼은 아무래도 자신의 얼굴이 아닌 것 같은 느낌이 든다.

낮에 있었던 일을 떠올리자 불안해졌다. 만약 정말 나병에 걸렸으면 어쩌지. 다이이치와 미요는 어떻게 되는 걸까. 남편 겐타는 나를 어떻게 생각할까. 아직 아이들이 어린 데다 배 속의 아기는 어떻게 해야 하나. 누구와 의논하면 좋을까.

눈물이 천천히 흐른다.

갑자기 부모님이 생각난다. 오랫동안 못 뵈었는데 건강히 잘 지내고 계실까. 아버지도 어머니도 곧 환갑을 맞게 된다. 어렸을 때 아버지와 어머니의 뒤를 쫓아 산에 올라가서는 아버지 등에 업혀 노래를 불러달라고 떼를 쓰던 기억이 난다. 조금은 목이 쉰 아버지의 목소리가 그립다.

아버지가 너무나도 보고 싶은 나머지 시즈에는 자신도 모르게 낮은 목소리로 아버지가 불러주던 동요를 흥얼거리기 시작한다. 시즈에는 이 노래를 참 좋아한다.

어디로 가느냐 잠자리야
작은 게를 잡으러 가지
작은 게는 잡아서 뭘 하려느냐
우리 누나 시집가는 데 쓰지
네 누나는 누구냐
숲속의 휘파람새지

시즈에는 마지막 부분에 나오는 "숲속의 휘파람새지"의 가락이 재미있어서 아버지에게 몇 번이나 불러달라고 조르곤 했다. 시즈에가 웃을 때면 아버지도 따라 웃었다. 아버지는 시즈에가 조르는 대로 이 부분을 몇 번이고 반복해서 불러주었다.

먼 추억 속의 아버지와 자신의 모습이 새삼 우습게 느껴져 웃음을 짓다가 시즈에는 눈물을 훔쳤다. 슬픈 것인지 우스운 것인지 알 수가 없었다.

나베 할머니가 나시 떠오른다. 마을 변두리에서 홀로 외로이 숙어간 나베 할머니에게는 정말로 이웃이 하나도 없었던 걸까. 일가 친척 모두 할머니를 혼자 남겨두고 마을을 떠났다는 소문이 있는가 하면, 나베 할머니가 어느 날 홀연히 나타나 마을 변두리 동굴에서 살게 되었다는 소문이 있기도 했다. 어느 쪽이 사실일까. 나베 할머니가 죽은 뒤 화장을 할 때에도 할머니를 찾아 온 친척은 아무도 없었다. 역시 할머니는 혼자였던 걸까. 어디서 흘러 들어와 마을에 살게 된 걸까. 이 마을 저 마을을 전전하다 돌을 맞고 쫓겨난 걸까. 할머니가 가여운 한편 몰래 훔쳐보았던 짓무른 얼굴이 떠오른다.

거울 속의 얼굴이 희미하게 보이는 건 시력이 떨어진 탓일까. 시즈에는 눈에 고인 눈물을 소매로 훔친다. 그 소매로 거울을 닦고서 다시 들여다본다. 역시 기분 탓인지 뺨과 코, 관자놀이 주변이 부어 있는 것 같다. 고름 같은 게 뭉쳐 있는 것 같기도 하다. 한번 신경 쓰기 시작하니 얼굴의 멍이나 반점, 모공까지 죄다 이상하게 보인다.

시즈에의 작은 얼굴은 걱정으로 가득 차 있는 것 같다. 그저 신경 쓰지 않으면 그뿐, 지금까지 아무 걱정 없이 잘 살아오지 않았는가. 괜찮다, 하며 시즈에는 스스로를 위로해본다. 이런 일로 걱정하고 있을 때가 아니다. 배 속에는 세 번째 아기가 자라고 있다. 마디가 굵어진 손으로 배를 어루만져본다.

시어머니 다에가 어느새 일어나 등 뒤에서 말을 건넨다.

"무슨 일이니, 시즈에…."

"아무것도 아니에요, 어머니. 내일 먹을 고구마를 찌려던 참이었어요."

시즈에는 황급히 거울을 숨기고서 눈물을 훔치며 뒤돌아 시어머니에게 대답한다.

부엌으로 내려와 수돗가로 다가간 다에는 항아리에 담긴 물을 한 국자 퍼 마시며 손을 허리에 대고 몸을 쭉 편다.

다에는 시즈에가 내일 먹을 고구마를 미리 쪄놓을 리가 없다는 걸 알고 있다. 시즈에는 늘 아침에 갓 쪄 낸 따끈한 고구마를 식구들에게 내준다는 걸 이미 잘 알고 있던 터였다. 시즈에 앞의 아궁이를 힐끗 보았지만 역시 냄비는 보이지 않았다. 시즈에에게 뭔가 고민이라도 있는 건지 궁금했지만 다에는 잠자코 봉당에서 몸을 돌렸다.

시즈에는 그런 다에의 등을 바라보며 이야기한다.

"어머니, 아이가 생긴 것 같아요…."

다에가 천천히 뒤를 돌아본다.

"아이가 생긴 게 울 일이더냐? 얼마나 기쁜 일이냐. 아이는 보배야. 많으면 많을수록 좋은 거지. 내일 겐타와 아버지께도 이 기쁨을 알리자꾸나. 다이이치도 미요도 분명 좋아할 게야. 내일 다 같이 축하하자꾸나."

다에는 이렇게 말하고서 천천히 방으로 들어갔다.

다에는 시즈에의 눈물을 오해한 모양이지만 시즈에는 지금은 오히려 그 편이 더 낫다고 생각한다.

아궁이 불은 어느새 사그라들어 힘없이 탄다. 더 이상 주변을 밝히지 못할 정도로 약해진 불은 주위의 어둠에 녹아들어 조용히 남은 불씨를 태우고 있었다.

8

시즈에는 괭이를 쥐고 있던 손을 잠시 놓으며 머리에 쓴 수건으로 이마의 땀을 닦고서 눈에 띄기 시작한 배를 손으로 쓰다듬었다. 곧 일곱째 달이 된다. 그리고 곧 올해 여름도 끝이 난다….

다이이치와 미요는 어디로 간 걸까. 채소밭에 같이 가자며 졸라대더니 데리고 온 뒤로는 두 아이의 모습이 보이지 않는다. 아이들은 혼자서도 잘 크고 있다. 평소처럼 큰 소리로 부르면 어딘가에서 뛰어올 것만 같다. 주변 어느 나무 그늘에 숨어 있을지도 모른다. 아니면 근처에 있는 소스강에 갔을지도 모른다. 다이이치는 정말로 강을 좋아한다. 딱히 걱정할 필요는 없을 것이다.

두 아이는 그렇다 치더라도⋯. 불러오는 배를 손으로 매만지던 시즈에는 불안하다. 배가 부르면서 시즈에의 몸에도 변화가 일어 났기 때문이다. 살갗에는 지금까지 본 적 없는 습진이나 반점이 나 타나고 손가락과 발가락은 통통 부어올라 단단해지고 있으며 뼈마 디가 두툼하게 솟기도 했다. 지금까지 두 번 임신했을 때는 보이지 않던 변화다. 어쩐지 불안한 예감이 든다. 몇 달 전에 나에를 비롯 한 여자들이 말하던 그 병이 아닐까 싶은 것이다. 곧 아이가 태어 날 텐데 어찌하면 좋을까. 정말 내가 나병이라면 아이를 낳아서는 안 되는 게 아닐까. 태어날 아기는 어떻게 되는 걸까. 다이이치와 미요는 얼마나 힘들까⋯.

기분 탓인지 최근에는 마을 사람들조차 자신을 보고 수군대며 피하는 것 같다. 시즈에보다 나이가 어린 도시코와는 친하게 지냈 었는데 이제는 시즈에를 보고서도 그냥 집으로 쑥 들어가 버린다. 다이이치와 미요도 둘만 노는 일이 더 잦아진 것 같은 기분이 든다. 따돌림이라도 당하고 있는 건 아닐까⋯. 아이들이 가엽다. 그렇게 생각하니 가슴이 메어온다.

시즈에의 눈에는 눈물이 고인다. 고개를 들어 주위를 둘러본다. 도로 옆 밭 기슭에 서 있는 뽕나무가 바람에 흔들리고 있다. 가만 히 쳐다보니 뽕나무는 마치 똑바로 선 사람처럼 팔을 크게 펼치고 서 살아 있는 자신의 가지들을 흔들어대고 있다. 밭에 심어놓은 채

소 잎 하나하나도 기묘한 생물처럼 꿈틀거리는 듯이 보인다. 익숙한 풍경이 갑자기 움직이기 시작하는 것이다. 제방의 억새도 흔들리고 있다. 산의 나무 한 그루 한 그루가 술렁이면서 파도처럼 너울거린다. 시즈에는 밀려오는 불안감에 자신도 모르게 소리를 질렀다.

"다이이치…, 미요…."

대답이 없다. 나무는 여전히 흔들리고 있다. 아니, 산 전체가 일제히 신음 소리를 내며 덮쳐온다. 시즈에는 황급히 괭이를 내던지고 목청껏 외쳤다.

"다이이치…, 미요…."

"다이이치…, 미요…."

아무런 대답이 없다. 시즈에는 밭에서 뛰쳐나가 강변도로를 미친 듯이 달리기 시작했다. 온 힘을 다해 다이이치와 미요의 이름을 불렀다. 역시 대답이 없다. 오늘따라 두 아이는 멀리까지 나간 모양이다. 산이 두 아이를 삼켜버린 건 아닌지 불안과 초조함에 숨이 끊어질 것 같다.

당황해서 어찌할 바를 몰라 하던 시즈에 앞에 갑자기 두 아이가 나타났다. 두 아이는 평소와는 다른 시즈에의 목소리를 듣고 황급히 강변에서 뛰어온 것이다. 어깨로 숨을 쉬면서 의아한 표정으로 시즈에의 얼굴을 쳐다본다. 시즈에는 두 아이에게 달려가 품에 꼭 껴안았다. 뜨거운 눈물이 하염없이 흐른다. 참으려 해도 참을 수가

없다. 미요가 시즈에의 품 안에서 갑갑하다는 듯이 고개를 내밀고
말한다.

"엄마, 답답해."

시즈에는 힘껏 끌어안고 있던 팔을 풀고 눈물을 닦았다. 두 아이
의 얼굴을 다시 들여다보았다. 그러고서는 마음속으로 천천히 중
얼거렸다.

'내가 어떻게 되더라도 너희는 씩씩하게 살아가는 거야. 알았지?
다이이치, 미요. 알아들었지?'

다이이치는 그때 엄마의 입술이 희미하게 움직이며 뭔가 자신에
게 당부하는 것 같았고 또 그 말이 매우 중요한 이야기인 거라 느
꼈다. 하지만 그 말이 뭔지 듣고 나면 자신도 엄마처럼 울어버릴까
봐 꼭 입술을 깨물고는 엄마를 지켜보고만 있었다.

9

마쓰도 집안의 시즈에가 나병을 앓고 있는 것 같다는 소문은 작
은 소스 마을 구석구석까지 순식간에 퍼져 나갔다. 오쿠무라 진료
소 의사 고키 단메(단메는 할아버지라는 뜻인데 오쿠무라와 소스
사람들은 친근함과 존경심을 담아 그렇게 부르곤 했다)가 시즈에
를 진찰하러 오면서 그 소문은 더욱 신빙성을 띠게 된 것 같았다. 몸

이 무거워진 시즈에가 오쿠무라까지 가는 게 불편해서 남편에게 무리하게 부탁해 의사가 왕진을 온 것인데 시즈에의 불안은 절반은 적중한 것이나 마찬가지였다. 고키 단메는 나병이 의심된다며 일단 전문병원에 가서 정밀검사를 받는 게 좋겠다고 했다.

의사가 돌아간 뒤부터 마을 사람들은 노골적으로 시즈에를 피했다. 시즈에만이 아니라 마쓰도 가족 모두를 꺼림칙해하는 눈빛으로 바라보고는 멀리하는 것이었다. 시즈에는 그게 가장 견디기 힘들었다. 남편이나 가족들은 시즈에의 병에 관해 한마디도 하지 않고 평소처럼 따뜻하게 시즈에를 지켜주고 있었다. 그 때문에 시즈에는 더욱 위축될 수밖에 없었다. 모두가 말없이 자신을 감싸주는 것에 대해 뜨거운 눈물을 얼마나 많이 흘렸는지 모른다. 시즈에의 증상은 시즈에 자신은 물론이고 누구라도 눈치챌 수 있을 정도로 몸 여기저기에 나타나고 있었다.

마을 정례 회의에서 시즈에가 화제에 오르고 겐타와 마을 사람들이 험악하게 대립하게 된 것은 의사 고키 단메가 시즈에를 진찰하고 난 뒤 2주 정도 지난 뒤의 일이었다.

정례 회의는 보통 한 달에 한 번 정도 열리는데, 마을 공동 매점에서 구입할 필요한 물건을 정하거나 혹은 한 달에 한 번 요나바루에서 오는 통통배의 발착 시간을 공지하거나 하는 일이 주된 논읫거리였다. 때때로 산 진입로가 토사에 묻혀 통행이 어려워지면 복구 날짜를 정하기도 하고 품앗이가 필요한 집이 있으면 전체가 의

논도 하는 자리였다.

회의에서 이루어지는 논의는 늘 평화롭게 진행되었고, 회의가 끝난 뒤에는 으레 마을 남자들이 한자리에 모여 술을 마시며 담소를 나누고 서로를 위로했다.

그날도 마을의 공동 매점 주임으로부터 대충 설명과 보고를 듣고는 잡담을 시작하고 있었다. 최근의 화제는 대부분 전쟁에 관한 것이었다. 한정된 정보와 지식을 바탕으로 서로 이러쿵저러쿵 이야기를 하며 놀라거나 감탄하기도 했다.

겐타도 함께 이야기를 나누며 술을 마셨다. 슬슬 자리에서 일어나 귀가하려는 사람들이 나올 즈음이었다. 갑자기 겐타 앞에 다와타 고로와 다이라 요시노부가 앉더니 그를 질책하기 시작했다.

"이봐, 겐타. 넌 시즈에를 어떻게 할 참이야?"

갑자기 고로가 겐타에게 물었다. 고로의 눈은 술에 취해 번쩍이고 있었다. 요시노부도 이어서 물었다.

"겐타, 좀 생각해봐야 하는 거 아냐? 대책을 세워야 하지 않느냐고."

겐타는 말없이 술을 한 모금 마신다. 그런 태도가 두 사람의 마음에 들지 않았는지 갑자기 분위기가 험악해졌다.

"야, 이 자식아. 무시하는 거냐? 무슨 말이라도 해보란 말이야. 시즈에가 나병에 걸렸다잖아. 어떻게 할 셈인데?"

겐타는 이미 결심한 바가 있었다. 시즈에는 나병이라고 명확하게 진단받은 게 아니다. 게다가 지금은 임신 중이다. 먼 요양소까지 데려갈 수는 없다.

"어떻게도 하지 않을 거야."

"어떻게도 하시 않나니…. 계속 집에 두셨다고?"

"그래."

젠타는 단호하게 말했다. 이렇게 선언하고 나니 마음속의 멍울이 풀어지는 것 같기도 했다. 젠타는 최근까지도 고민하고 있었다. 어떻게 하면 좋을지 결정을 내리지 못하고 있었던 것이다. 마을 사람들에게는 면목 없는 일이라고 생각하며 고민만 하고 있던 차였는데 지금 이렇게 고로와 요시노부로부터 추궁을 당하니 오히려 결심이 선 것이다. 역시 자신의 마음이 가는 대로 하는 게 좋을 듯했다.

고로가 다시 큰 소리로 말하며 다가온다.

"어이, 젠타. 그건 안 될 말이지. 그렇게 하면 온 마을 사람들이 죄다 나병에 걸리고 말거야. 너도 마찬가지고. 그리고 나도 걸리게 될 거야. 정말 그래도 된다고 생각해?"

젠타가 그 병을 어떻게 이해하고 있는지는 알 수 없으나 아마도 대부분의 사람들과 크게 다르지는 않을 것이다. 과장되거나 왜곡되어 전해지는 미신과 오해를 젠타도 똑같이 받아들이고 있는 터였다. 예를 들면 그 병은 불치병일 뿐만 아니라 손발의 모양이 변하고 눈썹과 머리카락이 빠지며 썩는 냄새를 풍기면서 죽어가는 병이라는 것, 또 그 병은 전염성이 강한 병이기도 하다는 것이다. 심지어 그 병은 당사자나 부모 형제 또는 조상의 죄 때문에 받는 천벌이며, 반드시 유전되는 병이기도 하다…. 산간에 위치한 소스 마을 사람들은 그런 사실을 당연한, 지극히 당연한 것처럼 받아들이고 있었다.

"난 괜찮아."

겐타는 두 사람에게 답했다.

"괜찮다고? 너는 괜찮을지 몰라도 난 괜찮지 않아."

고로가 흥분해서 소리친다. 요시노부도 겐타에게 말한다.

"겐타, 멀리 떨어진 곳에 집을 짓고 거기에 시즈에를 격리시키는 게 어때? 그게 좋을 것 같아."

주위에서 이야기를 듣던 사람들이 고개를 끄덕인다. 흩어져 있던 마을 사람들이 세 사람의 이야기에 귀를 기울이다 어느 틈에 가까이로 모여든 것이다.

"겐타. 요양소로 보내는 게 좋을 듯해. 어딘가에 있다고 들었는데 잊어버렸네. 아무튼 나병에 걸린 사람만 모아놓은 요양소가 있다고 들었어."

멀리서 장로 격인 누군가의 목소리가 들린다.

"그래, 맞아. 그게 좋겠다."

거기에 동조하는 목소리가 어디선가 겐타 귀에 들린다.

"겐타, 고생하는 건 바로 너야. 너를 걱정하고 있는 거라고."

주위에 모인 마을 사람 모두가 겐타를 설득하려 드는 것 같다.

겐타는 사람들에게 둘러싸인 채 가만히 듣기만 했다.

아버지 겐스케가 일어나 다가서려 하자 주변 사람들이 말렸다.

"겐타, 생각해봐. 넌 아직 젊으니 시즈에를 내보내고 새장가를 가면 되잖아."

누군가가 조롱하듯 말한다.

겐타는 그때만큼은 목소리가 들리는 쪽을 노려보았다. 그러고는 다시 분명하게 말했다.

"어디에도 시즈에를 보내지 않아요. 제가 돌봅니다."

"뭐라고?"

누군가 겐타의 목덜미를 뒤에서 잡아챈다. 겐타 앞에 있던 고로도 겐타의 멱살을 붙잡고서 일어선다. 사람들 틈에 낀 겐타는 몸싸움 끝에 밀려 일어선다. 와장창 하고 여기저기서 그릇과 술병이 떨어지는 소리가 난다.

"이봐, 겐타. 지금 뭐라고 했어. 다시 말해봐. 모두가 이렇게 부탁하고 있는데, 너무 뻔뻔한 거 아냐?"

시비를 걸듯이 겐타 앞을 고로가 가로막더니 갑자기 오른쪽 주먹을 날린다. 겐타는 격심한 통증을 느끼며 뒤로 나자빠진다. 고로가 다시 달려들어 겐타의 얼굴에 마구 주먹질을 한다. 한동안 가만히 있던 마을 사람들은 당황한 나머지 두 사람을 떼어놓기 바쁘다.

"그만해, 고로. 그 정도로 했으면 됐잖아. 그만둬."

마을 사람들은 입을 모아 격앙된 고로를 진정시킨다. 그러고는 흥분한 마음을 가라앉히려 자신의 자리로 돌아간다.

겐타도 제자리로 돌아가 앉는다. 한동안 침묵이 이어진다.

"됐어. 이 정도로 이야기했으면 겐타도 알아들었을 거다."

"이 정도로 말했는데도 모르겠다고 한다면 그냥 겐타가 원하는 대로 놔둬. 우리도 우리가 원하는 대로 할 테니까."

"다시 술이나 마시자."

장로 격의 몇몇 마을 사람들의 목소리가 조용한 방에 울려 퍼진다. 사람들이 수런대는 가운데 다시 술자리는 시작되었지만 험악한 분위기는 좀처럼 사라지지 않았고 겸연쩍게 앉아 있던 사람들은 한 사람 두 사람 슬슬 일어나기 시작한다.

결국 몇 사람만이 남았다. 겐타는 홀로 같은 자리를 줄곧 지켰다. 앞에 놓인 잔에 술을 따라서 한꺼번에 털어 넣었다. 입안이 찌릿찌릿하다.

"겐타. 그만해. 이제 집에 가자."

겐스케가 겐타의 등을 두드린다. 좀처럼 자리를 떠나지 않으려는 겐타를 겐스케는 억지로 일으키려고 여러 번 등을 두드린다.

겐타는 이 자리에 아버지 겐스케가 있었다는 걸 잊고 있었다. 말로 표현하기 어려운 생각에 잠겨 있던 그는 그동안 참고 있던 감정이 터질 것만 같았다. 분했다. 그건 자신에 관한 감정이라기보다는 시즈에에 대한 감정이다. 시즈에의 고통을 생각해보니 자신의 무력함이 더욱 한심하게 느껴진 것이다.

그날을 계기로 마을 사람들은 마쓰도 집안 사람들에게 이전보다 훨씬 더 차가운 시선을 보냈다. 그것은 누가 보아도 분명했다. 남편의 부은 얼굴을 본 시즈에 역시 그날 밤 마을 사람늘과 남편 사이에 불미스러운 일이 있었다는 걸 금세 알아차렸다.

시즈에에 대한 마을 사람들의 태도는 점점 더 차가워져갔다. 시즈에는 그럴 때마다 더욱 깊은 슬픔에 잠길 수밖에 없었다.

급기야 마당에 돌이 날아들기 시작했다. 심지어 문을 과녁 삼아 돌을 던지는 일도 더러 있었다. 집 주변에서는 거친 말로 아이들이 노랫말을 바꾸어 시즈에를 놀리는 노래를 부르기도 했다.

나병환자 시즈에 나병환자 시즈에

어디로 가니

어디로 가니

저는 어디에도 가지 않아요

나병환자 시즈에 나병환자 시즈에

어디로 가니

어디로 가니

저는 남편과 함께 있는 게 좋아요

나병환자 시즈에 나병환자 시즈에

빨리 가지 않으면

빨리 가지 않으면

모두 모두 나병에 걸리지 모두가 나병환자 되지

시즈에는 혼자 좁은 뒷방에 앉아 몸을 움츠리고서 아이들의 노랫소리를 들었다. 더 이상 밖에 나갈 수도 없게 된 시즈에는 온종일 홀로 그 방에서 지냈던 것이다.

시즈에는 매일매일 자신이 무엇을 해야 할지 어떻게 하는 게 좋을지 고민했다. 예전에는 마쓰도 집안에서 자신이 해야 할 역할이 명확했는데 언제부턴가 식사 준비도 시어머니 다에가 하게 되었다. 그리고 가족이 식사를 하는 동안에는 혼자 떨어져 나와 봉당에 앉아 있다가 식구들의 식사가 끝난 뒤에야 뒷방에서 숨은 듯이 식사를 하곤 했다. 식구들은 같이 먹자고 하지만 시즈에는 완강하게 사양했다. 그러자 어느새 아무도 시즈에에게 같이 식사하자는 말을 하지 않게 되었다.

시즈에는 토방에 앉아 멀리서 다이이치와 미요가 어떻게 밥을 먹는지 바라보며 애를 태우고는 했다. 그녀는 그런 자신의 모습이 참으로 한심하게 여겨졌지만 아이들 때문에 자신은 이곳에 앉아 있는 거라고 스스로를 달래며 견디었다. 다이이치와 미요는 그런 시즈에의 기분을 알고 있는지 반드시 한 번은 시즈에 쪽을 돌아보고는 했다. 아이들은 그 짧은 순간에도 시즈에의 눈에 담긴 깊은 애정을 느끼는 듯했다. 시즈에는 필사적으로 온 마음을 담아 두 아이를 바라보았다.

'두 사람 모두 밥을 남기면 안 된다. 미요, 생선 가시 조심해야 지….'

시즈에는 마음속으로 크게 외쳤다. 그러나 시즈에는 자식들에게 말을 거는 것조차 피하고 있는 모습에 익숙해져가는 자신이 슬펐다. 다이이치와 미요에게도 이 일은 역시 슬픈 시간일 터였다.

10

시즈에가 나병에 걸린 것 같다는 소문은 시즈에가 태어난 이웃 마을 아다에까지 전해졌다. 시즈에의 아버지 오시로 사다이치와 어머니 우사는 그 소문을 들을 때마다 마음이 저렸다. 장녀로 태어난 시즈에는 아래로 네 명의 동생을 두고 있었다. 요시에, 마사에, 데이조, 데이키 등 네 명의 동생을 잘 돌보던 싹싹한 성격의 누나였다.

사다이치와 우사는 그 야무진 시즈에가 나베 할머니와 같은 병에 걸렸다는 게 도무지 믿기지 않았다. 그러나 들리는 이야기들은 그게 사실이라는 걸 증명하고 있었다. 사다이치와 우사가 20리 산길을 넘어 마쓰도 집을 찾아간 것은 이미 여름이 끝나고 쌀쌀한 겨울바람이 불기 시작한 무렵이었다.

"역시 안 되겠습니까? 꼭 시즈에를 데려가고 싶은데요…."

사다이치는 잔에 담긴 아와모리를 단숨에 털어 넣은 후, 몸을 굽혀 겐스케와 겐타를 보면서 의기소침하게 다시 입을 연다.

"저는 더 이상 가족분들에게 폐를 끼쳐서는 안 된다고 생각하고 아내와도 상의를 끝내고 왔습니다…."

집 밖에는 이미 깊은 어둠이 내려앉았다. 천장에 매달린 등불이 단단히 닫힌 문틈 사이로 새어 들어오는 바람에 이따금씩 흔들흔들 흔들리다가도 다시 불을 밝힌다. 겐스케와 겐타, 다에, 그리고 사다이치와 우사는 그 희미한 등불 아래에 둘러앉아 고개를 푹 숙인 채 몸을 서로 맞대고 있었다.

밤은 일찌감치 마을을 덮었다. 소스 마을은 날이 저물면 인기척이 뚝 끊긴다. 대부분 날이 저물기 전 잠자리에 들기 때문이다. 사다이치와 우사가 마쓰도 집에 도착한 것은 해가 완전히 저문 후였기 때문에 지금쯤은 모든 집이 다 잠들어 있을 터였다. 그 가운데 마쓰도 집만 불을 밝히고 있는 것이다. 그리고 지금 그 등불 아래에서 사람들은 각자의 생각을 안고서 가만히 슬픔을 견디고 있다.

다에가 조용히 입을 연다.

"시즈에는 참으로 야무진 며느리예요, 우사 씨. 저는 시즈에가 우리 집에 온 이후로 아무 일도 하지 않아도 될 만큼 편하게 지냈답니다. 왜 하필 시즈에가 그런 병에 걸려버린 것인지…."

다에는 말을 채 끝맺지 못하고 목에 두른 수건으로 눈물을 닦는다.

우사는 남편 사다이치가 마쓰도 집을 찾아온 이유를 말하기 시작할 때부터 울기 시작한 탓에 눈이 부었다. 이따금 코를 풀기도 하며 그녀는 다에에게 안겨 위로를 받고 있긴 하지만 여전히 고개를 깊이 숙인 채로 있을 뿐이다.

"많은 폐를 끼쳐 정말로 면목이 없습니다."

우사는 코를 훌쩍이며 띄엄띄엄 짧은 말만 이어가다 다시 고개를 떨군다. 그 모습을 보며 겐스케가 말을 꺼낸다.

"이봐요, 우사 씨. 고개를 들어요. 오히려 우리가 잘못을 빌어야 마땅합니다. 귀한 딸을 며느리로 맞았는데, 그런 병에 걸리고 말았으니… 용서하십시오."

겐스케가 머리를 떨어뜨린다.

"그렇지만 시즈에는 이미 마쓰도 사람입니다. 겐타의 아내이지요. 겐타 말처럼 겐타가 하고 싶은 대로 하게 놔둡시다. 부부는 '저세상까지 함께'라는 옛말이 있지 않습니까. 겐타 말대로 겐타가 간병하게 둡시다. 부탁이에요."

겐스케는 일부러 밝은 웃음을 억지로 만들어 보이면서 사다이치의 잔에 아와모리를 따른다.

"사다이치 씨, 겐타와 시즈에는 말이죠. 제 입으로 말하는 게 좀 그렇긴 하지만 온 마을 사람들이 부러워할 정도로 금슬이 좋은 부부예요. 집사람과 제가 다 질투할 정도죠. 시즈에를 겐타에게 맡기는 게 가장 좋을 겁니다."

겐스케의 말에 모두 긴장된 얼굴이 조금씩 풀리더니 처음으로 웃음을 보인다.

시즈에는 혼자 봉당 입구 구석에 웅크리고 앉아 있다. 드문드문 사람들의 목소리가 들려온다. 옆방에서는 우메코가 다이이치와 미요를 안은 채 자고 있다. 다쓰키치는 어디에 갔는지 모습이 보이지 않는다.

아궁이 안에서 희미하게 타고 있는 잔불을 멍하니 바라보니 사그라드는 불이 마치 자신의 운명처럼 느껴진다. 아궁이 불처럼 나도 이 세상에서 사라져가는 것일까…. 더 이상 불은 아궁이를 달굴 힘이 없어 보인다.

"마을 장로들은 외딴곳에 집을 지어 시즈에가 거기에서 살도록 하는 게 어떠냐고 하지만 겐타는 절대 그 말을 듣지 않았습니다. 얼마 전에 있었던 마을 회의에서 시즈에에 대한 이야기가 나왔는데 겐타를 아무리 설득해도 소용없었죠. 결국 겐타가 하고 싶은 대로 놔두자는 쪽으로 결론이 났어요. 겐타는 어릴 때부터 고집이 아주 셌죠. 한번 자기가 정하면 누가 뭐라 해도 다른 사람 말을 듣지 않았다니까요."

겐스케는 말을 끝내고서 아와모리를 한입에 마신다. 다에도 차를 마시며 맞장구를 친다.

시즈에는 이때 비로소 마을 회의에서 자신이 화젯거리가 되었다는 사실을 분명하게 알게 되었다. 남편과 시부모님은 시즈에에게 아무 말도 해주지 않았다. 그날 밤 남편 겐타의 상처를 보며 마을 사람들에게 두드려 맞은 건 아닌가 의심하긴 했지만, 생각보다 격렬했던 모양이었다…. 시즈에는 자신도 모르게 무릎에 손을 모아 그 위에 이마를 올려놓고 눈을 감았다. 미안한 마음을 담고 또 담아 마음속으로 몇 번이고 남편에게 사과의 말을 전했다. 남편뿐만 아니라 시부모님 그리고 시동생들인 우메코와 다쓰키치 모두가 자신 때문에 힘들어하고 있는 건 아닌지 생각하면 마음이 무겁다.

어느덧 시부모님은 물론이고 친정 부모님도 노쇠했다. 겐타 역시 젊지 않다. 그리고… 이제는 누구보다도 시즈에가 가장 생기를 잃었다. 이제 갓 서른 살을 넘긴 나이이지만 몸 전체에서 생기라고는 찾아볼 수가 없다. 몸뿐만 아니라 정신도 마찬가지여서 앞날에 대한 꿈조차 꾸지 못한다. 출산이 가까워져 점점 불러오는 배만이 시즈에가 살아 있다는 걸 증명하는 것 같았다. 시즈에게는 더할 나위 없이 괴로운 증거였다.

"댁에서 그렇게 말씀하시니 도리가 없군요. 모쪼록 시즈에를 잘 부탁드립니다."

사다이치가 깊이 고개를 숙인다. 어느새 우사는 혼자 토방 아래에 앉아 있는 시즈에 곁으로 가서 딸의 어깨를 감싸 안고 머리를 쓰다듬는다. 누구보다 부모 생각을 많이 하던 기특한 딸이 어찌 이런 일을 겪어야만 하는 걸까, 왜 이토록 얄궂은 운명을 짊어져야 하는 걸까, 이런 생각을 하면 딸이 불쌍해서 견딜 수가 없다.

시즈에는 오랜만에 어머니의 그리운 냄새를 맡자 억누르고 있던 슬픔이 자신도 모르게 터져 나왔다. 자신의 몸에 아직 이토록 많은 눈물이 남아 있다는 걸 이제야 알았다. 이렇게 간절한데도 하늘은 어째서 병이 낫게 해주지 않는 걸까.

"어머니…."

시즈에는 무심코 어머니를 불러본다. 시즈에와 우사는 지금이 살아서 마지막 순간일지도 모른다는 생각이 동시에 들었다. 눈물이 하염없이 흐른다. 시즈에는 일어서는 어머니의 다리를 붙잡고 엉엉 울었다. 시즈에는 남편이 아니라 어머니를 붙잡고 응석부리듯 울고 있는 자신의 모습을 깨닫고, 이유는 알 수 없지만 남편에게 미안한 마음이 들었다. 또 울음소리와 함께 지금까지 안간힘을 쓰며 지탱해온 자신이 한꺼번에 와르르 무너지는 소리가 또렷이 들리는 것 같았다. 그것은 마치 온몸에서 혼이 빠져나가 시즈에의 정신과 육체를 느슨하게 만드는 것 같았다.

사다이치와 우사가 괴롭고 힘든 마음으로 마쓰도 집을 나선 것은 깊은 밤중이었다. 올 때처럼 사람들의 눈을 피해 어둠에 모습을 감추며 소스 마을을 떠났다. 강을 건너 좁고 가파른 언덕을 올랐을 때 두 사람은 뒤를 돌아 소스 마을을 바라보았다. 마을은 방금 전까지의 슬픔과는 아무런 상관이 없는 듯 조용히 깊은 어둠 속에 가라앉아 있었다. 이렇게나 슬픈 일이 있는데 마을은 아무 일도 없는 것처럼 쥐죽은 듯 조용한 것이다. 시즈에가 이 마을에서 자신의 앝

굿은 운명을 짊어지고 울고 있는데도 말이다. 그런 걸 이 마을은, 이 어둠은, 이 산은 정말 아무것도 모르는 것일까…. 뭔가 불합리하다는 생각이 들어 사다이치는 분노가 치밀어 올랐다.

사나이치는 시즈에가 기여워서 견딜 수가 없었다. 어린 시절의 시즈에를 떠올리자 참고 있던 감정이 북받쳤다. 어떠한 위로도 할 수 없었던 자신이 원망스러웠다. 하지만 어떤 말을 하면 위로가 된단 말인가. "아빠…" 하고 부르며 달려오던 어린 시즈에의 웃는 얼굴이 떠오른다. "아빠, 노래, 노래 불러주세요" 하며 등 뒤에서 깔깔대던 시즈에가 생각나는 것이다.

사다이치는 마치 쓰러지듯 그 자리에 무릎을 꿇었다. 땅바닥을 주먹으로 때리고 잔디를 마구 뜯었다. 어깨를 들썩이며 외치는 신음 소리는 주변을 무너지게 만들 것 같다. 그 모습을 본 우사는 황급히 다가와 남편을 감싸 안으며 위로했다.

우사는 남편의 통곡 소리가 사방 어둠 속으로 빨려 들어갔다가 정체를 알 수 없는 새로운 통곡 소리가 되어 산에서 메아리치는 것을 몇 번이고 듣고 있는 것 같았다. 산들의 통곡 소리에 휩싸여 남편과 자신이 이대로 사라지는 건 아닐까 싶을 정도의 전율을 느끼면서 반대로 남편에게 매달렸다.

제

2

장

1

 남편 겐타의 격려와 나무람 속에서 시즈에는 세 번째 아이를 낳
았다. 마을에서 태어난 아이 대부분을 받은 우이누시마의 산파 쓰
루 할머니가 마쓰도 집에 도착했을 무렵에 시즈에는 이미 호흡이
거의 안정되어 있었다. 쓰루 할머니가 시즈에의 가랑이를 조금 벌
리자 얼마 지나지 않아 아이가 태어났다. 여자아이였다. 순산이었
지만 시즈에는 기쁘지 않았다. 다이이치와 미요가 태어났을 때에
는 고통스러우면서도 동시에 커다란 기쁨이 밀려왔지만, 나을 수
없는 병을 가진 몸으로 낳아서인지 셋째 아이는 달랐다. 낳지 않겠
다고 했지만 시부모님과 남편은 절대 허락하지 않았다. 그러나 막
상 낳고 보니 튼튼하게 자라주었으면 하는 생각이 들었고 이상하
게도 슬프지가 않았다. 슬픔에도 익숙해져버린 것일까.

허탈감이 시즈에를 엄습했다. 그저 이렇게 가만히 눈을 감고 싶다, 이대로…. 이런 생각을 하자 눈가에서 가는 눈물이 한 줄 흘러내렸다. 눈물을 훔치며 눈을 뜨자 시어머니 다에와 산파 쓰루 할머니가 시즈에의 얼굴을 들여다보며 웃고 있었다.

"시즈에, 고생했어. 건강한 여자아이란다."

"걱정 말아라, 시즈에."

다에와 쓰루 할머니가 번갈아가며 시즈에게 미소를 지어 보인다. 시즈에도 고개에 힘을 주어 끄덕여본다. 감사 인사를 하고 싶지만 목소리가 나오지 않는다. 다에와 쓰루 할머니에게는 시즈에의 입술이 약하게 떨리는 것처럼 보일 뿐이다.

"옛말에 '바라는 일이 곧 행복'이라고 하지 않니. 바라고 빌면 반드시 행복이 찾아오게 되어 있어. 시즈에, 마음을 단단히 먹어야 한다. 나는 늘 행운아만 받는 산파야. 내가 받았으니 이 아이도 반드시 행복하게 살 거다."

주름투성이 쓰루 할머니가 더욱 주름진 얼굴로 웃으며 시즈에를 바라본다.

날이 밝아오는 모양이다. 문틈 사이로 아침 해가 비친다. 한 줄기 햇빛이 아지랑이처럼 흔들리고 있다. 그 찬란한 햇빛을 보며 잠에 들락 말락 한 시즈에의 몽롱한 시야 속으로 빛에 휩싸인 누군가 걸어 들어온다. 순간 시즈에는 자신을 데리러 온 조상의 혼인가 싶었다. 눈부신 빛 때문에 눈이 아플 정도다. 소리도 내지 않고 몸을 구부린 채로 이쪽을 향해 다가온다. 이건 부유하고 있는 내 영혼인 것일까. 이윽고 그 사람은 시즈에의 눈앞을 서서히 가리며 어둠 속으로 사라진다. 빛을 등지고 걸어 들어온 남편 겐타의 말을 다 듣기도 전에 시즈에는 순식간에 깊은 잠에 빠져들었다.

남편 겐타는 셋째 아이 이름을 사치코라고 지었다. 사치코는 시즈에의 불안과는 달리 무럭무럭 자랐다. 가족 모두의 사랑을 독차지하며 탈 없이 자라 아무런 걱정이 없었다.

우메코는 막내 조카 사치코를 친자식처럼 귀여워했다. 분위기가 어둡고 가라앉기 마련인 마쓰도 집은 사치코가 태어나면서 밝은 웃음을 되찾게 되었다. 가족 모두가 사치코의 일거수일투족에 주목하며 웃음꽃을 피웠던 것이다. 시즈에에게 예민하게 굴던 가족들의 시선도 사치코가 태어나면서 얼마간 부드러워졌다.

그러나 시즈에는 사치코의 미래를 마냥 안심할 수는 없었다. 사치코의 미소를 볼 때면 오히려 지병이 있는 자신의 몸에서 태어난 아이가 불쌍하게 보이고 불안하기만 했다. 자신과 같은 병에 걸리는 건 아닌지, 병이 옮는 건 아닌지 늘 불안했다. 벌써부터 마을 사람들은 사치코를 꺼림칙하게 여기며 멀리서 조용히 지켜보기만 했다. 사치코를 안아주거나 하는 일은 결코 없었다. 사치코에 대한 마을 사람들의 시선이 가족과 같을 수 없는 것은 어쩌면 당연한 일인지도 모른다.

시즈에는 아무 생각 없이 젖을 빠는 아이의 얼굴을 바라본다. 눈물이 쏟아진다. 왜 이렇게 울보가 된 걸까. 한심하기 짝이 없다. 젖을 무는 사치코의 힘은 다이이치나 미요보다 센 것 같다. 이대로 건강하게만 자라주면 좋으련만….

젖을 빨며 잠이 드는 아이를 바라본다. 그리고 자신의 새하얀 가슴을 본다. 그곳만큼은 자신의 병을 모르는 것처럼 강한 생명력이 깃들어 있는 것 같다. 가슴만이 아무런 문제없이 새하얗게 숨 쉬고 있는 게 서글프다. 사치코에게 절대적으로 필요한 가슴이겠지만 그런 사실이 너무나도 잔혹하게 여겨지며 심지어 역겹기까지 하다. 손과 얼굴에는 뚜렷하게 병의 증상이 나타나기 시작했는데 말이다…. 순간 아이에게 젖을 물리는 게 불안하다.

시즈에는 새삼스레 사치코를 바라본다. 사치코, 그러니까 행복한(幸) 아이(子)라고 이름을 지은 남편의 마음을 헤아려본다. 남편 겐타에게는 미안한 일이 참으로 많다. 다이이치와 미요, 그리고 겐타를 꼭 껴안아주고 싶다. 사치코를 안고 있는 시즈에의 손에 무심결에 힘이 들어간다.

뜨거워진 시즈에의 마음을 진정시키려는 듯이 바닷바람이 부드럽게 불어온다.

2

1943년 4월 모밀잣밤나무 잎이 흔들리는 계절이 돌아왔다. 다이이치는 소스국민학교 초등과 2학년이 되었다. 이미 1941년 12월 8일에 일본군이 진주만을 공격해 태평양전쟁이 발발된 상태로, 전 국민은 국가총동원 체제 아래에서 전시 생활을 시작하며 모든 것이 전쟁 일색으로 바뀌어가던 무렵이었다.

그러나 그때까지만 해도 전쟁의 영향은 마을 사람들의 생활 구석구석까지는 이르지 못했다. 그건 아이들이나 어른들이나 마찬가지였다.

1919년에 만들어진 학교는 애초부터 우이누시마의 작은 언덕 꼭대기 위에 자리를 잡았었다. 혼무라에서 학교까지는 1km 정도인데 소스강을 건너 남쪽으로 가파른 경사를 오르다가 서쪽으로 크게 빙글 우회하여 오르면 그 끝 지점에 학교가 있는 것이다. 학교 서쪽에는 구니가미 지방의 경계가 되는 산들이 솟아 있으며, 동쪽으로는 소나무 숲이 바닷가에서 불어오는 바람을 막아준다. 뿐만 아니라 소나무 숲은 산길에서 미끄러져 절벽으로 떨어지는 걸 막는 역할을 하기도 했다. 숲 아래에는 소스강이 흐르고 또 소나무 숲 사이로는 혼무라가 한눈에 내다보이며 태평양의 넓은 바다는 물론이고 요론섬도 선명하게 보인다.

다이이치는 옆집에 사는 야마시로 고사쿠나 고사쿠의 여동생 소노코, 그리고 고사쿠의 집 맞은편에 사는 세이지 등과 함께 등교하곤 했다. 고사쿠와 세이지는 다이이치보다 세 살 많았고 고사쿠의 여동생 소노코는 다이이치와 같은 나이였다. 다이이치는 학교에서는 물론이고 하교 후에도 고사쿠와 소노고 등과 어울려 노는 일이 많았다.

아이들에게 주변의 산과 강, 바다는 아무리 놀아도 질리지 않는 놀이터였다. 강과 바다에서는 하루 종일 작은 생물들을 가지고 놀 수 있었다. 줄새우는 말할 것도 없고 게나 붕어, 뱀장어, 잠자리 유충, 올챙이 등이 얼마든지 있었기 때문이다. 바다에서 놀다 보면 늘 새로운 발견의 연속이었다.

산에서는 계절과 상관없이 꽃과 열매를 맺은 나무들을 항상 볼 수 있었다. 또한 정체를 알 수 없는 생물체들이 셀 수 없이 많아 아이들을 즐겁게 해주었다. 산은 언제 가더라도 새로운 발견이 있고 감동이 있는 곳이다.

"다이이치, 근사한 걸 보여줄 테니 따라와봐."

방과 후에 교정에서 놀고 있던 다이이치는 고사쿠 말을 듣고 기뻐하며 그의 뒤를 따랐다. 엄마가 나병에 걸린 뒤부터 다이이치는 다른 아이들과 함께 노는 일이 부쩍 줄었는데 오랜만에 고사쿠가 같이 놀러가자고 하니 다이이치로서는 반길 수밖에 없었던 것이다.

아이들이 도착한 곳은 염소 오두막이었다. 학교에서는 염소를 기르고 있었는데 4학년 이상인 선배들이 돌아가며 풀을 베고 염소를 돌보곤 했다. 다이이치는 고사쿠와 세이지가 당번일 때 함께 풀을 베거나 염소를 돌보는 걸 도운 적이 있었다. 그래서 고사쿠가 가는 방향을 보고 염소 오두막으로 간다는 걸 짐작했다.

염소 오두막에는 세이지도 있었다. 세이지 외에도 상급생 몇 명이 모여 염소 오두막 안을 들여다보고 있었다. 다이이치도 울타리에 올라 까치발을 하며 안을 들여다보았다.

"다이이치, 너 저거 알아? 교미하는 거 본 적 있나?"

다이이치는 말없이 고개를 끄덕인다. 사실 무의식적으로 고개를 끄덕이기는 했지만 눈앞에서 염소들이 교미하는 걸 보는 건 처음이다. 숫염소는 힘차게 발을 올리고 암염소 등 뒤에서 몇 번이고 그 위를 덮쳐누르고 있었다. 울음소리를 내며 엉켜 있는 염소 두 마리를 보던 다이이치는 유독 숫염소의 다리 사이로 불거져 나온 선홍색의 가느다란 성기가 묘하게 생생하게 느껴졌다. 두 염소의 그야말로 무표정한 모습을 먼 풍경처럼 보고 있는 듯한 묘한 착각에 빠져 있을 때 옆에서 고사쿠가 말을 걸었다.

"다이이치, 네 엄마와 아빠도 교미해서 널 낳은 거야."

고사쿠는 히죽히죽 웃으며 다이이치를 얕잡아보듯이 말했다. 주변에 있던 아이들도 고사쿠처럼 히죽거렸다.

"당연하지. 교미했으니까 사치코가 태어난 거지."

누군가가 말을 보탠다. 일제히 웃음이 일더니 다이이치를 놀리기 시작한다. 다이이치는 입술을 깨물며 참았다. 엄마와 아빠를 놀림감으로 삼는 아이들에게 화가 치밀어 올랐다. 입학식에 다이이치의 손을 이끌며 학교 교정으로 들어가던 그리운 엄마의 얼굴과 혼자 봉당 구석에 쓸쓸히 앉아 있는 엄마 얼굴이 떠오른다.

"다이이치, 네 엄마와 아빠는 무척 시이가 좋아서 부럽다고 우리 엄마가 말했어."

누군가가 한 말에 다시 아이들이 다 같이 웃었다.

"메에~"하고 누군가 염소 울음소리를 흉내 낸다. 다이이치는 그만 참고 있던 화를 한꺼번에 터트리고 말았다. 눈물이 뺨 위로 흐르는 걸 느낀 순간, 옆에 서 있던 고사쿠에게 달려들었다. 온 힘을 다해 고사쿠를 힘껏 때렸지만 결국 누군가가 말리는 바람에 떠밀려 나오고 말았다. 주변 아이들은 이 갑작스러운 싸움이 재미난다는 듯이 시끄럽게 떠들어댔다. 다이이치는 울면서도 몇 번이고 고사쿠에게 달려들었다. 하지만 번번이 다이이치는 발에 차이고 말았고 고사쿠는 다이이치 위에 올라타 얼굴을 때리기도 했다. 그렇지만 다이이치는 겁나지 않았다.

주변에서 웃고 떠들며 구경하던 선배들은 예상치도 못한 기세로 달려드는 다이이치의 모습에 놀라 하나같이 고사쿠로부터 그를 떼어놓으며 달래려 했다. 하지만 다이이치는 무모할 정도로 버티고 있었다. 더욱 고함을 세게 지르며 말리는 이에게까지도 가리지 않고 덤볐던 것이다. 결국 다이이치 뿐만 아니라 모두가 격분하여 다이이치에게 심한 욕설을 퍼부으며 마구잡이로 주먹질을 해댔다.

"나환자 아들인 주제에 고집이 세기는…."

"이 나병 자식아!"

아이들은 각자 다이이치에게 욕설을 퍼붓고 흠씬 두들겨 팬 다음 도망치듯이 그 자리를 떠났다. 정신을 치리고 보니 울고 있던 다이이치만 홀로 염소 오두막 앞에 남겨져 있었다. 다이이치는 고사쿠에게 화가 났지만 그보다 이유를 알 수 없는 분노에 자신도 모르게 큰 소리를 내질렀다. 그것은 아마도 엄마를 병들게 만든 운명에 대한 분노이기도 했을 것이다.

이런 일이 있고 난 뒤, 다이이치는 늘 등굣길에 함께하던 고사쿠나 세이지와 더 이상 같이 다니지 않게 되었다. 그러나 소노코만큼은 여전히 다이이치와 함께 다녔다. 소노코는 고사쿠와 다이이치 사이의 일에 대해 아무것도 모르는 눈치였다. 다이이치 역시 소노코는 물론이고 가족들에게조차 지난번 싸움에 대해서는 아무 말도 하지 않았다. 엄마는 부어터진 얼굴에 대해 따져 묻기도 했지만, 나무에서 떨어져 얼굴을 다친 거라고 퉁명스럽게 대답해버렸다. 다이이치는 이때 처음으로 엄마의 걱정이 불편하게 느껴져 차갑게 대하고 말았다.

3

소스 마을 사람들은 대부분 자급자족하며 생활한다. 밭을 갈아 고구마나 야채를 심어서는 그것을 매일의 양식으로 삼는 것이다. 또 바다에 가면 누구나 물고기를 잡을 수 있어서 사치만 부리지 않는다면 큰돈이 필요하지는 않았다.

소스강 유역에 남아 있는 논이 적은 탓에 쌀은 마을에 있는 유일한 공동 매점에서 구입하곤 했다. 쌀이나 일용품을 사기 위해 마을 사람들은 장작이나 나뭇가지 혹은 대나무를 산에서 마련해 그것을 돈으로 바꾸었다. 마을에서 상품 가치가 있는 것이란 그 정도였다. 돼지나 염소를 기르는 사람도 있었지만 팔기 위한 것은 아니었다.

옆마을도 마찬가지여서 똑같이 자급자족하는 생활을 하고 있었다. 장작이나 나뭇가지, 대나무 등을 발동기가 달린 통통배를 타고 주기적으로 찾아오는 중매인에게 팔았고 그들은 그것을 나하나 남부의 요나바루 항구로 가져가 되팔았다.

공동 매점은 마을 사람들이 조금씩 돈을 모아 만든 것으로, 배를 타고 와 마을을 찾는 장사꾼들과의 중개는 대부분 이 공동 매점이 도맡아 했다. 수익을 얻으면 마을 사람들에게 필요한 물품들, 그러니까 통조림이나 국수 등의 식료품, 속옷과 같은 의류, 비누와 같은 일용품을 구비해 매점 안에 진열했다. 막과자도 팔긴 했지만 다이이치는 그런 것들을 쳐다보기만 했을 뿐, 아주 특별한 일이 없는 한

얻어먹지는 못했다.

다이이치는 마당에서 도끼로 장작을 패는 아빠를 도왔다. 겐스케 할아버지와 다쓰 삼촌도 옆에서 톱질을 하고 있다. 다이이치의 일은 할아버지와 삼촌이 자른 나무를 아빠가 있는 곳으로 옮기는 것이다. 산에서 잘라와 마당에 쌓아둔 나무는 곧은 생나무인데 그것을 같은 길이로 맞춰 짧게 자르고 다시 쪼개어 장작으로 만든다. 그러고서는 대나무를 얇게 쪼개 만든 줄로 묶는다. 통통배가 오면 이것들을 내다 판다.

마른나무를 패 만든 장작은 운반하는 도중에 썩어버리므로 오로지 산에서 자라고 있던 싱싱한 나무만을 사용했다.

다이이치는 가족들과 함께 땀을 흘리며 일하는 게 즐거웠다. 다이이치도 이제 여덟 살이 되었다. 여덟 살이 되면 마을 소년들은 누구나 할 것 없이 집안일을 돕기 시작한다. 가축을 돌보거나 밭일을 하거나, 혹은 물통을 메고 강물을 나르는 것이다. 다이이치도 엄마와 우메코 고모를 도와 물을 길러 간 적이 있다. 그리고 부엌 부뚜막에서 쓸 마른 소나무 가지와 장작을 모으기 위해 또래 아이들과 가까운 산에 간 적도 있다.

탁, 탁 하고 아빠가 도끼를 내리찍으며 나무를 쪼갠다. 다이이치는 진작부터 아빠와 겐스케 할아버지, 그리고 다쓰 삼촌을 따라 장작용 나무나 목재용 나무를 베러 깊은 산속까지 들어가고 싶었다. 생나무는 수액을 머금고 있어 마른나무보다 몇 배는 무거운 데다

곧게 자란 나무를 찾기 위해서는 가능하면 깊은 산속까지 들어가야만 했다. 다이이치는 이제는 가까운 산이나 바다 근처로 나가 마른 장작만 주워 모으는 게 시시하게 여겨졌다.

"다이이치, 다음번에 아빠와 함께 산에 가보겠니?"

마침 다이이치의 불만을 알아차린 듯이 아빠가 제안했다.

"아빠, 정말 데리고 가주시는 거예요?"

다이이치는 자신도 모르게 되물었다. 너무나도 기뻤다. 양팔에 안은 장작을 아빠 옆에 내려놓고 눈을 반짝반짝하며 답을 기다렸다.

"그럼. 데려가야지. 다이이치는 잘할 거야. 다음에 산에 갈 때 꼭 데리고 가마."

아빠는 다이이치를 보고 웃으며 높게 올려 든 도끼를 휘두르며 단번에 장작을 팬다. 탁 하는 기분 좋은 소리와 함께 나무가 둘로 쪼개진다. 다이이치는 뛰쳐나가고 싶은 기분을 억누르면서 옆에서 톱질하는 겐스케 할아버지와 다쓰 삼촌이 있는 곳으로 간다. 그러고서는 뽐내며 아빠가 한 말을 할아버지에게 옮긴다.

"할아버지, 저기요. 아빠가 다음번에 산에 갈 때는 저도 데리고 간대요."

다이이치는 기쁨을 감추지 못했다.

"그렇구나."

할아버지는 톱질하던 손을 잠깐 놓으며 다이이치를 바라본다. 거의 동시에 옆에서 톱질을 하던 삼촌이 다이이치에게 말한다.

"진짜야, 다이이치? 거짓말이지?"

"거짓말 아냐, 진짜야."

"그래? 다이이치가 산을 잘 오를 수 있을까?"

"오를 수 있고말고."

"울어버릴걸."

"안 울어."

"정말 그럴까?"

"정말 안 운다니까."

다이이치는 삼촌 말에 약이 올라 대들듯이 대꾸한다.

아빠는 들리지 않는 것인지 묵묵히 도끼질만 할 뿐이다.

"이 봐봐. 아빠가 아무 말씀도 안 하잖아."

다쓰 삼촌이 다이이치에게 말한다.

다이이치는 큰 소리로 다시 한번 아빠에게 묻는다.

"아빠. 저도 산에 데려가는 거 맞죠?"

아빠는 다이이치를 바라보며 고개를 끄덕인다.

"봐봐, 진짜잖아."

삼촌은 이제야 알아들었다는 듯이 다이이치에게 웃어 보이고서
는 다시 톱질을 시작한다. 다쓰키치는 처음부터 다이이치를 놀려
줄 작정이었던 것이다. 다이이치는 삼촌의 마음을 알아채고는 약
간 마음이 상했지만 그보다 산에 갈 생각을 하니 어깨가 으쓱하며
의기양양한 기분이 들었다.

삼촌은 여전히 다이이치를 놀린다.

"다이이치, 난 전혀 산에 가고 싶지 않아. 힘들기만 할 뿐이니까 말이야. 내 몫까지 나무를 해 오렴."

다이이치는 삼촌 말을 들은 체도 안 하지만 삼촌은 계속 말을 이어간다.

"다이이치, 대체 산엔 왜 가고 싶은 거야? 힘들기만 하다니까. 산 말고 바다로 가자. 바다가 좋아. 난 남양이라도 가서 바다 사나이가 되고 싶어."

다쓰키치는 진심인지 농담인지 알 수 없는 미소를 지으며 다이이치에게 말했다. 그리고 잠시 톱질을 하던 손을 놓으며 무슨 생각에 잠긴 것처럼 먼 곳을 바라보았다. 그 눈가엔 어쩐지 쓸쓸함이 배어 있는 것 같았다. 다이이치는 삼촌이 정말로 남양으로 가버리는 건 아닐까 하는 불길한 생각이 들었다.

크게 한숨을 쉰 다쓰키치는 깊은 생각에서 빠져나와 다시 톱을 든다.

다이이치는 겐스케 할아버지에게 가 옆에 앉는다. 할아버지는 톱질을 멈추고 아빠가 패놓은 장작을 대나무 끈으로 묶고 있다. 다이이치가 할아버지에게 묻는다.

"할아버지, 언제 산에 갈 거예요?"

할아버지가 이마의 땀을 수건으로 닦으며 대답한다.

"안야사야—, 언제 갈까. 이 작업이 끝나면 바로 산에 가겠지만 통통배가 주말에 온다고 하니 우선은 이 일을 마쳐야 하지 않겠니. 이삼일이면 끝나니까 곧 산에 가게 될 게다."

대답을 마친 할아버지는 자리를 뜨지 않고 불만이 가득한 얼굴로 앉아 있는 다이이치를 보고 말을 이어간다.

"다이이치, 걱정 말아라. 아버지가 데려간다고 했으니 꼭 데리고 가줄 거야."

그 말을 듣고서야 다이이치는 겨우 안심이 되었다. 다이이치는 아빠가 팬 장작을 양팔 가득히 안고서 할아버지가 있는 곳까지 옮겼다. 아빠가 팬 장작에서는 가슴에 스며들 정도로 진한 나무 냄새가 피어올라 다이이치의 코를 간질였다.

다이이치가 기대하던 날은 생각보다 빨리 찾아왔다. 산에 가는 사람은 아빠와 할아버지, 삼촌, 그리고 다이이치 이렇게 마쓰도 가족뿐이었다. 다이이치는 아빠를 비롯해 식구들이 산에 갈 때에는 늘 고사쿠의 아버지 에이사쿠와 같은 마을 어른들과 함께 갔었는데 오늘은 왜 가족 중 남자만 산에 가는지 궁금했다.

"아빠, 오늘은 우리들뿐인가요?"

아빠는 다이이치의 물음에 아무 말도 없이 조용히 톱을 챙긴다. 그리고 뒤돌아 다이이치를 보면서 역시 묵묵히 어서 출발하자고 재촉한다. 분명 엄마 때문에 마을 사람이 우리들과 함께 산에 가는 걸 꺼리고 있을 거라는 생각이 다이이치의 머릿속을 스친다. 아니면 아빠가 사람들을 멀리하는 것일지도 모른다. 다이이치는 그 이유를 짐작해보고는 아빠의 기분을 조용히 살피며 입을 다문다.

다이이치는 아빠를 쫓아 열심히 좁은 산길을 올랐다. 안쪽으로 들어가면 들어갈수록 모밀잣밤나무가 무성했다. 한 시간 정도 산에 들어가니 작은 언덕이 보였다. 그곳에는 밝은 햇빛이 눈부시게 비치고 있었다. 산길을 벗어나 다시 계곡을 향해 내려가다 보니 얼마 지나지 않아 곧게 뻗은 큰 나무 몇 그루가 하늘을 향해 서 있는 게 보였다. 그곳이 바로 목적지였던 것이다. 놀라울 정도로 모든 나무들이 하늘을 향해 곧게 자라고 있었다.

아빠는 모밀잣밤나무 한 그루 앞에 서서는 담배에 불을 붙였다. 다이이치는 숨을 가쁘게 쉬면서 아버지 옆에 섰다.

"다이이치, 나무는 말이다, 살아 있단다."

아버지가 머리 위의 나뭇가지 끝을 올려다보며 다이이치에게 말한다. 나뭇가지 사이로 햇빛이 찬란하게 비치고 있다. 다이이치로서는 처음 보는 신기한 광경이다.

아빠는 나무둥치에 도끼질을 하다가 반대편으로 가서 톱질을 하기도 했다. 겐스케 할아버지는 그것을 지켜보고, 다쓰 삼촌은 뒤로 조금 물러나 미끈하게 뻗은 아랫가지를 자른다. 아빠의 톱질 때문에 톱밥이 튀면서 신선한 나무 냄새가 코를 자극했다. 웅크리고 앉아 아빠의 손놀림을 보고 있던 할아버지가 일어나더니 다이이치의 손을 잡고 뒤로 물러선다. 아빠가 할아버지 쪽으로 눈짓을 보내니 나무가 주위의 잔가지를 마구 내리치며 쿵 하고 쓰러진다. 이제부터 진짜 고생이 시작된다. 쓰러진 나무의 가지를 자르고 둥치를 6, 7미터 정도의 길이로 잘라야 한다. 벌목을 끝낸 다음 아빠와 할아버지가 톱질을 교대했다.

아빠는 다이이치의 옆에서 땀을 닦았다. 다이이치를 한 번 보고는 씩 웃으며 담배를 맛있게 피우던 아빠는 담배 연기를 크게 내뿜으며 다이이치에게 말했다.

"다이이치, 엄마 일은 걱정하지 말거라."

갑작스런 엄마 이야기에 다이이치는 깜짝 놀라고 말았다. 산에 있는 동안 엄마 일은 까맣게 잊어버리고 있었던 차였다. 톱질하는 할아버지를 바라보며 다이이치는 그냥 고개를 끄덕였다.

"엄마 때문에 따돌림을 당하고 있는 건 아니니?"

"아뇨, 그렇진 않아요."

"그래? 그렇다면 다행이구나."

아빠는 다이이치의 머리를 쓰다듬으며 말했다. 아빠는 이런 말을 하려고 나를 산으로 데리고 왔구나 하고 생각하니 다이이치는 기뻤다. 아빠는 산속에서도 언제나 엄마를 생각하고 있었던 것이다.

다이이치는 아빠를 바라보며 늠름하게 말했다.

"아빠, 난 괜찮아요."

다이이치는 한껏 웃음을 지어 보였다. 그런 모습을 본 아빠는 안심이 되었는지 한 번 더 다이이치의 머리를 쓰다듬었다.

"그래, 좋다, 좋아. 엄마가 불쌍하긴 하지만 분명 엄마 병은 나

을 테니까. 또 엄마도 노력하고 있으니까 다이이치도 같이 힘을 내
야 해."

아빠의 말을 듣고 있자니 갑자기 엄마 생각이 나 눈물이 나올 것
만 같았다. 꾹 참고 있었지만 무슨 말이라도 할라치면 당장이라도
눈물이 왈칵 터질 것만 같았다. 다이이치는 가만히 입을 다물고 있
었다. 아빠도 담배 연기만 내뿔을 뿐이었다. 다이이치는 아무 말도
하지 않으면 아빠가 걱정하겠다 싶어 입을 열었다.

"아빠, 이 나무를 우리들이 옮기는 거예요?"

"아니, 아빠가 혼자 짊어지고 갈 거야. 딱 적당한 정도구나. 너무
크면 혼자 지고 가기 힘들거든."

"우와. 대단해요!"

다이이치는 깜짝 놀랐다. 정말 대단하다고 생각했다.

"이 나무는 집 지을 때 기둥으로 사용하거나 아니면 마루나 지붕
의 횡목으로 쓰거나 한단다."

아빠는 이어서 말했다.

"물론 이보다 더 큰 나무는 아빠 혼자 질 수 없어서 두 세 사람이
함께 지고 가기도 하지만 말이다."

이빠는 다이이치를 보고 웃었다.

"다이이치, 배고프진 않니? 곧 점심시간이니까 좀 참아보렴. 괜
찮지? 아빠와 할아버지가 남은 일을 교대로 열심히 마무리할게."

담배를 다 피운 아빠는 다시 겐스케 할아버지가 있는 곳으로 가

서 할아버지 대신 톱질을 했다.

할아버지가 아빠와 자리를 바꾸듯이 다이이치 옆에 와 앉아서 수건으로 땀을 닦았다. 할아버지의 온몸에서 땀이 흘렀다. 옷을 열어젖힌 할아버지의 어깨에는 검은 털 몇 가닥이 나 있었다. 아빠 어깨에도 마찬가지로 검은 털이 나 있는 걸 본 적이 있다.

"할아버지, 어른이 되면 어깨에 털이 나는 거예요?"

겐스케 할아버지는 다이이치의 갑작스런 질문에 깜짝 놀라 손자의 얼굴을 쳐다보며 크게 웃는다. 땀을 닦으며 할아버지가 답한다.

"안야사야—, 그건 나나 아빠나 무거운 나무를 몇 년이고 어깨에 짊어진 탓일 게다."

겐스케 할아버지는 우습다는 듯한 표정을 지어보이며 다시 땀을 닦는다. 다이이치는 마치 눈이 부신듯이 할아버지의 어깨를 바라본다.

아빠의 톱질 소리가 온 산에 메아리친다. 갑자기 뒤에서 끼익 하는 소리가 들리더니 쿵하고 나무가 쓰러진다. 뒤를 돌아보니 다쓰 삼촌이 웃으며 손을 흔들고 있다. 잠깐의 정적이 흐르고 다시 아빠의 톱질 소리가 들린다. 그 소리는 깊은 숲의 고요함 속으로 빨려 들어가는 듯 사라져간다.

나뭇가지 사이로 비치는 햇살이 아빠의 몸에 닿아 반짝반짝 흔들리고 있다. 다이이치는 햇빛이 비치는 위쪽을 눈을 가늘게 뜨며 올려다보았다.

4

다이이치가 소노코를 신경 쓰기 시작한 것은 아마도 소노코의 오빠인 고사쿠와 싸움을 한 뒤부터일 것이다. 고사쿠와 싸운 뒤 둘은 어색해져 같이 등교하는 일이 없게 되었다. 다이이치와 고사쿠둘 다 학교에 같이 가자고 먼저 말하지 않았던 것이다. 하지만 다이이치가 혼자서도 등교할 수 있게 된 이후에는 그런 싸움이 없었다 해도 자연스럽게 사이가 멀어졌을지 모른다.

그런데 소노코만큼은 변함없이 다이이치에게 학교에 같이 가자며 찾아오곤 했다. 오히려 다이이치가 오빠 고사쿠와 함께 등교하지 않게 된 걸 기다렸다는 듯이 소노코는 늘 다이이치의 집 앞까지와서 그를 기다렸다. 이웃인 탓도 있고 같은 학년인 탓도 있겠지만어쨌든 다이이치와 소노코는 매일같이 함께 등굣길을 나섰다. 같이 가자고 서로 약속해서 그렇게 되었다기보다는 그냥 서로의 집문 앞에서 기다리며 자연스럽게 같이 가게 되었던 것이다.

소스강을 건너 크게 반원을 그리며 올라가는 급경사 길에서 다이이치는 소노코보다 앞장서서 걸었다.

학교에서 두 사람은 친한 듯이 이야기를 나누지는 않았다. 오히려 다이이치는 소노코보다 옆 자리에 앉은 후미코에게 더 관심이많았다. 후미코와 다이이치, 소노코를 포함한 동급생은 모두 다섯이다.

후미코는 유창한 표준어를 구사해 모두의 선망의 대상이 되곤 했다. 후미코는 소스국민학교에 근무하고 있는 가미타 다쓰오, 노부코 부부의 막내딸이었다.

가미타 부부는 나고 출신으로 세 아이를 데리고 소스국민학교에 부임했다. 학생들은 어떤 사정으로 두 사람이 이런 시골 마을에 부임한 것인지 알지 못했고 그건 어른들도 마찬가지였을 것이다. 다만 교사로서의 열정은 마을 사람들은 물론이고 다이이치와 같은 학생들에게도 충분히 전해졌다. 학생들은 다쓰오 선생을 '다쓰 선생님'이라 불렀고 노부코 선생님을 '노부 선생님'이라 불렀다.

상급생과 하급생으로 나뉜 교실에서 학생들은 도덕과 독서, 서예, 수학, 회화, 체조 등을 배웠다. 때때로 교장 선생님이 전쟁 이야기를 해주었는데 그 모든 이야기가 학생들의 마음을 떨리게 만드는 내용이었다.

다쓰키치는 어떻게든 마을을 떠나고 싶었다. 아와모리를 마셔 약간 취기가 도는 상태로 늘 그 생각만 하고 있었던 것이다. 모—아시비 자리에서 친구들과 함께 술을 주고받으며 그는 한껏 들떠 있었다. 자신의 결심에 단 한 치의 의심도 후회도 없다는 것을 확신하니 불안하기 보다는 오히려 설레기만 했다. 다쓰키치는 넓은 바다에서 자유롭게 배를 저으며 물고기 잡는 것을 어릴 적부터 꿈꿔왔다. 그 꿈이 실현될 날이 곧 오게 될 것이다. 지금이야말로 기회인 것이다.

다쓰키치는 어린 시절부터 머나 먼 남양군도의 섬으로 가서 어부로 살고 싶었다. 아직 보지 못한 섬들, 그러니까 사이판, 트럭, 민다나오 등 남양에 있는 섬들은 젊은 다쓰키치를 꿈꾸게 했다. 마을을 떠나 그런 곳에서 살 수만 있다면 얼마나 좋을까. 왼손잡이 할배로부터 들었던 섬들…. 그런 섬에서 사는 게 바로 다쓰키치의 꿈이었다. 형수 시즈에가 병에 걸린 탓도 있어 마을을 떠나고 싶다는 그의 생각은 더욱 강해져만 갔다. 그러나 마을을 떠나는 주된 이유가 형수의 병 때문이란 게 알려지면 형수의 시름은 더욱 깊어질 게 분명하다. 그게 마음에 걸려 주저하고 있었다.

시즈에 형수 때문에 어머니와 아버지, 겐타 형은 온갖 욕지거리를 당했다. 연인 치에의 부모님이 자신과의 교제를 그만두라고 완강하게 말렸다는 이야기를 들었을 땐 자신도 모르게 이런 상황에 화가 치밀어 오르기도 했다. 시즈에 형수에게는 미안한 일이지만 말이다. 치에는 부모님의 눈을 피해 몰래 자신을 만나러 와주긴 하지만 이제 그런 생활도 지쳐갔다. 치에와 함께 당당히 둘만의 생활을 시작하고 싶었다. 그러나 자신이 마을을 떠나게 되면 시즈에 형수의 시름이 깊어질까 걱정이긴 했다.

그러나 더 이상 그런 사정을 염두에 둘 때가 아니었다. 전쟁 때문에 한동안은 남양에 가지 못하게 될지도 모르기 때문이다. 오쿠 마을과 아다 마을에서는 전쟁에 동원된 사람들이 나오기 시작했다는 말이 나돌고 있었다. 게다가 친구들 가운데서도 군대에 지원하고 싶다는 사람이 나오기 시작했다. 아버지와 겐타 형은 자신의 마음을 이미 알고 있을 것이다. 남양으로 가게 된다면 치에와 함께 갈 작정이다. 치에도 분명히 따라나서줄 것이다. 이런 계획을 오늘밤에 치에에게 고백해야겠다고 다쓰키치는 마음먹었다. 그렇게 결심한 다쓰키치는 떨리는 마음으로 치에를 바라보았다.

치에는 다쓰키치에게 몸을 기대고 산신(三線, 세 줄로 된 오키나와 전통 현악기)의 음에 맞추어 박수를 치고 있다. 다쓰키치는 치에의 어깨에 힘을 실어 손을 얹었다. 치에가 웃으며 다쓰키치를 쳐다본다.

모―아시비는 마을의 젊은 남녀가 한자리에 모여 술을 마시거나 노래하고 춤추며 흥겨운 밤을 보내는 놀이를 말한다. 젊은 남녀들에게 일종의 사교의 장인 셈이다. 밤이 되면 해변과 아단 나무 아래 혹은 작은 광장 등으로 누가 먼저랄 것도 없이 모여들어 술을 나누어 마시며 하루의 피로를 풀고 즐긴다. 그리고 산신의 즉흥 연주에 맞춰 노래하고 춤을 춘다.

다쓰키치는 친구들이 연주하는 산신의 경쾌한 리듬과 노래에 맞춰 치에를 데리고 중앙으로 나가 손을 위로 들고서 춤을 춘다. 술기운이 도는 탓인지 다소 우스꽝스러운 몸짓으로 허리를 흔들며 춤을 추는 바람에 옆에 있던 치에를 난처하게 만들기도 했고 친구들의 웃음을 사기도 했다. 주변에서는 손가락으로 부는 휘파람과 웃음이 일어났다. 다쓰키치와 치에 사이는 친구들도 인정하고 있던 터였다.

술에 취한 한 친구가 일어나 다쓰키치와 치에의 춤사위를 거들었다. 그리고 더욱 과장된 동작으로 웃음을 사거나 야릇한 몸짓을 보여 모두의 박수와 웃음은 한층 더 짙어졌다.

어느 틈엔가 치에는 본래 자리로 돌아와 앉았지만 다쓰키치와 친구는 사람들 앞에서 계속 춤을 이어갔다. 춤추면서 다쓰키치는 하늘을 올려다보았다. 밝은 밤하늘에 꿈에 그리던 배가 떠 있는 게 또렷하게 보였다.

사치코가 태어난 지 넉 달 남짓 지났을 즈음, 말매미가 곳곳에서 격렬하게 울어대는 계절이 찾아왔다. 다이이치는 늘 그렇듯 자신을 쫓아오는 미요를 모른 척하며 빠른 걸음으로 소스강으로 가기 위해 마을 오솔길을 걷고 있었다. 더운 날에는 바다도 좋지만 물이 더 차갑게 느껴지는 강이 제격이라는 걸 다이이치는 잘 알고 있다. 다이이치는 소스강에서 헤엄칠 생각이었던 것이다.

소스강에 도착해보니 어느새 미요가 뒤를 쫓아오고 있다. 한낮의 강가에는 다이이치와 미요 이외에 아무도 없다. 다이이치와 미요는 옷을 벗고 알몸으로 강에 뛰어들었다. 소스강은 시원해서 기분이 무척 좋다. 강물 속으로 들어가 바닥을 보고 있자면 숭어나 은어 등의 물고기가 무리지어 헤엄치고 있는 게 보였다. 다이이치는 흘러가는 강물을 거스르며 기를 쓰고 물고기 무리를 쫓아다니느라

숨이 가쁠 지경이었다.

얕은 물에서 놀고 있던 미요 쪽을 뒤돌아보니 어느새 소노코가 와서 같이 놀고 있었다. 다이이치는 아차 싶었다. 벌거벗고 있었기 때문이다. 지금 서둘러 강물 위로 올라갈 수도 없다. 다이이치는 애써 아무 일도 없다는 듯한 표정을 지으며 강물 속으로 몸을 숨겼다.

그런 다이이치에게 소노코가 말을 걸었다.

"다이이치, 같이 헤엄칠까?"

다이이치는 소노코의 목소리가 들리지 않는 척했다. 소노코에게 등을 돌린 채로 몇 번이고 잠수를 했다. 그런데 어느 틈엔가 소노코가 알몸으로 다이이치 옆에서 헤엄을 치고 있었다. 다이이치는 또다시 황급히 물속으로 얼굴을 숨겼다. 그리고 가능한 한 소노코를 보지 않으려 딴청을 피웠다. 다이이치의 마음을 아는지 모르는지 소노코는 계속 다이이치 옆으로 다가오더니 급기야 다이이치의 눈앞을 가로막는다. 물속에서 본 소노코의 몸은 눈이 부실 정도로 빛나고 있었다.

소노코는 다이이치 앞에서 폴짝폴짝 뛰며 그의 이름을 불렀다.

"다이이치, 우리 돌 잡기 하자."

소노코는 아무런 거리낌 없이 밝은 표정이다. 다이이치는 대답도 없이 소노코 쪽을 보고 있다가 크게 숨을 들이마셨다 푸— 하고 내쉬며 얼굴 주위에 물거품을 만든다. 그런 다이이치의 모습에 개의치 않고 소노코가 말한다.

"이 빨간 돌로 하는 거야. 자, 던질게."

돌 잡기라는 건 아이들이 바다나 강에서 헤엄을 치면서 자주하는 단순한 게임으로, 돌 하나를 그냥 물속으로 던져 그걸 누가 먼저 줍는지를 경쟁하는 게임이다. 간단한 놀이긴 하지만 물속에서 자유롭게 움직이는 게 어려워 돌이 가라앉은 곳을 찾기란 좀처럼 쉽지 않다. 어렵사리 찾았다 해도 재빨리 잠수해서 돌을 건져내야만 한다.

다이이치가 주저하는 동안 소노코는 돌을 던졌다.

"시—작!"

소노코는 목청껏 소리치며 붉은 돌 하나를 휙 던지고서 달리기 시작한다. 소노코와 동시에 다이이치도 무의식적으로 달린다. 게임을 두세 번 하는 동안 다이이치의 긴장이 풀렸고 두 사람은 아무런 거리낌 없이 돌 잡기를 하며 즐겁게 놀았다. 다이이치는 소노코와 서로 경쟁하며 돌을 주우러 다닐 때와 마찬가지로 그녀의 매끄러운 몸과 맞닿을 때면 가슴이 마구 요동쳤다. 숨쉬기도 힘들 정도로 심장이 뛰는 것이었다.

문득 다이이치 눈에 미요가 들어왔다. 다이이치는 미요를 깜빡 잊고 있었다. 그러나 생각해보니 소노코와 단둘이 여기에 있는 게 아니라 미요가 함께 있기 때문에 다이이치는 마음이 가벼워질 수 있었다.

다이이치는 손에 들고 있던 돌을 미요 쪽으로 던지며 큰 소리로 외쳤다.

"시―작!"

다이이치가 던진 돌을 소노코가 재빨리 쫓는다. 다이이치도 힘
차게 물을 발로 차며 붉은 돌을 찾으러 열심히 달렸다.

5

마을 연극과 줄다리기가 열리는 8월 15일이 다가오고 있다.

소스는 작은 마을이기는 하지만 매년 8월 15일에 마을 사람들이
총출동하여 낮에는 줄다리기를 하고 밤에는 연극을 하곤 했다. 한
해의 풍작을 감사하고 기원하기 위한 마을 행사인 것이다.

오키나와 본토 각지에서는 여러 명절이 거의 매달 행사처럼 열
렸다. 농작물의 재배나 수확과 관련하여 신에게 공물을 바치는 날
을 마련한 것인데, 각 가정에서 농사와 무병장수를 기원하는 것도
있는가 하면 마을 전체가 성대하게 여는 행사도 꽤 많았다. 8월 15
일 행사도 그중 하나였다.

8월 15일 외에도 중요하게 여기는 명절이 꽤 있다. 예를 들어 1
월에는 쥬루쿠니치(16일)라 해서 묘지 앞에 일가친척이 모여 죽은
자의 영혼을 모시고 풍작을 기원한다. 2월에는 피안제(彼岸祭)라는
행사가, 3월에는 하마우리라는 행사가 있는데 마을 사람 모두가 바

닷가에 모인 가운데 여자들은 바닷물로 몸을 정화하는 예식을 거행한다.

4월에는 해충 구제(驅除) 날(아부시바레), 5월에는 산신제(야마우간), 7월에는 오봉 마쓰리 등이 있고 그 외의 달에는 칠석이나 어린아이들의 건강과 자손의 번창을 비는 시누구, 해신제(운자미), 조상의 영혼을 영접하기 위해 노래하고 춤추는 의식인 에이사 등 많은 행사가 있다.

11월에는 무—치—라는 명절이 있는데, 10센티미터 정도의 가는 떡을 복숭아 잎에 싸서 쪄낸 것을 불의 신이나 불전 혹은 마룻바닥 신에게 바치거나 처마나 천장에 매달아놓기도 하고 먹기도 한다. '귀신의 다리를 불에 태워버리자!(우니누히사야키요!)'고 외치면서 떡을 데친 물을 집 안 구석구석과 문 앞에 흩뿌리기도 하는데 이는 한 해 동안의 악귀나 불행을 막는 의식이다.

마을 사람들은 이런 연중행사를 매우 중요하게 여겼다. 명절에 신에게 기원하는 일은 한 해의 생활의 흐름을 만드는 것이기도 했고 동시에 신에 대한 두려움을 드러내는 날이기도 했던 것이다. 또한 이 날만큼은 쉬어가도 좋은 날이기도 했다.

그런데 다이이치에게 올해 8월 15일은 예년과는 달리 조금은 외로운 날이 될 것 같았다. 엄마와 아빠가 마을 연극에 참여하지 않기 때문이다. 두 사람은 호흡이 잘 맞는 춤꾼이었는데 특히 빠른 장단으로 연주하는 산신에 맞춰 춤을 추는 가나요—아마가와는 특히

나 압권이었다. 최근 몇 년 동안 8월 15일이면 엄마와 아빠는 무대에서 그 춤을 추곤 해서 다이이치는 그런 부모님이 자랑스럽기도 했는데 올해는 엄마 병 때문에 두 사람의 춤을 볼 수가 없게 되었다. 엄마와 아빠를 대신해 올해는 다쓰 삼촌과 우메코 고모가 무대에 오른다.

할머니와 할아버지의 이야기로는 다쓰 삼촌은 연극 무대에 오르고 우메코 고모는 하마치도리를 춘다고 한다. 다이이치는 엄마와 아빠를 생각하면 마음 한편에서는 쓸쓸한 기분이 들었지만 그래도 그날을 손꼽아 기다렸다.

마을의 기도처 앞 광장에는 며칠 전부터 무대가 설치되는 등 서서히 8월 15일 행사를 위한 준비가 이루어지고 있었다. 무대는 소철 잎과 억새 잎으로 벽을 만든 간소한 가설무대에 지나지 않지만 다이이치에게는 매우 훌륭하게 보였다.

무대 앞에서는 어른들이 구령을 붙여가며 줄다리기에 쓸 밧줄을 짚으로 엮고 있었다.

그날이 되면 우선 오후에 마을 사람들이 모두 나와 종을 울리고 북을 두드리며 밧줄을 무대 앞 광장에서 바닷가 모래사장으로 옮길 것이다. 밧줄은 암줄과 수줄, 두 가지로 만든다. 그것을 남북으로 나뉜 마을 사람들이 각각 메고 바닷가 모래사장으로 가져간다. 마을 장로들의 신호에 맞추어 밧줄은 중앙에서 하나로 합쳐지는데, 끝을 엮은 암줄과 수줄을 남녀노소 모두 모여 두 차례 당기는 방식이다.

드디어 그날이다. 해가 저물기 시작하자 무대에서는 연극과 춤이 펼쳐졌다. 무대 앞에는 가족 단위로 모인 마을 사람들이 저마다 원하는 자리에 멍석을 깔고 앉아 손수 준비한 도시락을 먹으며 무대를 감상한다. 어린아이들도 한껏 기대에 부풀어 무대를 기다린다. 분명히 평소에 잘 알고 지내던 마을 사람인데 화장을 하고 무대에 오르면 완전히 다른 사람처럼 보이는 게 다이이치는 신기하기만 했다.

다이이치는 아빠와 할아버지, 할머니, 미요, 그리고 할머니에게 안긴 사치코와 함께 무대 앞에 앉았다. 우메코 고모와 다쓰 삼촌이 무대에 등장했을 때 다이이치는 있는 힘껏 박수를 쳤다. 우메코 고모는 무대가 끝나자마자 곧장 아래로 내려와 사치코를 안고서 가족과 함께 무대를 감상했다.

올해 '가나요— 아마가와'에서는 소노코의 아버지 에이사쿠와 어머니 도키가 춤을 춘다.

다이이치는 그 춤을 보면서 지금까지와는 다른 감정을 품고 있는 자신을 발견한다. 소노코의 어머니가 춤추는 도중에 한쪽 소매를 벗을 때 슬쩍 드러나 보인 빨간 속옷에서 다이이치는 어른 냄새를 흠씬 맡고 말았던 것이다. 아직 잘 모르지만 분명히 야한 느낌이었고, 소노코의 아버지와 어머니가 펼치는 춤이 남녀의 유혹이나 밀회하는 몸짓으로 보이기 시작했다. 중간에 산신의 연주가 멈추고 두 사람이 무대 안쪽에서 조용히 무릎을 세워 앉았을 때에는 자기도 모르게 그 침묵 사이에 벌어지는 남녀의 만남을 상상하기도 했다. 두근거리는 심장 고동이 주위 사람들에게 들리지는 않을지 걱정될 정도로 감정이 격해져 있었다.

그리고 다이이치는 분명 소노코를 상상하고 있었다. 소노코의 어머니를 소노코라고 생각하고 소노코의 아버지를 자신이라고 생각하며 두 손을 맞잡고 즐기는 모습을 머릿속에서 그리고 있었던 것이다. 소스강에서 함께 헤엄치고 놀 때 보았던 소노코의 눈부신 몸이 스쳐 지나간다. 알몸의 소노코를 떠올리고 나니 다이이치의 마음은 더욱 요동쳤다.

다쓰키치는 그날 밤 축제가 끝나도록 결국 가족 곁으로 돌아오지 않았다.

다쓰키치가 치에를 데리고 마을을 떠났다는 걸 알게 된 건 축제가 끝나고 이틀이나 지난 뒤였다. 얼굴색이 바뀐 치에의 아버지 기스케가 불처럼 화를 내며 마쓰도 집을 찾아왔기 때문에 그 사실을 모두가 알 수 있었던 것이다. 하지만 이미 벌어진 일이었고 겐타나 겐스케는 그저 속수무책으로 기스케의 분노가 가라앉을 때까지 말없이 참는 것 외에 방법이 없었다.

6

끝나가는 여름을 아쉬워하듯 뜨거운 햇살이 마당의 유우나 나무 위로 쏟아지고 있었다. 나뭇가지 사이로 비치는 햇살은 반짝반짝 빛났다. 시즈에는 오랜만에 파도 소리가 듣고 싶었다. 툇마루에서 바라보는 마당 풍경은 조금씩 변해가는 것 같다. 풀과 나무, 떨어진 낙엽, 돌멩이마저도 살아 있는 것처럼 보인다. 가만히 바라보고 있으면 마당의 흙도 살아 숨 쉬고 있는 것처럼 느껴진다. 몇 평 되지도 않는 작은 마당이지만 수많은 생물들이 꿈틀거리고 있는 것 같다. 그들 생물들이 집 안의 풍경을 바라본다면 어떻게 느낄지 궁금하다. 변한 건 아무것도 없다고 생각할지 아니면 역시 조금씩은 변해간다고 생각할지 모를 일이다. 만약 변한다면 조금씩 변하는 게 좋다. 급격하게 변하지 않으면 어떻게든 할 수 있지만 문제는 급격하게 변하기 때문에 슬픈 것이다.

겐타가 놓아둔 나무 그루터기가 마당에 덩그러니 외롭게 앉아 있다. 나무 그루터기는 덩치가 큰데도 마치 몸을 웅크리고 공중으로 떠올라 당장이라도 바람에 날려갈 듯이 보인다. 며칠이 지나도록 밭에 나가본 일이 없다….

시즈에는 잠들어 있는 사치코 옆에서 양손을 바닥에 짚고 마치 고양이처럼 위에서 내려다보는 모양으로 멍하니 밖을 바라보며 생각에 잠겼다.

그런 시즈에의 눈에 남편 겐타가 들어온다. 언제 집으로 돌아온 것인지 모르겠다. 지금 시간이라면 밭에 있어야 하는데 어떻게 된 일일까. 저녁이 되려면 아직 멀었다. 남편은 흐르는 땀을 닦고 있다.

"오늘은 덥네….'

남편의 말에 멍하니 그를 바라보고 있던 시즈에는 정신을 차리고 급히 일어나 차를 준비하러 봉당으로 나간다. 일어서면서 남편에게 묻는다.

"어쩐 일이죠? 무슨 일이라도 있어요?"

이렇게 말하면서 시즈에는 지금 자신이 살고 있는 집에 무슨 일이란 게 너무나도 많이 일어나고 있다는 걸 새삼 깨닫고는 입을 다물어버렸다. 자신 때문에 가족들이 얼마나 무거운 마음으로 살고 있는지 너무나도 잘 알고 있던 터였다. 다쓰키치가 집을 나간 것도 분명 자신 때문일 것이다. 다쓰키치가 시부모님과 언쟁을 벌이는 걸 몇 번 본 적이 있는데, 그 원인도 아마 자신 때문일 것이다. 치에와는 잘 살고 있을까. 행복하게 결혼을 할 수도 있었을 텐데…. 시즈에는 주워 담을 수 없는 말을 한 게 한없이 후회스러웠다.

겐타는 시즈에의 그런 마음을 전혀 신경 쓰지 않는다는 듯 양말을 벗고 대답도 없이 집 안으로 들어와 안방에서 자고 있는 사치코의 얼굴을 들여다본다. 시즈에가 차를 가지고 오자 사치코 옆자리를 차지하고 앉아서는 같이 차를 마신다. 이렇게 천천히 남편을 마주하는 일도 참으로 오랜만의 일이다.

"사치코는 엄청 예쁜 아이로 자랄 거야. 이목구비가 엄마를 닮았으니까."

과묵한 남편이 평소에 하지 않는 농담을 하며 웃는다.

"이렇게 차를 마시는 것도 오랜만이네."

방금 자신이 한 생각을 남편 겐타도 하고 있었다니 시즈에는 그게 조금 우습게 느껴졌다. 겐타는 괜스레 겸연쩍은 마음에 아이들을 찾는다.

"보자, 다이이치와 미요는 어디 갔지?"

화제를 아이들 쪽으로 옮기는 겐타의 마음을 알기에 시즈에는 이 상황이 더 우습다. 오랜만에 느긋한 기분을 느끼며 시즈에는 남편에게 대답한다.

"글쎄, 어디로 갔을까요? 방금 전까지 유우나 나무 아래에서 놀고 있었는데…. 또 강으로 간 게 아닐까 싶네요. 다이이치는 아무리 추워도 하루에 한 번은 강에 들어가야 직성이 풀리는 것 같아요."

시즈에는 웃으며 남편에게 차를 따르고, 흑설탕을 넣은 과자 상자를 앞으로 내민다.

어느새 햇살은 누그러져 조금 쌀쌀하게 느껴지는 바람이 두 사람의 뺨을 스친다. 두 사람은 아이들 이야기가 끝나자 갑자기 말이 없어지는 걸 서로 느끼고 있었다. 침묵 속에서 두 사람은 같은 생각을 하고 있었다. 시즈에는 소매를 잡아당겨 보기 싫게 튀어나온 자신의 손을 남편이 보지 못하도록 숨긴다.

남편의 머리에도 드문드문 흰 머리카락이 뒤섞여 보인다. 그것 외에는 젊은 시절에 친구 가요나 마쓰와 수군대던 그때의 모습과 전혀 다르지 않다. 눈썹이 굵고 남자다운 입술을 하고 있다며 마쓰가 놀렸던 눈썹과 입술. 눈을 내리뜨듯이 상대를 쳐다보는 시선과 약간 구부정하게 걷는 버릇도 여전하다. 시즈에에게 상냥하게 대하는 태도도 변함이 없다. 부디 세 아이들은 그런 남편을 닮아주기를 바랄 뿐이다.

"여보…."

시즈에가 입을 연다. '고생시켜 미안해요'라고 말하려는 찰나에 겐타가 그 말을 가로막는다.

"시즈에, 아무 걱정 마. 그냥 지금 이대로 있으면 돼."

남편에게는 두루 폐를 끼치고 있다는 걸 알고 있다. 마을 사람들의 노골적인 중상과 나이 많은 노인네들이 대놓고 드러내는 불편한 기색을 남편은 온몸으로 받아들이고 있다. 좋은 이웃들이지만 자신 때문에 어쩔 수 없이 그리되는 모양이다.

"시즈에, 오늘 오쿠무라에 있는 진료소에 다녀왔는데, 고키 단메 선생님이 당신 걱정을 하더군. 한번 데려오라고 하던데, 어쩔까. 한번 가볼까?"

겐타는 단단히 결심을 한 듯 말했다.

시즈에를 한번 진찰한 적이 있는 고키 단메의 걱정과 불안은 적중했고 시즈에가 나병에 걸렸다는 건 더 이상 부정할 수 없는 일이 되었다. 이제 와서 진료소에 간다 한들 무슨 소용이 있으랴. 게다가 오쿠무라는 20리나 떨어져 있는 마을이다. 그 20리 길도 도무지 길이라고는 할 수 없을 정도로 험난하다. 오른쪽 발목은 불룩 튀어나와 움직일 수도 없다. 지금 자신의 상황을 볼 때 걷는 것은 도무지 불가능하다. 시즈에는 그냥 이대로 이 마을에서 생을 마감하고 싶었다.

"여보, 여기에서 좀 떨어진 곳에 제가 지낼 만한 집을 지어주었으면 해요…. 이미 알고 있는걸요. 앞으로 얼마 남지 않았다는걸."

"또 바보 같은 말을 하기는…. 마을 사람들이 하는 말은 신경 쓰지 마. 이제 사치코도 태어났는데 어쩌려고 그래. 반드시 좋아진다니까. 당신이 먼저 마음을 굳게 먹어야지 않겠어?"

"고마워요, 여보. 그런데 왠지 정신이 나간 것처럼 의지가 생기지 않네요."

"무슨 소리야. 당신에게 의지가 생기지 않는다면 누구에게 의지가 생겨야 한단 말이야. 아무 걱정 말라니까."

겐타는 시즈에를 바라본다. 시즈에는 가만히 고개를 떨구고 눈물을 참는다. 하지만 점차 목소리가 울먹울먹해진다. 지금의 시즈에게는 견뎌야 할 게 너무나도 많았던 것이다. 어째서 시즈에가 이런 심한 고통에 처하게 된 걸까. 시즈에가 나쁜 짓을 한 것도 아니고 그녀가 변한 것도 아닌데 말이다. 겐타는 아내 시즈에가 무척이나 안쓰럽다.

"시즈에, 내일 진료소에 가보는 거야."

"여보, 부탁이니 제발 별채 하나만 지어줘요. 더 이상 걸을 수 없다니까요…."

"당연하지. 그건 이미 알고 있어. 내가 업고 갈 거야."

시즈에는 얼굴을 들 수가 없다. 더 이상 무슨 말을 해도 통하지 않을 것 같았다. 한번 말을 뱉으면 결코 물러서는 법이 없는 남편의 고집은 십 년 가까이 함께 살면서 시즈에도 잘 알고 있던 터였다. 참고 있던 눈물이 무릎 위에 올려둔 못생긴 손등에 떨어지는 게 신경 쓰인다.

겐타는 더없이 부드럽게 말을 건넨다.

이제 갓 서른 살을 넘긴 시즈에는 스스로 지금까지의 인생으로도 충분히 행복했다고, 이걸로 만족해야만 한다고 생각했다. 아이를 낳지 않겠다고 했을 때 남편은 허락하지 않았지만 그때 결정했어야 했다. 이제는 늦어버린 것 같다.

"시즈에, 알아들었지? 내일 일찍 움직일 거야. 그럼 나는 밭에 좀 나가볼게. 응?"

겐타는 잔에 남은 차를 단번에 마시고 일어선다.

"여보."

시즈에가 말한다.

"냄비 안에 고구마 있어요. 가지고 가요."

그 뒤로는 말을 잇지 못했다.

겐타는 고개를 끄덕이며 다시 사치코의 얼굴을 들여다본다. 그리고 시즈에가 말한 고구마를 도시락 바구니에 담아 허리춤에 단단히 차고서 다시 밭으로 나갔다. 그런 남편의 뒷모습을 보면서 시즈에는 몇 번이고 속으로 고마움을 전했다.

7

그날 밤 시즈에는 식구들이 모두 잠들기를 기다렸다가 몰래 집을 빠져나왔다. 밤에 몰아치는 바닷바람이 차가웠다. 밖으로 나와 걷기 시작했을 때 그녀는 자신의 몸이 꽤 마르고 기력이 쇠했다는 것을 새삼 느꼈다. 바닷바람이 옷자락을 넘기자 자신의 다리라고는 도무지 믿을 수 없는 다리가 비쭉하게 불거져 나왔다. 마치 마디가 있는 대나무 같았다. 시즈에는 그런 다리로 비틀거리며 걷기 시작했다.

소스 강변에는 뒷산으로 올라가는 샛길이 있었다. 그 오르막길 입구 근처에는 큰 유우나 나무가 무성하게 자라 있는데 대낮에도 서늘하게 느껴지는 곳이었다.

시즈에는 그 자리에 간신히 도착해 뒤돌아서서 집 쪽을 바라본다. 캄캄한 밤이라 불빛을 볼 수 없다는 걸 알면서도 까치발을 하고 집 쪽을 쳐다본다. 어둠이 모든 걸 덮어버렸다. 집이 보이는 뒷산까지라도 올라볼까 생각했지만 도무지 자신이 없다. 게다가 거기 적당한 나무가 있는지 생각하는 것조차 지금은 쉽지 않다.

둥글고 큰 유우나 나뭇잎이 술렁댄다. 언젠가 집 마당에 있는 유우나 나무를 달빛 아래에서 바라본 적이 있다. 그때는 행복했다. 아니, 지금도 행복하다. 죽음을 눈앞에 두고도 사람은 이렇게 행복을 느낄 수 있는 것인지 이상한 감정마저 든다. 모든 것에 감사하고 싶은 심정이다.

이제 와서 자신의 운명을 탓한들 아무 소용이 없다. 그보다 자신 때문에 모두가 힘들게 고생하고 있다는 게 시즈에는 견딜 수가 없다. 병에 걸린 자신을 친정으로 데려가기 위해 부모님이 소스 마을까지 와주었지만, 그 때문에 두 분은 마을 사람들의 한층 더 따가운 눈총을 받으며 힘들게 지내고 계실 것이다. 여동생 요시에와 마사에, 그리고 남동생 데이조와 데이키는 어떻게 지내고 있을까. 나 때문에 모두 다 고통스러운 날을 보내고 있지는 않을까. 나 때문에 결혼하기도 힘들게 된 건 아닐까.

시동생 다쓰키치는 집을 뛰쳐나가 치에를 데리고 마을을 떠났다. 시즈에는 자신의 병 때문에 다쓰키치가 마을을 떠난 것 같아 견딜 수가 없다. 집을 떠난 제일 큰 이유가 자신에게 있는 게 분명하다. 시부모님은 그걸 자신의 탓이라고 말하지는 않지만 오히려 그런 상황이 더 견디기 힘들다.

출가한 시누이 요네코가 마쓰도 집에 와서 가족들에게 슬쩍 푸

넘하는 것을 들은 적도 있다. 주변 사람들이 이런저런 말을 해대니 요네코도 주눅이 든 채 시댁에서 지내고 있었던 것이다. 모두가 괴로운 상황을 견디고 있지만 이제는 마음 편히 지낼 수 있을 것이다.

시즈에는 적당한 나뭇가지에 미리 준비해온 줄을 걸었다. 나뭇가지가 크게 흔들리며 소리를 낸다. 주위에 있는 돌을 주워 모아 발판을 만든다. 돌을 쌓을 때 나는 소리가 어둠 속에서 탁탁하고 쓸쓸하게 울린다.

시즈에는 돌로 쌓은 발판 위로 올라가 나뭇가지에 밧줄을 묶은 뒤 단단히 붙잡고 흔들어 확인해본다. 그러고선 똑바로 서서 천천히 밧줄을 목에 건다. 순간 '엄마, 안아줘요' 하는 미요의 우는 목소리가 들리는 듯해서 잠깐 주변을 둘러본다. 아무도 없다. 기분 탓이다. 어두운 숲속에는 유우나 나무가 소리를 내며 흔들리고 있을 뿐이다.

다이이치와 미요, 사치코 세 아이를 떠올리니 갑자기 가슴이 뭉클해온다. 다이이치가 마치 화난 듯이 찡그린 표정으로 이쪽을 쳐다보는 것 같다. 미요는 울고 있다. 엎드린 사치코가 고개를 들고 웃는다. 왈칵 쏟아지는 눈물을 흐르는 대로 가만히 두고 입술을 꼭 다문다. 아이들 생각을 떨치려 세차게 머리를 흔든다. 시즈에는 '여보, 부탁해요' 하고 마음속으로 외치며 발아래의 돌을 걷어찬다. 순식간에 밧줄이 목을 조여와 고통이 밀려온다. 자신도 모르게 손으로 밧줄을 잡아보지만 곧장 손을 놓는다. 이윽고 두 팔이 어깨에서 떨어져 나갈 듯이 아파온다. 손과 발의 끝이 저려오고 힘이 빠져 나간다. 고통에 몸을 맡기고 시즈에는 그대로 의식을 잃었다.

산은 울음인지 고함인지 모를 소리로 소란스럽다. 마을 뒤에 서 있는 산의 절벽에 부딪혀 끊임없이 상공으로 솟는 바닷바람은 이루 다 말할 수 없는 쓸쓸한 비명을 지르며 허공으로 날아오른다. 그 소리에 대답이라도 하듯 나무들도 비명을 질러댄다. 그것은 때로는 온갖 탁한 소리를 모두 뒤섞어놓은 땅울림 같은 소리가 되어 여기저기에서 들려오고 때로는 각각의 나무들이 자신의 슬픔을 죄다 끌어모아 손으로 어루만지며 지르는 비명 같기도 하다. 소리에 강약은 있어도 결코 끊어지는 법은 없다. 산이 통곡을 하고 있는 것이다.

시즈에는 산의 통곡을 들은 것 같기도 했다. 누군가가 몸을 격렬하게 흔들며 자신의 이름을 부르고 있다. 어둠 속에서 멀리 희미하게 투명한 하늘이 보이고 반짝반짝 빛나는 별도 보인다. 그 하늘이 어두워지더니 남편 겐타의 얼굴이 보이기 시작한다.

"시즈에, 시즈에!"

겐타의 목소리가 멀리서 들려온다. 소리는 점점 가까워지고 이윽고 분명하게 유우나 나무 그림자가 허공에 떠오른다. 그리고 나무들이 술렁이는 소리가 들린다.

시즈에의 뺨에 겐타의 눈물이 떨어진다.

"시즈에, 이런 바보. 바보 같은 짓을 하다니…."

겐타는 여전히 세차게 시즈에의 몸을 흔든다.

"여보…."

희미한 목소리를 내본다. 남편 냄새다. 그리운 남편의 냄새다. 남편의 품에 꼭 안긴 시즈에는 숨이 막혀왔다.

"바보, 바보 같이…."

남편의 말이 다시 귓전에 들려온다.

"여보…. 여보."

시즈에는 정신을 차리고 다시 말해본다.

"여보, 그냥 죽게 내버려두세요…."

시즈에는 쥐어짜는 듯한 목소리로 애원한다. 눈물이 흘러 더 이상 말을 이을 수가 없었지만, 다시 한번 겨우 입을 뗀다.

"죽게 놔두라니까요. 여보, 제발 저를 그냥 놔둬요."

"무슨 소리야, 시즈에. 바보 같은 소리 하지 마. 왜 죽어? 죽으면 안 된다고. 남은 아이들은 어떻게 하라고…. 세상은 저버릴 수 있어도 몸은 저버릴 수 없다고들 하잖아. 당장 내일이 어떻게 될지 모르는 세상인데 어째서 스스로 몸을 버리려 하는 거야!"

"여보, 누구보다 제가 저를 잘 알고 있어요. 제 병은 나빠질 뿐 호전되진 않을 거예요. 이대로 죽기를 기다리기보다는 하루라도 빨리 죽고 싶어요. 부탁이에요…."

"그만해. 목숨이 어떻게 될지는 누구도 모르는 거야. 마음을 단단히 먹어야지, 시즈에. 당신이 죽는다고 뭐가 달라져? 그 편이 정말 좋은 거냐고? 이제 갓 태어난 사치코는 어떻게 하며 미요와 다이이치는 어떻게 할 거야? 병을 치료해서 아이들과 만나야지. 당신은 애들 엄마야. 아이들도 당신이 그러기를 바라고 있어. 이미 정해져 있는 목숨에 대해선 아무도 몰라. 스스로 자신의 목숨을 버리는 건 어리석은 짓이라고. 살아 있는 게 바로 좋은 일이라는 걸 몰라? 제발 바보 같은 짓은 하지 마. 알아들었어, 시즈에?"

겐타의 거친 숨이 겨우 안정을 되찾고 제자리로 돌아왔다. 평소에 말수가 없던 겐타가 희한하게도 쉼 없이 말을 뱉어놓았다.

여전히 울먹이는 시즈에의 심장은 고동쳤다. 헐떡이는 숨으로 다시 한번 애원해본다.

"그렇지만 여보, 모두에게 폐를 끼쳐 마음이 괴로워요. 부모님은 물론이고 시동생 다쓰키치에게도 민폐라니까…."

"무슨 소리를 하는 거야. 다쓰키치에게는 예전부터 꿈이 있었다니까. 바닷사람이 되는 꿈 말이야. 남양에 건너가 배를 타고 싶어 했다고. 당신이 신경 쓸 문제가 아니야. 어머니 아버지도 당신을 걱정했으면 했지 집에서 내쫓는다는 생각은 추호도 안 하고 계셔. 당신도 알고 있잖아. 정신을 차리고 병이 낫도록 노력하는 게 어머니와 아버지한테 효도하는 길이야."

"병이 나을 가망성도 없고 이대로 세월이 지나 재수 나쁜 사람 취급당하는 것도 서글플 뿐일 거예요."

"시즈에, 나을 가망성이 없다고 누가 그래? 의사 선생님도 그런 말은 하지 않았어. 그러니까 내일부터 병원에 다녀보자고 하는 거 아냐. 마음을 독하게 먹어야지. 제발 바보 같은 소리 좀 하지 마."

겐타는 시즈에가 가엽기 그지없었다. 시즈에의 마음이 어떨지 너무나도 잘 알고 있지만 시즈에는 반드시 살아야 한다. 말뿐이 아니라 실제로 그래야 한다.

"시즈에. 내가 여기까지 올 수 있었던 건 당신 영혼과 내 영혼이 서로 마주 보고 있기 때문이야. 부부는 저세상에서도 함께한다는 말이 있잖아. 혼자 죽어서는 안 돼. 죽는 것도 함께 죽어야지. 일단 은 같이 살자."

"시즈에, 아이들도 점점 자라고 있잖아. 그게 얼마나 행복한 일 이야. 부모가 힘들어하면 아이들도 괴롭다고. 웃으면서 당신이 버 텨주어야지. 할 수 있잖아. 살 수 있잖아. 듣고 있어, 시즈에?"

시즈에는 겐타를 바라봤다. 겐타도 시즈에를 바라봤다. 시즈에는 눈물로 얼룩진 얼굴을 가만히 끄덕여 보였다. 천천히 오른손을 들 어 남편의 뺨을 어루만져본다. 겐타는 그런 시즈에를 꼭 껴안았다.

바람은 방금 전까지는 알아차리지 못했던 바다 냄새를 머금고 두 사람에게 불어왔다. 깊은 어둠은 포옹한 두 사람을 온전히 감싸 안은 채 여전히 고요하게 잠들어 있다.

8

시즈에와 겐타는 날이 채 밝지도 않은 이른 아침에 집을 나섰다. 새벽 공기는 살갗을 찌르는 듯 싸늘했지만 해가 뜨고 날이 밝으니 거짓말처럼 따뜻하고 강한 햇볕이 두 사람 위로 쏟아졌다.

시즈에는 겨드랑이에 띠를 두르고 마치 어린아이처럼 겐타에게 업혀 있다. 참으로 민망한 모습이었다. 겐스케와 다에도 마음이 쓰였는지 배웅을 나왔다. 두 사람의 모습을 보고서는 자신도 모르게 주위를 둘러보며 얼굴을 붉혔다.

시즈에를 업은 겐타는 시즈에의 몸이 생각보다 너무 가벼워 한동안 말문이 막혔다. 나뭇잎을 등 뒤에 붙인 정도라고밖에 여겨지지 않을 정도로 시즈에는 마르고 쇠약해져 있었던 것이다. 그런 지경이 될 때까지 아무것도 하지 않았던 자신을 깊이 자책했다. 사치코를 낳은 후 곧장 병원으로 데려갔어야만 했다. 이제부터라도 시즈에를 데리고 오쿠무라에 있는 진료소까지 다닐 작정이다. 겐타는 시즈에를 반드시 원래대로 건강하게 만들어주겠노라고 스스로에게 다짐하며 소스 마을을 떠났다.

겐타와 시즈에는 나뭇가지 사이로 햇살이 비치는 산길을, 때로는 햇볕으로 달구어진 모래사장 위를, 또 더없이 강한 태양 아래를 그저 걸었다.

시즈에는 남편에게 미안한 마음이 들면서도 한편으로는 행복했다. 남편의 걸음에 따라 등에 업힌 자신의 몸은 조금씩 흔들리기도 했지만 그의 어깨에 얼굴을 기대고 숨소리를 가까이 듣고 있노라면 결혼 전에 나눴던 밀회의 기억이 떠올라 새삼 가슴이 두근거렸다. 어릴 때부터 여러 번 봐왔던 시누구 축제의 기억과 그곳에서 꿈꾸듯 만난 겐타와의 기억이 하나가 되어 선명하게 되살아나는 것이었다.

매년 여름에 열리는 시누구 축제는 시누구 춤을 신에게 바치는 행사이다. 마을의 잡귀를 내쫓고 풍어와 풍작을 기원하는데, 이때가 되면 마을 중심에 있는 아샤기라는 작은 초가집으로 온 마을 사람들이 모인다.

시누구 축제는 먼저 제주(祭酒)를 만드는 것에서부터 시작한다. 제주는 마을의 처녀들이 쌀을 씹어 뱉어낸 것으로 만드는데 시즈에도 물론 참가한 적이 있었다. 시즈에와 같은 마을 처녀들은 늘 설레는 마음으로 제주 만드는 일에 참여했다.

제례 당일에는 신녀들이 기도처에서 기도를 올리는데 이것이 바로 축제에서 가장 중요한 행사였다. 남자들은 아샤기 앞에서 신녀들에게 술잔을 건네받고 정오 무렵에 산을 오른다. 산에서는 나뭇가지를 둥글게 만들어 머리에 쓰고 허리에 두른 띠에도 나뭇가지나 잎을 길게 늘여 꽂는다. 준비가 다끝나면 북을 치며 '에—헤—호—' 하고 외치며 산에서 내려온다. 산기슭에 나가 있던 여자들의 마중을 받으며 산에서 내려온 남자들은 아샤기 근처 공터에 모여 큰 원을 만든다. 다시 '에―헤―호―' 하는 구령과 함께 둥글게 원을 그리며 손에 든 나뭇가지로 여자들이나 산에 오르지 못했던 노인들과 아이들의 어깨를 가볍게 두드린다. 그리고 바닷가로 나가 산과 바다에 경배한 후 바다에 뛰어들어 몸에 지니고 있던 모든 것을 바닷물에 흘려보낸다. 바다에서 나온 후에는 산신을 연주하며 노래하고 춤추면서 아샤기로 향한다.

아샤기 앞에서는 차례로 여러 행사가 열린다. 멧돼지로 분장한 남자를 활로 쏘는 흉내를 내거나 논에 난 잡초를 뽑기도 하는 것이다. 또 여자를 범한 남성을 설정하여 그의 손을 묶은 뒤 모두가 보는 앞에서 때리고 벌하기도 한다. 그 외에도 통나무 하나에 수십 개의 줄을 엮어 젊은 남녀가 그 통나무를 메고서 '야―하리코―' 하는 호령 소리와 함께 달리며 아샤기 마당 중앙에서 좌우로 흩어졌다 모이기를 반복한 후 마지막에는 아샤기로 돌진해 지붕을 세게 때리는 행사도 있다.

이들 행사가 끝난 후에 시누구 축제의 마지막을 장식하는 것은 우스데―쿠 춤이다. 이것은 여자들의 몫으로, 나이와 상관없이 마을 여자들이 모두 나와 아샤기 앞에서 큰 원을 그리며 신에 대한 마음을 춤으로 표현하는 것이다. 그 원 안에서 작은 북을 든 몇몇 장로들이 박자를 맞추고 노래하며 풍어와 풍작, 풍년을 빌기도 하고 마을 사람들의 소원을 빌기도 한다. 기도에 원을 만들어 춤추던 여자들의 움직임이 더해진다.

시즈에가 태어난 아다 마을의 시누구 축제는 규모가 커서 이웃 마을 아하나 소스에서도 많은 사람들이 구경하러 왔다. 시즈에와 겐타는 바로 이 시누구 축제 날 밤에 만났다.

겐타가 맨 처음 말을 걸어왔을 때 시즈에는 얼떨떨해서 뭐가 뭔지 어리둥절했다. 우스데—쿠 춤을 춘 뒤 축제로 달구어진 기분으로 모두와 함께 모—아시비를 할까 싶어 친구 기요, 마쓰와 함께 이야기를 나누던 참이었다.

그러나 시즈에보다 겐타가 더 긴장하고 있었다. 그때 그가 지었던 곤란한 표정이 떠오른다. 이후로 그때와 같은 표정을 본 적은 없지만, 그날 이후 시즈에의 마음에는 순박한 겐타가 점점 더 크게 자리했다. 겐타는 20리 산길을 넘어 몇 번이나 시즈에를 만나러 왔고, 시즈에는 주먹밥을 만들어 그가 오기만을 가슴 졸이며 기다리곤 했다. 여름날 강변에서 나누었던 밀회를 잊을 수 없다.

겐타를 만난 뒤 곧장 결혼했지만 시즈에는 하나도 걱정할 게 없었다. 시즈에는 이 사람을 행복하게 해주고 싶다는 생각을 늘 했었고 그건 지금도 변함이 없다. 겐타를 사랑한다. 더 사랑하고 싶다. 함께 더 오래 살고 싶다….

그렇게 생각하니 눈물이 하염없이 흐른다. 시즈에는 남편이 자신의 눈물을 볼 수 없는 것을 다행으로 여기며 소리 죽여 실컷 울었다. 눈물을 닦고서 마음속으로 남편의 이름을 불러본다. 그러고선 이내 작은 목소리로 남편의 귓전에 이름을 불러본다.

"겐타, 겐타……."

"겐타, 겐타, 힘들진 않아요? 좀 쉬어요."

겐타는 걸음을 멈추고 뒤돌아보고선 싱긋 웃는다. 시즈에는 남편의 시원한 웃음을 오랜만에 보는 것 같은 기분이 들었다. 겐타의 온 얼굴에는 땀이 흐르고 있었다. 순간 시즈에에게는 그 땀이 눈물로 보인다. 겐타는 시즈에의 말에 개의치 않고 곧장 앞을 보고 걷다가 갑자기 한 발 한 발 리듬을 타듯이 걸음걸이를 바꾸었다. 등뒤에 있는 시즈에를 오히려 걱정하고 있었던 것이다.

"시즈에, 피곤해?"

"아뇨. 전 아무렇지도 않아요. 당신이 좀 지친 것 아녜요?"

"이 정도는 끄떡없어. 그래도 다음 나무 그늘이 보이면 좀 쉬자고."

그렇게 말하며 겐타는 이마의 땀을 닦는다. 시즈에는 재빨리 뒤에서 남편의 목덜미와 얼굴의 땀을 닦아준다.

소스에서 오쿠무라까지는 약 20리. 길이 험해서 왕복을 하면 하루 종일 걸린다. 오쿠무라는 시즈에가 태어난 아다와는 소스를 사이에 두고 반대 방향에 있는데, 오쿠무라와 아다 사이의 중간쯤에 소스가 있다. 소스 마을은 옆 마을인 오쿠무라나 아다에 비해 인구가 4분의 1도 되지 않을 정도로 작은 마을이었다. 소스 사람들에게 있어 남쪽 현관은 아다이며 북쪽 현관이 오쿠무라였다.

소스 마을에서 오쿠무라까지의 길은 해안선을 따라 뻗어 있었다. 길이라고는 하나 아주 형편이 없어 해안을 따라 난 모랫길이나 돌길에 불과한 경우가 대부분이었다. 더러는 해안선에서 가까운 산에 올라 잡초가 무성한 산길이나 깊은 산속의 나무 아래를 지나는 일도 있었다. 이 모든 길은 사람이 다니니까 길이라고 부를 뿐, 산속 길은 비가 오면 땅바닥이 갈라져 한 걸음도 못 걸을 정도였고, 모래 위를 걸을 때 밀물과 만나면 마치 절벽에 매달리듯이 파도를 피해 걸어야 했다. 매달린 듯 걷는 모양새 때문에 사람들은 그곳을 '매달리는 길'이라 부르고 있었는데, 소위 '매달리는 길'은 소스와 오쿠무라 사이에 여러 군데가 있었다.

시즈에와 센타는 그런 길을 온종일 걸었다. 겐타의 몸이 흔들릴 때마다 시즈에도 함께 흔들렸다. 겐타의 등을 통해 그의 심장 뛰는 소리가 시즈에의 귀에 들려왔다.

오쿠무라에 도착한 두 사람을 보고 고키 단메는 놀랍기도 하고 반갑기도 했다. 그는 겐타의 손을 맞잡고 오쿠무라까지 오느라 고생했다며 위로하고 또 시즈에에게도 힘을 북돋아주면서 차분히 진료를 시작했다. 진찰을 마친 후 고키 단메는 겐타를 불러 진찰 결과를 말해주었다. 역시 시즈에의 병은 나병이며 더욱이 그녀의 병은 예상보다 빠르게 진행되고 있다고 했다. 좋아질 가망은 없을지 모르니 격리하는 게 상책이며 특히 아이들과의 접촉은 피하는 게 좋다고 그는 충고했다. 그리고 조금 멀지만 전문 요양소를 소개해 줄 테니 다시 한번 제대로 진찰을 받는 게 어떠냐고도 했다.

겐타는 고키 단메의 말을 듣는 동안 아무 생각도 안 나면서 동시에 깊은 절망에 빠졌다. 이게 대체 무슨 일인지. 더 이상 가망이 없다니…. 시즈에에게는 뭐라 말해야 한단 말인가…. 고키 단메의 말이 더 이상 들리지 않았다. 겐타는 입술을 깨물며 허공을 쳐다보았다.

고키 단메와 겐타 사이에 긴 침묵이 이어졌다. 겐타는 피로가 갑자기 몰려와 몸이 아팠다. 발이 아파 살펴보니 발꿈치에서 피가 배어 나오고 있었다. 어깨와 옆구리도 아팠다. 그런 고통 속에서 겐타는 시즈에를 떠올린다. 지금의 자신이 시즈에에게 해줄 수 있는 일이란 이렇게 같이 아픔을 견디며 시즈에를 업고 다니는 일이 아닐까 하는 생각이 문득 드는 것이다. 자신이나 시즈에나 절망의 한가운데 있지만 자신이 시즈에에게 해줄 수 있는 일을 찾는 것도 중요한 일이다.

전쟁이 시작된 데다가 고키 단메가 알려준 전문 요양소는 너무 먼 곳에 있었다. 시즈에를 그렇게 먼 곳까지 보낼 수는 없다.

겐타는 고키 단메를 바라보며 말했다.

"선생님, 부탁이 있습니다. 제발 들어주십시오. 당분간 시즈에를 데리고 이곳을 좀 다니면 안 되겠습니까. 그리고 가망이 없다는 사실은 시즈에에게 비밀로 해주었으면 합니다. 부탁입니다. 제발 부탁이에요…."

고키 단메는 매우 놀란 표정으로 겐타를 바라본다. 지금의 상태를 시즈에에게 비밀에 붙이는 것은 간단한 일이지만, 놀라운 건 겐타가 시즈에를 업고 이 진료소를 다니겠다는 말이다. 고키 단메도 오쿠무라와 소스 사이의 길이 얼마나 험한지는 이미 잘 알고 있던 터였다. 혼자 걷기도 어려운 길을 둘이서 반복해서 다닌다는 것은 도저히 불가능한 일일 듯싶었다. 게다가 이 작은 진료소에서 충분한 치료가 이루어질 리 없다. 현청에도 보고할 의무가 있다. 고키 단메가 그렇게 말하려고 한 순간, 다시 겐타가 입을 열었다.

"부디 그렇게 해주십시오. 부탁입니다. 제가 시즈에에게 해줄 수 있는 일은 이렇게 업고 다니는 일 뿐이라고요…. 시즈에 생각만 하면… 제발 허락해주십시오. 부탁합니다."

겐타는 고키 단메에게 몇 번이고 고개를 숙였다. 겐타의 필사적인 모습에 고키 단메의 마음에 동요가 일어났다.

"알았네, 알았다고. 정 그렇다면 그렇게 하지…."

겐타의 어깨에 손을 얹은 고키 단메는 말없이 몇 번이나 그의 어깨를 두드렸다. 겐타는 고키 단메에게 거듭 감사를 표했다.

겐타는 다시 시즈에의 겨드랑이에 띠를 두르고 그녀를 업고서 진료소 문을 나섰다. 시즈에가 이곳까지 왔다는 걸 어디서 들었는지 마을 사람 몇몇이 진료소를 둘러싼 채 모여 있었다. 어떤 이는 화난 표정으로 팔짱을 끼고 두 사람을 노려봤다. 고키 단메가 손짓을 하며 마을 사람들을 쫓아 보내자 사람들은 뒷걸음질하면서도 힘들어하는 시즈에와 겐타를 향해 침을 뱉었다.

사람들은 문을 나서는 겐타와 시즈에 부부 뒤를 계속 따라온다. 아이들까지 합세하면서 뒤를 쫓는 사람은 점점 많아진다. 그리고 두 사람에게 험한 욕설을 해댄다.

"야! 이 나환자야. 다시는 오지 마."

"에이, 더럽다! 당장 돌아가!"

"그냥 죽어버려!"

겐타와 시즈에는 조용히 듣고만 있을 수밖에 없다. 욕설이 난무한 가운데 두 사람은 묵묵히 걷기만 했다.

마을 변두리로 나오자 두 사람을 향해 돌을 던지기도 하고 심하게 몰아세우는 사람도 나오기 시작했다. 시즈에의 등을 과녁 삼아 돌을 던지는 사람 때문에 뒤를 돌아보던 겐타도 이마에 돌을 맞기 일쑤였다. 마을 사람들은 겐타와 시즈에가 보이지 않을 때까지 격렬하게 욕하며 돌을 계속 던져댔다.

시즈에는 더 이상 마을 사람들의 모습이 보이지 않고 집들도 보이지 않는 산 정상에 다다르자 겐타의 등 뒤에서 한참 눈물을 쏟아냈다. 겐타는 시즈에의 울음소리를 들으며 앞으로도 계속 오쿠무라의 진료소를 다닐 거라고 더욱 굳게 다짐했다. 그리고 고키 단메의 말을 떠올리며 입술을 굳게 다물고 시즈에를 위로하는 동시에 자신을 위로했다.

겐타는 자신의 입가로 흘러들어 오는 게 땀인지 눈물인지 아니면 이마에서 흘러내리는 피인지 알 수가 없었다. 그는 얼굴을 찌푸리며 당장이라도 터져 나올 것만 같은 슬픔을 참고 있었던 것이다.

시즈에게 많은 것을 이야기하고 싶지만 말하기 시작하면 참고 있던 게 울컥 쏟아져 나올 것만 같다. 다이이치를 낳고 기쁜 표정을 짓던 시즈에…. 그런 시즈에가 더 이상 나을 가망이 없다니 믿을 수가 없었다. 앞으로 어떻게 견뎌야 할지 막막했다. 겐타는 힌발 한 발 내딛으면서 상념들을 떨쳐내려고 걸음을 멈추지 않았다.

시즈에는 겐타의 등에 업혀 흔들리면서 가만히 남편의 숨소리에 귀를 기울였다. 아마 가망이 없을 것이다. 남편은 그렇지 않다고 우기지만 대충 짐작이 간다. 하지만… 아무래도 상관없다. 이렇게 남편의 등에 업혀 남편과의 추억을 떠올리고 남편의 심장 소리를 들을 수 있다면 말이다. 남편과 같이 있다면 그걸로 족하다. 비록 죽는다 해도 남편의 등에서 숨을 거둔다면 아무런 후회가 남지 않을 것 같다.

겐타의 등에 얼굴을 묻고 소리 죽여 울던 시즈에는 남편이 고맙기만 했다. 남편의 체취가 시즈에의 온몸을 감싼다. 갯바람을 맞으며 시즈에는 남편의 어깨를 힘껏 끌어안았다.

시즈에는 '매달리는 길'을 지나 절벽을 오른 뒤 정상에 서서 눈 아래에 펼쳐지는 투명하고 푸른 바다를 내려다보았다. 왠지 극락정토를 보는 것 같은 생각이 들었다. 불어오는 바닷바람이 기분을 좋게 만든다. 저세상에서 행복을 가져다주는 '니라이카나이의 나라'는 분명 존재한다. '불로불사의 나라'는 반드시 있을 것이다. 그

나라는 발밑에 펼쳐진 푸른 바닷속에 있다. 수평선 너머에 있다. 언젠가 반드시 우리들에게도 행복을 가져다줄 것이다. 시즈에는 겐타에게도 그 세상을 보여주고 싶다는 생각에 눈물을 훔치며 "여보…" 하고 불러본다.

9

겐타가 시즈에를 업고 오쿠무라를 다닌다는 소문이 드디어 소스 마을 사람들 사이에서 나돌기 시작했다. 실제로 두 사람의 모습을 목격했다는 사람도 나오기 시작하자 마쓰도 집안 사람들에 대한 마을 사람들의 불만과 불안은 차츰 두 사람에 대한 경이와 경탄으로 바뀌어갔다. 하나의 그림자처럼 겐타와 시즈에가 어둠 속을 혹은 새벽 해변을 걸어가는 모습을 본 사람들은 형용하기 힘든 감동을 느끼게 되었던 것이다 그런데 아이러니하게도 이 무렵에 겐타에게 소집영장이 도착하고 말았다. 겐타가 시즈에를 업고 오쿠무라에 다니기 시작한 지 반년도 채 지나지 않은 1944년 10월의 일이었다.

전쟁은 이런 산속의 작은 마을에도, 부부 사이에도 가차 없이 엄습했던 것이다. 소스 마을 사람들에게 있어 전쟁은 산 너머 저편, 바다 건너 먼 곳에서 일어나는 일이나 마찬가지였다. 들리는 이야기는 모두 전장에서 승리하는 내용뿐이어서 위기감은 거의 느끼지 못했었다. 모두 입 밖으로 내지는 않았지만 높은 산과 드넓은 바다를 앞에 둔 이 마을만큼은 전쟁과 관계없을 거라고 여기고 있었다. 그러나 잘 생각해보면 산이란 건 이쪽도 반대쪽도 없는 것이다. 바다도 마찬가지다. 완전히 무방비 상태였던 이 마을은 순식간에 노도처럼 닥쳐온 전쟁을 맞아들여야 했다.

겐타가 소집영장을 받은 날, 마을 일을 할 수 있을 만한 대부분의 마을 사람에게도 영장이 도착했다. 나에의 남편 야마시로 도쿠조, 도시코의 남편 와다구치 가마스케, 시게코의 남편 모리네 세이토쿠, 도키의 남편 야마시로 에이사쿠에게도 역시 영장이 도착했던 것이다. 이들은 남게 될 아내와 아이, 그리고 부모를 걱정했다. 그러나 누구도 내색하는 이가 없었고 오히려 웃으며 고향을 떠났다. 겐타도 예외는 아니었다. 마을에선 순식간에 많은 일꾼들이 사라지고 말았다.

소스 마을 사람들은 그제야 전쟁이 닥친 것을 피부로 느꼈다. 출병 전야에는 마을에서 소박한 장행회(壯行會)를 열었다. 다음 날 아침 일찍 모두가 모여 만세를 외치며 소집영장을 받은 이들을 배웅했다. 수십 명의 남자들은 집합 장소인 나고를 향해 떠났다. 마을에선 순식간에 많은 일꾼들이 사라지고 말았다.

시즈에는 그날 아침 전장으로 떠나는 겐타와 작별을 고했다. 우는 얼굴인지 웃는 얼굴인지 알 수 없는 겐타의 기묘한 표정을 잊을

수가 없었다. 주변이 부산한 가운데 바느질을 해둔 속옷을 가져가
는지만 확인했을 뿐 더 이상 말도 할 수가 없었다. 겐타는 부모님
과 여동생 우메코, 다이이치와 미요, 그리고 이제 곧 두 살이 되는
사치코의 배웅 속에 집을 나서야 했다.

겐타는 세 아이의 머리를 쓰다듬으며 어색한 경례를 하고는 웃
어 보였다. 아버지 겐스케만이 부동자세로 아들의 경례에 답했다.
겐타는 웃으며 아버지에게 다가가 어깨를 감싸 안으며 귓속말을
했다. 그리고 시즈에가 있는 곳으로 가서 말없이 어깨에 손을 얹은
후 등을 돌려 밖으로 나갔다. 다이이치와 미요는 반사적으로 겐타
뒤를 쫓았다.

다이이치는 마을 사람들과 함께 어귀까지 나가 아빠를 배웅했
다. 어수선한 마을 분위기가 갑자기 조용해지며 적막에 쌓이자 다
이이치는 상상을 초월하는 큰 불안이 자신을 엄습하는 것 같은 느
낌이 들었다. 그것은 다이이치가 처음으로 죽음이란 걸 떠올렸기
때문일지도 모른다. 전쟁과 죽음의 관계, 또 아빠와 죽음과의 관계
를 생각했던 것이다. 물론 전쟁에서 죽고 사는 게 어떤 의미를 가
지는지 아직 어린 다이이치는 충분히 알지 못했다. 그러나 그런 만
큼 아빠가 앞으로 돌아오지 못하는 건 아닐까 하는 불안은 더욱 커
질 수밖에 없었다. 그리고 또 하나 다이이치를 불안에 빠트린 건 부
쩍 수척해진 엄마였다. 아빠가 떠난 지금, 엄마에게 큰일이 일어나
지는 않을지 불안했던 것이다. 이런 고민을 할아버지에게 말해볼

까 싶었지만 할아버지는 마을 사람들과 아샤기 앞에 깔린 멍석 위에서 아와모리를 마시고 있어 이야기할 수가 없었다.

다이이치는 자신의 머리를 쓰다듬으며 미요를 안던 아빠의 웃는 얼굴을 떠올렸다. 그리고 자신의 마음속에 떠오른 불안을 없애버리려고 기묘한 소리를 내며 미요를 놔두고 혼자 달리기 시작했다. 숨을 헐떡이며 정처 없이 온 마을을 달리던 다이이치는 어느 샌가 소스강 가에 와 있었다. 무릎에 손을 얹고 숨을 고르면서 강물을 쳐다보았다. 강바닥에 게 한 마리가 가만히 앉아 있는 게 보였다. 이유 없이 화가 치밀어 오른 다이이치는 가까이에 있는 돌 가운데 가장 커 보이는 것을 골라 양손으로 머리 위로 쳐들어 올리고서 게를 향해 힘껏 내리찍었다. 사방으로 튀는 강물이 다이이치를 적셨다. 얼굴에 묻은 물방울을 닦으며 다시 강바닥을 들여다보았다. 흙먼지가 피어오른 강바닥은 탁해져 있었지만 천천히 흙이 가라앉자 돌이 보이기 시작했다. 게는 어디에도 보이지 않았다.

다이이치의 불안은 적중했다. 시즈에는 겐타가 출정한 이후 눈에 띄게 쇠약해져갔다. 단지 몸이 더 말라갔다기보다는 지금까지 잠복해 있던 증상이 한꺼번에 터져 나와 시즈에의 온몸을 덮쳤다고 말하는 게 좋을지도 모른다. 손가락과 발가락은 완전히 형태가 변해버렸고 얼굴은 부어올랐으며 눈썹과 머리카락은 자주 빠지곤 했다.

다이이치와 미요는 엄마의 상태가 점점 나빠지는 걸 분명하게 알 수 있었다. 다이이치는 문드러져가는 엄마 얼굴을 보는 게 힘들었다. 가능하면 시선을 마주치지 않도록 애쓰며 엄마의 얼굴을 훔쳐보곤 했다.

시즈에는 자신의 얼굴이 이제는 어릴 적에 보았던 나베 할머니와 꼭 같아지고 있다는 걸 느낄 수 있었다. 자신의 추한 모습을 남들이 보는 건 더 이상 견딜 수가 없었다. 겐타도 분명 용서할 것이다. 겐타를 보낸 지금, 아이들의 얼굴을 보는 게, 아니 아이들에게 이런 얼굴을 보이는 게 무엇보다 견디기 힘들었다. 아이들은 이런 자신에게 여전히 안아달라며 어리광을 피우지만 그런 아이들을 밀쳐내야만 했다. 가까이할 수 없는 것이다. 지금은 막내 사치코도 시누이 우메코에게 귀여움을 많이 받은 탓인지 완전히 그녀를 따르고 있다. 남편에게 사랑을 받았을 뿐 아니라 가족 모두에게 사랑을 받은 자신에게 무슨 미련이 있으랴. 시즈에는 그렇게 생각을 정리하고 있었다.

결국 시즈에는 과감히 시어머니 다에에게 집에서 나가고 싶다고 말했다. 다에는 처음에는 완강히 말렸다. 시즈에가 집을 나가면 전장에 나간 겐타에게 면목이 없다는 둥 혼자서 어떻게 지내냐는 둥 점점 나아지고 있는 중이라는 둥 여러 이유를 댔지만 시즈에의 결심이 너무나도 확고하다는 것을 알고 결국에는 슬픈 표정으로 "아버지와 상의해보마" 하고 답하고 말았다.

다에는 시즈에를 보면서 정말로 가엽다고 생각했다. 시집와서 십 년 동안 세 아이를 낳고 길렀음에도 지금은 제대로 아이들과 만날 수도 없다. 그리고 남편도 전쟁에 빼앗기고 말았다. 이제 겨우 서른 살을 넘겼는데 이미 생지옥 속에 살고 있는 것이다. 며느리의 가혹한 운명에 다에는 가슴이 먹먹해져 제대로 말도 나오지 않았다. 목에 두른 수건으로 눈가를 닦으며 시즈에의 어깨에 손을 얹고 있을 뿐이었다.

겐스케도 처음에는 시즈에의 말을 절대로 허락하지 않았지만 매일같이 울며 애원하는 모습을 보고 시즈에의 결심이 완강해 더 이상은 거절할 수 없다고 생각했다. 또 오키나와 전투를 앞두고 군인들이 나병에 걸린 사람들을 강제로 격리 수용한다는 소문이 나돈 것도 겐스케의 마음을 약하게 만들었다.

"겐타도 고집쟁이지만 너도 마찬가지구나."

결국 겐스케는 시즈에의 말을 들어주고 말았다.

겐스케는 마을 노인들에게 사정을 설명하고 시즈에를 위한 작은 오두막을 짓기로 했다.

소스강을 넘어 약 반 리 정도 바닷가를 따라 걸어가면 마을 남쪽 곶에 다다른다. 그 곳에는 삼각형 모양의 크고 작은 뾰족 바위들이 서 있는데 마을 사람들을 그걸 닷츄 바위라 불렀다. 시즈에를 위한 작은 오두막은 그 닷츄 바위를 왼편에 두고 곶을 돌아선 바로 뒤편에 자리 잡았다.

오두막은 방 두 개짜리로 통나무를 거칠게 깎아 기둥을 세우고 벽은 주워 모은 판자로 만들었으며 지붕 곳곳에는 함석을 누더기처럼 여기저기 덧씌웠다. 오두막 안은 완전히 노출된 봉당과 그 한쪽 구석에 마련된 아궁이, 그리고 다다미 한 장 크기 정도의 마루가 깔려 있는 게 전부였다. 너무나도 조악한 집이라 겐스케는 마음이 아팠다. 그러나 그가 시즈에에게 해줄 수 있는 일이란 이제 이정도밖에 없었다.

다에는 다에대로 오두막집이 다 만들어지자 이삼 일 동안 가구와 식기, 옷, 이불 등을 날랐다. 시즈에의 만류에도 다에는 최선을 다했다. 시즈에는 그러나 그것만으로 충분했다.

아침 일찍 시즈에는 사람들의 눈을 피해 마쓰도 집에서 나왔다. 자고 있는 세 아이들에게 말없이 이별을 고할 때에는 역시 눈물이 멈추지 않았다. 아이들에게는 아무 말도 하지 않았고, 또 그런 편이 좋다고 생각했다. 어린아이들의 가슴을 아프게 할 수는 없었다. 그러나 자고 일어나 엄마가 없다는 것을 알게 되면 다이이치도 미요도 분명 울음을 터트릴 것이다. 사치코도 같이 울지 모른다. 사치코는 시누이와 시어머니가 어떻게든 돌보아줄 것이다. 다이이치는 철이 들었지만 사치코가 태어난 이후로 미요의 어리광이 늘어난 게 마음에 쓰였다. 애들 아버지가 돌아오면 어떻게든 될 것 같은데, 아무튼 남편이 부디 무사히 살아 돌아오기를 바랄 뿐이었다. 이런 시즈에의 소원을 겐타는 짐작이나 할까.

그렇다 하더라도 남편이 돌아와 시즈에가 집을 나간 것을 알면 분명 화를 낼 것이다. 시즈에는 눈을 감고 남편을 떠올렸다. 남편이 전장에서 고생하고 있을 모습만 떠오른다. 부디 무사히 살아 돌아오기를, 그리고 이렇게 지금 집을 나가는 것을 용서하기를 시즈에는 바라고 또 바랐다.

시즈에는 복잡한 생각을 떨치려고 손을 모으고 눈을 꼭 감는다. 겐타에게 미안한 마음을 뒤로 하며 다시 아이들의 얼굴을 들여다보고서 단단히 결심한다.

그렇지만, 이렇게 아이들과 영원히 헤어지는 걸까, 하고 생각하니 시부모님 앞에서는 울지 않으리라 다짐했던 눈물이 도무지 멈추지가 않는다. 이 아이들의 행복을 위해서 나는 떠나야 한다고 스스로에게 주문을 건다.

'이게 바로 엄마인 내가 아이들을 위해 해줄 수 있는 마지막 일이다. 나도 그 나베 할머니처럼 오두막에서 썩어가다가 버려지게 될 것이다. 내가 그렇게 되었다는 사실을 아이들이 알아서는 안 된다. 아이들이 알기 전에 죽고 싶다….'

토방에서 내려와 신을 신으니 남편 겐타 등에 업혀 오쿠무라까지 다니던 나날들이 떠오른다. 겐타는 어떻게 지내고 있을까. 지금은 어디에서 전쟁을 치르고 있을까.

"더 살고 싶었는데…."

시즈에는 무심코 말을 내뱉고 말았다. 그러나 그 말을 들은 사람은 아무도 없었다. 앞으로 줄곧 그녀의 말을 들을 사람은 없을 것이다.

시부모님 겐스케와 다에, 그리고 시누이 우메코 세 사람의 배웅을 받으며 시즈에는 떠났다. 우메코가 오두막까지 같이 가겠다는 걸 말리며 시즈에는 날이 채 밝지 않은 어둠 속을 혼자 걷기 시작했다. 누구도 섣불리 말을 꺼내지 못하는 쓸쓸한 작별이었다.

소스강 아래를 건널 때 강물이 시즈에의 발에 휘감기며 첨벙첨벙 소리를 냈다. 아침 강물이 차다. 그러고 보니 곧 떡을 나누어 먹으며 악귀를 쫓는 명절 '무―치―'가 다가온다. 전쟁이 곧 들이닥칠 것 같은데 올해 무―치―는 어떻게 되는 걸까. 다이이치도 미요도 무―치―를 매우 좋아하는데…. 정월이 되면 다이이치는 열 살, 미요는 여섯 살, 사치코는 두 살이 된다. 시즈에는 강 한중간에 멈추어 서서 또 한참을 울다가 마음을 다잡고 다시 걸었다. 강물은 여전히 발밑에서 첨벙첨벙 소리를 내며 물보라를 일으켰다. 다리를 질질 끌며 시즈에는 강을 건넜다. 폭은 넓은 강이지만 물은 얕았다.

시즈에는 강을 건넌 뒤 다시 한번 뒤를 돌아보았다. 마을은 적막에 싸여 있었다. 마침 그때 해가 천천히 수평선 위로 떠올랐다. 지금 시즈에가 막 건넌 소스강은 그 햇빛을 받으며 황금색으로 빛나고 있었다. 시즈에는 서서 잠시 멍하니 그 광경을 바라보았다.

10

아침에 일어난 다이이치가 엄마가 보이지 않는다는 걸 알아채기까지는 그리 오랜 시간이 걸리지 않았다. 다이이치는 미요를 네리고 강에 얼굴을 씻으러 가기 전에 반드시 토방 구석이나 아궁이 앞에 앉아 있는 엄마의 모습을 확인하고 나가는 습관이 있었다. 그런데 그날은 강에 가기 전에도 강에서 돌아온 후에도 엄마의 모습은 보이지 않았던 것이다. 아궁이 앞은 물론 토방 구석은 엄마가 늘 있던 자리인데 전혀 보이지 않았던 것이다. 물론 뒷방에도 없었다.

"엄마가 안 보여요…."

초조해진 다이이치가 말했다. 아빠가 전장으로 나간 뒤 조용해진 집안에서 다이이치는 엄마에게 무슨 일이 일어나지는 않을까 늘 불안했는데 결국 일이 일어나고야 말았는가 싶어 정신을 차릴 수가 없었다.

"그럴 리가 있니…."

우메코는 건성으로 대답할 뿐, 사치코를 달래주는 게 더 바쁘다는 듯이 상대도 해주지 않았다. 미요도 다이이치의 행동이 심상치 않다는 것을 느꼈다.

"엄마가 없다니까요!"

미요가 울먹이면서 말하자 다에 할머니가 겨우 무거운 입을 연다.

"엄마는 할아버지가 의사 선생님이 있는 진료소로 데려갔어. 아침 일찍 나갔기 때문에 인사할 겨를도 없이 갔지."

다이이치는 그럴 리가 없다고 생각했다. 그렇지만 할머니의 말을 들은 미요가 안심했는지 울음을 그쳤기 때문에 더 이상 캐물을 수도 없었다. 엄마가 혼자 힘으로 갔을 리가 없다. 그렇다고 할아버지가 아빠처럼 엄마를 업을 수도 없을 것이다. 게다가 곧 이 마을에도 전쟁이 들이닥칠 거라고 한다. 산속에는 나하와 남부에서 피난 온 사람들이 오두막을 만들거나 굴을 파서 숨어 지낸다는 소문이 있다. 친구 세이치의 집에서는 가족들이 피난 갈 수 있는 오두막을 산속에 만들어두었다는 이야기도 들린다. 오쿠무라에도 곧 전쟁이 닥칠 것이다. 의사 할아버지도 산속에 숨어 있을지 모른다. 아니 어쩌면 전장에 나갔는지도 모른다. 그러고 보니 아빠가 전장에 가기 전에 엄마와 그런 이야기를 나눴던 것 같다. 다이이치는 머릿속에 이런저런 생각이 떠올라 견딜 수가 없다. 화가 난 말투로 결국 할머니에게 다시 말한다.

"할머니는 거짓말쟁이야. 곧 전쟁이 온다고요!"

감정이 격해진 다이이치가 더듬더듬하며 겨우 한 마디 내뱉자 할머니가 당장에 응수한다.

"아니, 할머니가 언제 거짓말을 했다고 하는 거니. 전쟁이 온다고 하니까 엄마를 얼른 오쿠무라로 데리고 간 거 아니냐."

할머니의 말이 좀 이상하다고 생각하면서도 다이이치는 결국 어떤 말도 할 수가 없었다. 눈물이 터져 도리가 없었던 것이다. 걷잡을 수 없이 화가 난 다이이치는 할머니에게 쏘아붙일 말을 찾지 못했다.

"할머니는 거짓말쟁이…."

"거짓말쟁이라고요!"

그저 같은 말을 반복할 뿐이다.

할머니는 조용히 아침에 먹을 고구마죽을 다이이치 앞에 내민다. 다이이치는 눈물을 닦으며 급히 입에 넣다가 자리를 박차고 나가버렸다.

"오빠…."

미요가 부른다.

"오빠, 같이 가…."

등 뒤에서 미요의 울음소리가 들린다. 다이이치는 그 울음을 뿌리치고 힘껏 달리기 시작한다.

어느덧 북새바람 '미—니시'가 소스 마을에도 불어와 추위가 조금씩 느껴지는 날들이 이어지고 있었다. 소스강에도 지금까지의 미지근한 남풍 대신 미—니시가 불어와 강물을 흔들었다.

소스강은 다이이치와 같은 아이들의 놀이터로 제격이었다. 좀 과장되게 말하자면 놀이터라기보다는 사는 법을 가르쳐주는 학습의 장이었다. 물론 다이이치에게 그런 자각이 있었던 것은 아니다. 단지 다이이치는 강에 사는 생명들과 놀기를 좋아할 뿐이었다. 줄새우를 비롯해 잠자리 유충, 소금쟁이, 올챙이, 우렁이, 게, 장어, 그리고 수많은 물고기들…. 다이이치에게는 모든 생물이 신기했고 그들의 몸짓과 행동에 놀라는 경우가 많았다. 생물들의 모습을 보면서 다이이치는 자연스럽게 살아가는 지혜를 익히고 있었던 것이다.

생물뿐만 아니라 다이이치에게 있어서 말없이 흐르는 강물이나 큰 바윗돌, 그리고 강변에서 아무렇게나 나뒹구는 나무 막대 등은 아무리 보아도 질리지가 않는 풍경이었다. 흘러가는 강물은 강에 사는 생물들 못지않게 살아 있는 것처럼 느껴지는 순간도 있었다. 강은 눈앞에서 무한히 변하는 모습을 보여주어 하루 종일 쳐다보고 있어도 질리지가 않았다. 눈앞의 물은 잠시도 멈추지 않고 흘러가며 모습을 바꾸었다. 뿐만이 아니다. 흐르는 물의 양도 보고 있으면 미묘하게 바뀌는 게 느껴졌다. 그렇게 시시각각 달라지는 강의 모습은 다이이치에게 무궁무진한 호기심을 불러일으키는 사건과도 같은 것이었다.

더욱이 다이이치는 눈앞의 강물은 대체 어디에서 흘러와서 이렇게 많은 물을 가득 채우고 있는 것인지 궁금했다. 강은 실로 많은 것들을 데리고 온다. 우기에는 물이 불어나 큰 게를 발견하는 날도 있었다. 강물이 데리고 오는 나뭇가지 하나, 열매 하나가 모두 다이이치에게는 호기심을 일으키는 흥미로운 사건이었다. 언젠가는 이 강을 거슬러 올라가 강의 원천을 확인해볼 거라는 생각을 마음속에 간직하면서 강과 마주하는 일이 많았던 것이다.

그날 아침에도 다이이치는 할머니에게 말대꾸를 하고 집을 뛰쳐나온 뒤 정신을 차려보니 어느새 강변에 도착해 있었다. 미요도 따라와서 다이이치 옆에 서 있었다. 다이이치는 미요와 함께 점심을 먹으러 집에 잠깐 들른 것을 제외하고는 하루 종일 강을 바라보며 강 아래에서 놀았다. 하지만 그날만큼은 강에서 놀고 있어도 마음은 다른 곳에 있었다. 눈은 끊임없이 오쿠무라로 이어지는 마을 어귀의 산길만 쳐다보고 있었던 것이다.

할머니의 말을 믿지는 않았지만, 어쩌면 할머니가 말한 대로 엄마는 힐아버지 등에 업혀 오쿠무라로 갔을지도 모른다. 만약 그렇다면 할아버지는 분명 이 산길로 내려올 터이다. 그걸 한시라도 빨리 확인하기 위해서는 이렇게 강 아래에서 기다리는 게 가장 좋은 방법이라고 다이이치는 생각했다.

그러나 날이 저물어도 할아버지는 그 산길에서 나타나지 않았다. 다이이치는 어쩔 수 없이 포기하고 미요의 손을 잡고 집으로 돌아가기로 했다. 그런데 집에 도착해보니 이미 할아버지가 집에 와 있었다.

다이이치는 반가운 마음에 엄마를 찾아보았지만 어디에도 엄마는 없었다. 다이이치는 겐스케 할아버지에게로 달려가 물었다.

"할아버지! 엄마는요?"

"할아버지, 엄마는 어디에 있어요?"

다이이치 옆에 미요까지 와서 입을 보태어 할아버지에게 물었다. 할아버지는 다이이치와 미요을 쳐다보다 말없이 미요를 안고서 약간 굽은 허리를 힘껏 늘리며 미요를 보고 말했다.

"엄마를 의사 선생님이 있는 곳으로 데리고 갔단다. 엄마가 돌아올 때까지 울지 말고 씩씩하게 지내라고 엄마가 말하더구나. 오빠와 사이좋게 지내라고 말이야…. 다이이치, 알겠지?"

다이이치는 조용히 할아버지의 말을 듣는다. 역시 할아버지도 할머니처럼 거짓말을 하고 있다. 어딘가 이상하다. 모두가 거짓말을 하고 있다. 모두가 진실을 숨기고 있다고 생각한 다이이치는 분해서 입술을 꽉 물고 고개를 숙인다.

다이이치는 그날 밤 잠자리에서 엄마를 떠올리며 혼자 소리 죽여 울었다. 누구에게도 들키지 않도록 이불을 머리 위까지 푹 덮어쓰고 이를 물고서 울었다. 엄마를 미워한 게 잘못이었다. 엄마가 사라진 건 자신 탓이다. 엄마에게 빌어야 한다. 엄마는 어디에 갔을까. 엄마는 어떻게 지내고 있을까. 누구도 가르쳐주는 이가 없다…. 다이이치는 다정했던 엄마의 모습을 떠올리고는 또다시 울음을 터트리고 말았다. 아빠가 빨리 돌아왔으면 하는 생각을 하니 엄마 아빠가 동시에 그리워져 울음은 더욱 그치지가 않았다.

다이이치가 우는 걸 우메코가 알아차리고서는 다이이치에게 이불을 다시 덮어주며 말을 걸었다.

"다이이치…."

그 말을 기다렸다는 듯이 다이이치는 우메코의 가슴에 얼굴을
묻고 큰 소리로 울었다.

제

3

장

1

　1944년 10월 10일 나하 주변 지역은 미군의 대공습을 받았다. 소위 '10·10공습'이라 불리는 이 공습에서 피해를 입은 가옥은 1만2000여 호에 이른다. 같은 해 3월에는 대본영 직할 제32군이 신설되어 오키나와 본토를 비롯한 난세이제도 방위가 본격화되었다. 오키나와 남·동·중 비행장과 이에지마 비행장, 미야코 비행장이 건설에 착수하면서 오키나와 현민들은 노무자로 매일 2000~3000명이 동원되었다. 남녀노소를 불문하고 중학생이나 여학생까지도 진지 구축에 동원되어 수업을 받지 못하는 상황에 이르렀다. 이렇게 오키나와에서도 임전 태세가 갖추어지고 있었지만 당시 전황은 점차 패색이 짙어져가던 상황이었다. 6월에는 사이판에 있던 일본군이 전멸했고 8월에는 학생들을 실은 피난선 쓰시마마루가 아쿠

세키지마 부근에서 어뢰 공격을 당해 침몰하고 말았다.

'10·10공습'은 한꺼번에 많은 사람들을 전쟁의 소용돌이에 빠트리고만 사건이었다. 같은 달 29일에는 만 21세에서 45세에 해당되는 남성이 방위대원으로 소집되었는데 겐타를 포함한 소스 마을 남자 십수 명이 소집된 것도 이 무렵이었다.

오키나와현 지사는 남부에 사는 부녀자들에게 즉시 북부로 피난할 것을 시달해 남부 나하의 노인과 아동, 그리고 부녀자들은 북부쪽으로 소개하기 시작했다. 같은 해 10월 미군은 필리핀 레이테섬에 상륙하였고 일본군은 가미카제 특공대를 편성하여 대전했다.

해가 바뀌어 1945년 1월이 되자 B29 편대가 가끔씩 오키나와 상공을 날기 시작했다. 제32군은 현지에서 제2차 방위대 소집 연령을 낮추어 만 17세부터 모집했다. 같은 해 2월 16일에는 미군 기동부대가 본토를 처음으로 공습했고 3월 9, 10일에는 B29가 야간에 도쿄를 공습했다. 이어 3월 17일에는 이오지마에서 일본군이 전멸하였으며 3월 23일에는 미군이 오키나와 본섬에 폭격을 개시했다. 이리하여 오키나와 본섬에 미군이 상륙함으로써 지상전이 치러질 가능성은 더욱 짙어졌다.

소스 마을에도 나하와 같은 남부에서 가족을 동반한 사람들이 자신들의 친척을 찾아 피난을 오곤 했다. 소스강 상류에도 역시 남부에서 피난 온 사람들이 몰래 몸을 숨기고 있었는데 소스 사람들이 산에 들어가다 피난 온 사람들과 우연히 마주치는 일도 꽤 자주 있곤 하였다. 산에 몸을 숨기고 있던 사람들이 식량을 구하기 위해 마을까지 내려오는 일도 있었다. 마을 사람들은 그런 피난민들을 돕는 일에 분주하면서도 자신들 역시 집 근처에 방공호를 만들거나 산속에 가설 오두막을 짓거나 하며 피난 준비를 시작해야만 했다.

얼마 못 가 마을 식량도 거의 바닥을 드러냈다. 마을 사람들이 먹던 된장이나 소금도 부족하게 되고 고구마나 야채 같은 밭작물도 어느새 모두 캐 먹어버려 더 이상 남아 있는 게 없었다. 마을 사람들은 더 이상 피난민들에게 식량을 나눠줄 수 없었고 오히려 필사적으로 자신들의 식량을 확보해야만 했다. 된장이나 소금을 항아리에 넣어 부엌 한쪽 구석에 숨기거나 마당 혹은 가까운 산에 묻기도 했다. 그럼에도 식량 도난 사건은 다반사로 일어났다. 마을 사람들은 서로를 의심하였지만, 결국 나하와 같은 남부에서 피난 온 외부인의 소행이라는 게 밝혀졌다. 그들은 너무나도 당당하게 대낮에 식량을 훔치곤 했던 것이다.

고구마밭이나 채소밭은 대번에 좋은 목표물이 되었다. 좀도둑이 출몰하기 시작했나 싶더니 얼마 지나지 않아 고삐 풀린 듯이 약탈이 횡행하게 되었고 눈 깜짝할 사이에 먹을 것들이 없어졌다. 심지어는 모두가 힘든 상황에서는 서로 돕는 게 인지상정이 아니냐며 대놓고 큰소리를 치는 사람이 나오기도 했고 먹을 것을 내놓지 않는 소스 사람들을 냉정하다고 비난하며 몸싸움까지 벌이는 사람도 있었다. 여기저기에서 첨예한 갈등이 일어났지만 누구 하나

저지할 사람은 없었다.

처음에는 공손하게 식량을 나누어달라며 애걸하던 그들이 몰래 남의 집에 들어가 훔치기 시작했을 때, 소스 사람들은 누구 할 것 없이 모두 간이 떨어질 정도로 놀라고 말았다. 소스 사람들은 여태껏 어느 집 할 것 없이 도둑을 막기 위해 열쇠로 잠그는 일을 해본 적이 없었다. 그게 당연한 일이었기에 잠을 잘 때에도 문을 열어놓고 자는 게 일반적이었다.

맨 처음 도둑이 든 집은 모리네 시게코의 집이었다. 시게코의 남편 세이토쿠는 전장에 간 상태였고 집에는 연로한 세이토쿠의 어머니와 시게코, 그리고 장남 세이지를 비롯한 아이들 세 명뿐이었다. 여자와 어린아이만 남은 집이 좋은 목표물이 되는구나 싶었지만, 어느 새 가족 구성과는 상관없이 무차별적으로 도둑이 들었다. 마을에서는 자경단을 만들자는 이야기도 나왔지만 해가 바뀐 2월에 두 번째 방위대원이 소집되면서 첫 번째 소집 인원과 비슷한 십여 명의 남자들이 전장으로 끌려 나가게 되자 자경단원으로 마을을 지킬 수 있는 젊은이는 더 이상 찾아보기 힘들게 되었다. 결국 속수무책이었던 것이다.

다이이치의 집에도 도둑이 들었다. 토방에서 나는 소리를 다에 할머니가 제일 먼저 알아듣고 소리를 질렀다. 도둑은 이미 도망쳐 그림자마저 바깥의 어둠 속에 사라지고 말았지만 그래도 겐스케 할아버지는 끝까지 그 뒤를 쫓았다. 다이이치와 우메코는 잠에서 깨어나 도둑을 쫓아간 할아버지가 집으로 돌아올 때까지 기다렸다.

헐떡이며 돌아온 할아버지는 숨을 고르고서는 한숨을 내쉬었다.

"아아, 정말 큰일이야. 도망친 도둑이 아무래도 어린애 같아. 요 지경이 되어버렸어."

다에 할머니가 토방으로 올라오는 겐스케 할아버지에게 답한다.

"우리도 먹을 게 없는데, 정말 큰일이에요."

할머니는 일어서면서 말을 잇는다.

"손주 녀석들 먹일 거라도 챙겨놔야지 안 되겠어요."

겐스케 할아버지도 굽은 허리를 두드리며 말한다.

"전쟁이 시작되면 더 가관일거야. 어쩌면 전쟁이 이미 시작되었는지도 모르지. 아이고. 뭐가 뭔지 나도 잘 모르겠구면."

그러고선 잠에서 깨어난 다이이치와 우메코에게 말한다.

"시와산케—, 다이이치. 얼른 자거라, 얼른…."

겐스케 할아버지가 먼저 방으로 들어가 눕는다.

다이이치도 할아버지 말대로 다시 우메코 고모와 함께 누웠지만 정신이 맑아진 탓에 도무지 잠이 오지 않는다. 봄이 되었다고는 하지만 아직 차가운 밤바람이 문틈 사이로 불어온다.

다이이치가 다니던 학교도 이즈음에는 휴교에 들어갔다. 많은 일꾼들이 전장으로 끌려간 지금, 소년들은 마을에서 더없이 귀중한 노동력이기도 했다. 다이이치도 아버지가 전장으로 나간 뒤, 그리고 다쓰 삼촌이 없는 지금, 겐스케 할아버지를 도왔다.

그러나 그런 험악한 분위기 속에서도 다이이치와 같은 아이들에게는 은밀한 즐거움이 있었다. 그건 바로 강물을 따라 떠내려오는 표류물을 모으는 것이었다. 부모님의 눈을 속여 친구들과 표류물을 건진 다음 그걸 마치 보물처럼 소중히 다루며 나누어 가졌다. 포격당해 침몰한 배에서 나온 유류품이나 전장의 잔해가 대부분이었다. 소년들도 그 사실을 알고는 있었지만 떠내려온 물건들은 죄다 신기하고 진귀해서 호기심이 일어날 수밖에 없었다. 때문에 어른들 가운데서도 아침 일찍부터 강가로 내려가 아이들처럼 표류물을 수집하는 경우가 있었다. 드럼통 여러 개가 떠내려와 마을 어귀의 강가에 쌓이는 일도 있었다.

다이이치는 같이 어울리던 고사쿠나 세이지와 함께 나무 상자 하나를 발견해 몰래 열어본 일이 있었다. 그 안은 깡통으로 가득 차 있었다. 아마도 미군의 휴대용 식량이었던 것 같다. 크래커와 치즈, 그리고 잼은 고소한 냄새를 풍기고 있었고 그 냄새에 아이들은 기분이 들뜨기도 했다. 이것이 바로 미국 냄새구나 하고 감동하며 또 뭐라 형용할 수 없는 이국적인 분위기에 마음이 빼앗기기도 했다. 그리고 그것을 강가 바위 아래에 숨겨두고 차례로 친구들을 불러 서로 나누어 먹곤 했다.

다이이치는 미요에게 줄 크래커를 할머니에게 들켜 혼쭐이 난 적이 있었다. 부모님에게는 비밀로 하자고 다른 아이들과 약속을 했었는데 그것을 지키지 못한 자신이 부끄러웠고 또 친구들에게 면목이 없다고 생각하며 한동안은 뒤가 켕기는 기분으로 지냈다. 그러나 그런 일은 금방 잊어버렸다. 물론 당시에는 고사쿠와 산양 오두막에서 서로 심하게 싸웠던 것을 완전히 잊은 채 같이 놀 때였다. 그리고 시즈에가 집에서 나간 이후로 마쓰도 가족을 보는 마을 사람들의 시선 역시 부드러워진 때였다. 그들 가운데는 시즈에가 사는 오두막에 먹을거리나 입을 거리를 몰래 가져다주는 이도 있었다.

2

시즈에는 벽에 걸린 달력을 가만히 응시하고 있다. 활짝 열린 창문에서 시원한 바람이 불어오지만 시즈에는 그 시원함을 느끼지 못한다. 하루 한 장씩 뜯는 일력은 마쓰도 집에서 가져온 것 중 하나로 시즈에는 그 외에도 다른 잡다한 물건 약간을 이곳으로 가지고 왔다. 올해 마지막으로 남은 숫자 '31' 한 장이 팔랑팔랑 바람에 나부낀다. 1944년이 끝나고 1945년이 새롭게 시작된다.

"올해도 오늘로 끝이 나고 내일부터는 새해가 시작되는구나…."

시즈에는 달력을 쳐다보며 이런저런 생각을 한다. 떠오르는 건 죄다 괴로운 기억뿐이다. 눈물이 터져 나오려는 것을 필사적으로 참았다.

"내년 달력을 준비 못 했구나. 아니, 내게 달력이 무슨 필요가 있다구. 왜 달력 같은 걸 갖고 온 건지…."

시즈에는 아까부터 같은 생각만 반복하고 있었다.

'달력을 뜯으면서 나는 무엇을 기다리고 있는 걸까. 나에게 기다려야 할 무언가가 아직 남아 있는 걸까? 이 오두막에서 기다려야 할 뭔가가 나에게 있다면… 그건 죽음뿐이겠지. 여기에서 헤아려 보는 과거 따위는 나에게 아무런 소용이 없는 것이다. 괜히 달력을 가져왔구나. 인간은 왜 달력 같은 걸 만든 걸까. 달력은 지나간 과거를 위한 것이 아니라 미래에 있을 무언가를 기대하며 하루하루를 바라보는 것이다.'

그렇게 생각하니 시즈에는 더욱 큰 슬픔에 잠길 수밖에 없었다. 자신에게는 기대할 무언가가 하나도 없었던 것이다. 자신이 처한 상황이 처량하게 느껴졌고 어찌해볼 도리가 없었다. 참고 있던 뜨거운 눈물이 시즈에의 뺨 위로 흐르며 떨어진다. 시즈에는 눈물을 닦을 기력조차 없었다.

시즈에는 가만히 아이들의 이름을 불러본다. 목구멍 안쪽이 힘없이 떨릴 뿐 목소리가 나오지 않는다. 내 손으로 다시 한번 제대로 아이들의 온기를 느껴보고 싶다. 꼭 껴안아보고 싶다. 시즈에는 다시 소리를 내어 아이들의 이름을 부른다.

"다이이치… 미요… 사치코…."

쥐 죽은 듯이 고요한 산속 오두막에서 아이들의 대답이 들릴 리 없다. 방 안에는 시즈에 외에 아무도 없지만 그럼에도 시즈에는 아이들의 이름을 부른다.

"다이이치… 미요… 사치코…."

몇 번이고 이름을 부른다.

"다이이치… 미요… 사치코…."

이윽고 시즈에의 목소리가 점점 커지더니 결국 비명을 지르듯 큰 소리로 아이들의 이름을 부른다.

"다이이치, 미요, 사치코…."

"다이이치, 미요, 사치코…."

"다이이치, 미요, 사치코…."

시즈에의 절규와 눈물은 그칠 줄 모른다.

"여보… 이제 어떻게 해야 하는 거예요? 여보…."

시즈에는 자신이 어떻게 하면 좋을지 난감하기만 하다. 남편과 아이들의 얼굴이 차례로 떠오른다.

다이이치가 줄새우튀김을 의기양양한 표정으로 먹던 그 모습…. "안아줘요" 하고 달려드는 미요의 웃는 얼굴. 사치코가 귀여운 입술로 젖꼭지를 빨던 느낌이 되살아난다. 이어서 남편 겐타의 싱글벙글한 표정이 떠오른다. 겐타는 정말이지 모두에게 상냥했다. 이들 모두와 다시 만날 수는 없는 걸까. 단념할 수밖에 없는 걸까. 단념하고 싶지 않다. 단념하기엔… 그렇다. 아직 너무나도 젊은 나이였다. 겐타와 아이들과 인생을 시작한 지 얼마 되지도 않았는데 이제 와 단념해야 한다니…. 시즈에는 자신의 운명이 원망스럽다.

시즈에는 눈을 감았다. 그리고 꿈을 꾼다. 남편과 아이들을 만나는 꿈을 수없이 꾸었다. 아니 실은 꿈이 아니라 여러 추억들이 되살아났던 것이다. 시즈에는 더 이상 꿈인지 기억인지 분간할 수가 없다. 엎드린 몸을 일으켜 세우며 눈물을 훔치다가 벽에 기댄 채 어느새 살짝 잠이 들어버리고 말았다. 몽롱하다. 자고 있는지 깨어 있는지도 알 수가 없다. 죽은 건지 살아 있는 건지도 알 수가 없다.

주변이 흐려진 것을 보니 날이 저물 무렵인 모양이다. 목과 어깨, 허리가 아프다. 춥다. 시즈에가 그렇게 느낄 즈음에 그녀는 깨어났다. 역시 앉은 채로 잠이 들어버렸던 것이다. 창밖을 바라보니 해가 지기까지는 아직 약간의 시간이 남아 있는 듯하다. 시즈에는 일어나 밖으로 나갔다.

시즈에는 뒤편에 만들어둔 작은 채소밭과 고구마밭으로 향했다. 이곳 오두막에 살기 시작하면서 장만한 밭들이다. 고구마는 완전히 뿌리를 내렸는지 잎이 우거져 있다. 채소들도 싹을 틔웠다. 소금과 된장도 마련해두었는데, 다 먹을 즈음이면 시어머니 다에나 시누이 우메코가 가져다줄 것이다. 쌀은 얼마 없지만 그대로 남겨둘 작정이다. 그럴 일은 없겠지만 혹시라도 다이이치와 미요, 사치코가 찾아온다면 밥을 해주고 싶기 때문이다. 시즈에는 그런 기대를 아직 버리지 못하고 있었다. 고구마는 아직 충분하다. 그리고 조금만 걸어가면 바위 그늘에서 졸졸 흐르는 샘물을 길을 수 있다. 어떻게든 살아갈 수 있다, 어떻게든…. 어떻게든 버틸 수 있다. 하지만 무엇 때문에 버텨야 하는 것일까. 모르겠다. 병이 낫고 있는지 더 나빠지고 있는지는 알 수 없지만, 그래도 지금은 살고 싶다.

시즈에는 밭에서 잡초를 뽑으며 스스로에게 말하다가 문득 소라게가 뒷걸음치며 도망치는 걸 발견했다. 시즈에는 이들 채소는 물론이고 특히 꿈틀거리며 움직이는 것들이 너무나도 사랑스러웠다. 소라게나 달팽이와 같은 생물들은 시즈에의 마음을 한층 따뜻하게 만들었다.

시즈에는 도망치는 작은 소라게를 집어 손바닥에 올려놓는다. 몸을 숨긴 소라게를 위로 들어 올려, 어린 시절 자주 그랬던 것처럼 후— 하고 따뜻한 입김을 불어준다. 희한하게도 소라게는 언제나처럼 몸을 다시 내민다. 그런 소라게를 다시 손바닥에 올려놓고선 가만히 바라본다.

전쟁은 정말 닥쳐올까. 전쟁이 아니라면 어떻게든 살아남을 수 있을 것 같다. 전쟁만 엄습하지 않는다면 남편을 기다릴 수 있을지 모른다.

시즈에는 하늘을 올려다보았다. 똑 하고 물방울이 뺨 위로 떨어진다. 비가 올 모양이다. 내일은 설날이다. 날씨가 맑으면 좋을 텐데 하고 생각하다가 그런 걱정을 하는 자신이 우스워진다. 나를 위해서가 아니라 아이들을 위해서라면 자신에게는 빌어야 할 소원이란 게 아직도 많이 남아 있다. 아이들을 위해서 소원을 빌 수 있다는 걸 새로 발견한 시즈에는 기뻐서 허리를 쭉 펴고 혼자 미소를 짓는다. 용기가 솟아오른다. 그러고서는 다시 웅크리고 앉아 앞에 있는 어린 채소 잎을 뜯어 오두막으로 향했다.

시즈에는 아침 일찍 일이나 새해를 맞이했다. 어제와 달리 기분이 상쾌하다. 날이 밝지도 않았고 해도 완전히 뜨지 않았지만 바닷바람이 부는 게 기분이 좋다. 아직 어두컴컴하다. 주위를 둘러보며 인기척이 없는 것을 확인한 후 시즈에는 바닷물에 몸을 담그려고 바위 그늘에서 옷을 벗는다. 새해 아침에 누구보다 먼저 바닷물로 몸을 깨끗이 하고 싶었기 때문이다. 그 모든 것을 바닷물에 흘려버리고 새로운 해를 맞이하자고 시즈에는 어젯밤에 결심을 했었다. 시즈에가 밀려오는 파도에 발을 담그자 차가운 파도가 발을 씻기고 부드러운 모래에 발이 잠긴다. 두세 차례 파도가 밀려왔다 가는 것을 가만히 쳐다보던 시즈에는 결심한 듯 바다를 향해 나아갔다. 차가운 바닷물 때문에 몸은 쪼그라드는 것 같았지만 동시에 쓸데없는 생각들도 함께 쪼그라드는 것 같다. 슬픔도 고통도 괴로움도 죄다 작게 쪼그라들면 참으로 좋으련만….

바닷물에 얼굴을 씻은 시즈에는 대충 묶어놓은 머리를 풀고 온몸을 바다에 담근다. 정수리 위쪽 해수면에 머리카락이 펼쳐진다. 그 느낌은 어릴 적 물놀이를 떠올리게 한다. 그대로 한동안 머리카락을 펼쳐놓고서 어릴 때 하던 것처럼 천천히 발로 물 밑을 찬다. 팔을 쭉 펴고서는 그대로 엎드린 채 물결에 몸을 맡긴다. 넓게 펼쳐진 시즈에의 검은 머리카락이 천천히 시즈에의 몸에 감기며 흐른다. 때마침 해가 수평선 위로 얼굴을 드러내어 바다는 반짝반짝 빛나기 시작했다. 바다에 몸을 뻗은 시즈에의 알몸도 햇빛에 반짝반짝 빛나고 있었다.

3

다이이치가 닷츄 바위 근처에 작은 오두막이 생겼다는 소문을 들은 건 늘 함께 노는 친구 세이지와 고사쿠로부터였다. 다이이치는 그 이야기를 듣자마자 그 오두막에 어머니가 살고 있는 게 틀림없다고 확신했다. 궁금해서 참을 수가 없었던 다이이치는 곧장 오두막으로 가기 위해 소스강을 건너기로 했다. 강은 어젯밤에 내린 비로 평소보다 조금 물이 불어나 있었다. 다이이치는 무릎까지 오는 강물을 헤치며 강을 건넜다. 뒤에서 물소리가 들려온다. 뒤돌아보니 어느새 미요가 따라오고 있었다.

"오빠, 오빠."

소리를 지르며 쫓아오는 미요에게 다이이치는 돌아가라며 손짓을 했다.

"가, 돌아가."

미요를 말려보지만 막무가내다. 강 한가운데 서서 돌아갈 생각을 하지 않는 것이다. 다이이치는 다시 한번 큰 소리로 말했다.

"돌아가라니까."

이렇게 소리치며 다이이치는 미요를 그대로 놔두고 다시 걷기 시작했다.

미요는 다이이치의 뒷모습에서 뭔가 심상치 않은 기운을 느꼈는지도 모른다. 혹은 부모님의 고집을 미요도 갖고 있는지도 모른다. 당장이라도 울음을 터트릴 것 같은 미요의 얼굴을 보니 가여운 생각이 들었다. 요즘에는 같이 놀아주는 친구도 없어 늘 다이이치 뒤만 따라다닌다. 엄마와 아빠가 모두 없는 지금 미요도 쓸쓸하게 지내기는 마찬가지다. 다이이치는 이미 강을 건넜지만 강물 한복판에 서서 울상을 짓고 있는 미요 곁으로 되돌아갔다. 그리고 미요를 등에 업고 강을 건넜다.

"엄마를 찾으러 가던 참이었어. 할아버지와 할머니께는 비밀이야. 누구에게도 말해서는 안 돼. 알았지?"

등 뒤에 업힌 미요에게 단단히 일렀다.

"응."

미요가 작은 목소리로 대답하며 고개를 끄덕인다.

그러고서는 다시 다이이치에게 분명하게 들릴 정도로 큰 소리로 말했다.

"엄마가 있는 곳에 가고 싶어."

미요도 엄마를 그리워하고 있었던 것이다….

다이이치는 미요가 자신의 목을 꼭 감고 있어 괴로웠지만 아무 말 없이 고개를 들고서 강을 건넜다. 다이이치는 강을 건너자마자 미요를 내려 손을 잡고서는 주위에 아무도 없는 것을 확인한 후 빠른 걸음으로 걷기 시작했다.

닷츄 바위를 왼편에 두고서 곶을 빙글 돌고난 뒤 다이이치는 입술에 손가락을 대며 미요에게 소리를 죽여 걷도록 주의를 주었다. 다이이치는 왜 자신이 그런 행동을 했는지 이유는 알 수 없었다. 사실 그렇게 주의할 필요도 없이 당당하게 엄마를 만나러 가면 되는 것이다. 그걸 알고 있지만 다이이치의 심장은 고동치고 있었다. 엄마를 만날 수 있을지도 모른다는 기대가 드는 한편, 그곳에 사는 사람이 엄마가 아니면 어쩌나 하는 불안한 마음이 들기도 했기 때문이다. 어린 두 아이는 바위에 몸을 숨기며 허리를 숙이고 걸었다. 다이이치는 미요를 감싸 안듯이 하고서 앞뒤 좌우를 살피며 앞으로 나아갔다.

다이이치가 예상한 곳에 역시 오두막이 한 채 서 있었다. 하지만 생각보다 오두막은 작고 보잘것없는 나무 판잣집이었다. 해변 안쪽 구릉지에 자라고 있는 아단 나무와 목마황 나무, 그리고 유우나 나무 그늘에 조용히 숨어 지내듯이 자리하고 있었던 것이다.

다이이치는 바위 그늘에 몸을 숨기며 멀리서 잠시 오두막을 엿보았다. 오두막 주위는 적막했고 인기척이라고는 느껴지지 않았다. 엄마는 어디에 간 걸까. 미요는 다이이치가 시키는 대로 옆에 가만히 웅크리고 앉아 있다. 다이이치는 좀 더 가까이에서 오두막을 살펴보고 싶어져 마음을 가다듬고 바위 그늘에서 나왔다. 두세 발자국 걸어가던 다이이치는 깜짝 놀라고 말았다. 왜 지금까지 몰랐던 걸까. 바로 코앞의 모래사장에 여자가 혼자 쪼그리고 앉아 바다를 바라보고 있는 게 아닌가. 머리에 둘러쓴 수건 사이로 비어져 나온 검은 머리카락이 바닷바람에 나부꼈다. 놀란 다이이치는 하마터면 소리를 지를 뻔했다. 간신히 목소리를 삼킨 뒤 크게 어깨로 숨을 쉬었다. 여자의 모습과 옆얼굴을 바라본 후에 다이이치는 엉겁결에 '엄마다, 엄마가 분명해' 하고 말할 뻔했다. 희한하게도 엄마 얼굴은 예전 모습처럼 매끄럽고 부드럽게 보였고 심지어 빛나 보였다. 머리카락 숱도 많아졌다. 가끔 머리카락을 쓸어 올리는 엄마 손마저도 우리들의 머리를 쓰다듬어주던 예전의 그 손 같았다.

"엄마."

다이이치보다 미요가 먼저 엄마를 부르며 두세 발자국 걸어간다.

"엄마."

다이이치도 용감하게 불러본다. 여자는 그 목소리에 놀라 다이이치와 미요 쪽을 돌아본다.

얼마 동안이었을까. 여자와 두 남매는 한동안 서로를 바라보았다. 어쩌면 아주 짧은 순간이었는지도 모른다. 그런데 갑자기 여자가 재빠르게 오두막 안으로 숨었다. 뛰어 들어갔다는 표현보다는 홀쩍 바람에 날리듯 들어갔다고 말하는 게 더 정확하다. 다이이치는 오래된 남색 가스리(붓으로 살짝 스친 것 같은 잔무늬가 있는 천) 옷이 펄럭, 하고 눈앞에서 흘러가는 듯한 느낌을 받았다.

다이이치는 다시 큰 소리로 불러본다.

"엄마."

미요도 크게 소리친다.

"엄마, 엄마…."

다이이치는 울부짖는 미요의 손을 붙잡고 당장에 여자 뒤를 쫓았다. 미요가 여러 번 넘어지고 구르기도 했지만 그때마다 미요를 일으키며 다시 달린다. 오두막 앞에 다다른 다이이치와 미요는 다시 끊임없이 엄마를 부른다.

"엄마, 엄마…."

"엄마, 엄마. 문 열어줘요…."

미요가 울면서 문을 쾅쾅 두드린다. 안에서는 어떠한 반응도 없다. 다이이치도 오두막 주위를 돌며 열심히 입구를 찾아보지만 도무지 알 수가 없다. 다시 제자리로 돌아와 문을 세차게 두드리며 엄마를 부른다. 문을 두드리면서도 오두막 안쪽을 살펴본다. 한 여자가 숨을 죽인 채 무릎을 안듯이 웅크리고 앉아 있는 게 문틈 사이로 슬쩍 보인다. 역시 엄마가 분명하다. 큰 소리로 엄마를 부르며 더욱 문을 세게 두드린다.

그런데 갑자기 안에서 화를 내는 목소리가 들린다.

"대체 어느 집 아이들이 내 집 문을 두드리는 거야?"

다이이치는 깜짝 놀라고 말았다. 엄마 목소리가 아닌 것이다. 지금까지 들어본 적이 없는 남자 목소리 같다.

놀란 미요는 두드리던 손을 멈추었다.

"어느 집의 아이들이냐니까? 당장 집으로 돌아가! 돌아가지 않으면 때려죽여 버릴 거야! 이제 바닷물도 곧 밀물이 될 것이고 또 어두워지면 무덤 앞을 지나기가 얼마나 무서운지 알기나 하니? 당장 집으로 돌아가, 당장!"

다이이치는 자기도 모르게 미요의 손을 붙잡고 뒷걸음질한다. 역시 엄마 목소리가 아니다. 들어본 적이 없는 목소리다.

미요 역시 다이이치처럼 불안하다. 뒤로 물러서면서 다이이치의 손을 꼭 움켜쥐고 눈물이 맺힌 눈으로 다이이치를 올려다본다.

다이이치도 미요의 손을 세게 움켜쥐며 가만히 서 있다. 그러고는 한동안 말없이 오두막을 지켜본다. 이윽고 다이이치는 마음을 단단히 먹고 오두막을 향해 소리를 질러본다.

"엄마, 다이이치예요. 미요도 같이 왔다니까요."

다이이치는 분명 힘껏 소리를 내질렀지만 자신의 말이 오두막 안으로 들어가지 못하고 바로 눈앞에서 사라지는 것 같았다.

오두막 옆을 보니 아단 나무 아래 땅은 샘물이 졸졸 흘러 질퍽하다. 낙엽 아래에는 커다란 집게를 가진 붉은 게들이 우글우글하다. 미요가 다시 다이이치의 손을 꽉 붙잡는다.

다이이치는 미요의 손을 흔들며 같이 목소리를 합쳐 엄마를 불

러보자고 말한다. 말없이 고개만 끄덕이는 미요와 함께 다이이치
는 크게 심호흡을 한다. 미요도 옆에서 작게나마 오빠 흉내를 내
본다.

하나, 둘, 셋 하고 목소리를 합쳐 다시 외친다.

"엄마⋯."

그러자 곧장 오두막 안에서 다시 그 이상한 목소리가 들린다.

"아직 안 갔어? 당장 돌아가지 않으면 정말 때려죽일 거야!"

그 목소리에 튕겨 나가듯이 다이이치와 미요는 오두막에 등을
돌리고서 줄행랑을 치고 말았다.

다이이치와 미요의 도망치는 발걸음 소리를 들은 시즈에는 오히
려 가슴에 억누르고 있던 감정들이 한순간에 터져 나와 판자문으
로 달려가고 말았다. 이 문을 열어서는 안 된다⋯. 그렇게 필사적
으로 자신에게 말을 하면서 시즈에는 판자문 문틈 사이로 아이들
을 눈으로 좇는다. 모래에 발이 잠겨 휘청휘청하면서도 도망치는
어린 자식들의 뒷모습이 보인다.

"다이이치, 미요⋯."

자신도 모르게 손으로 문을 붙잡고 세차게 흔든다. 굵은 눈물이
뺨 위로 흐르고 감정이 북받친 나머지 어떤 말도 나오지 않는다. 온
몸이 굳는다. 두 아이의 모습이 바위 그늘에서 사라진다. 경련이 일
어난 것처럼 몸을 떨던 시즈에는 벽에 걸린 옷이 주르륵 흘러내리
듯이 쓰러지고 말았다.

4

겐스케는 드디어 결심을 굳히고 움직이기로 했다. 저녁 식사 자리에서 다에와 우메코, 그리고 나이이치에게 산으로 피난 갈 준비를 하자고 말을 꺼낸 것이다.

"할멈, 이젠 방법이 없지 않소."

"안야사야―…."

할머니도 체념한 듯 대답한다. 겐스케는 잔에 담긴 아와모리를 꿀꺽 마셨다. 지금은 겐스케와 함께 아와모리를 마실 아들이 아무도 없다. 그리고 며느리도 없다. 쓸쓸한 저녁 식사 자리다. 겐스케뿐만이 아니라 가족 모두가 지금 이 자리에 없는 식구들을 생각하고 있었다. 조용한 침묵만이 흐른다. 우메코의 무릎에서 사치코가 칭얼거린다.

겐스케는 눈을 아래로 한 채 우메코에게 말한다.

"우메코도 엄마를 도와 산에 들어갈 준비를 하도록 해."

우메코는 사치코를 달래면서 대답을 한다.

"알았어요, 아버지. 걱정 마세요."

우메코의 품 안에서 사치코가 계속 보채는 탓에 우메코는 사치코를 안고 일어서며 아버지 겐스케에게 대답을 한다. 그러고서는 혼자 중얼거린다.

"그런데 지금 오빠들은 어디서 뭘 하고 있을까…. 사치코, 아빠는 어떻게 지내고 있을까."

우메코는 혼잣말을 하다가 마치 사치코에게 이야기하듯 말을 했지만, 그건 그 자리에 있던 가족 모두의 생각을 대변한 것이나 마찬가지였다. 우메코의 물음에 대답할 수 없다는 사실은 누구나 잘 알고 있었고 또 우메코의 질문 자체가 얼마나 고통스러운 것인지도 잘 알고 있었다. 그렇기 때문에 우메코도 사치코에게 묻듯이 말한 것이다.

마을 사람들이 차례차례 피난 준비를 시작했음에도 겐스케와 다에가 지금까지 움직이지 않았던 것은 비단 나이 탓만은 아니었다. 사실 마을에서 피난 준비하는 사람들은 모두 나이가 많은 사람들이었다. 젊은이들은 모두 전장으로 끌려가버렸기 때문에 한순간에 노인과 여자, 그리고 아이들만 남게 된 것이었다.

겐스케와 다에가 좀처럼 집을 떠날 결심을 할 수 없었던 건 겐타와 다쓰키치 두 아들이 어느 날 갑자기 집으로 돌아올 것만 같은 기분이 들었기 때문이다. 그럴 일은 없다는 것을 알면서도 미련을 떨치지 못했던 것이다. 겐스케와 다에는 마치 서로의 마음을 읽은 것처럼 마지막에 마지막까지 견디다가 집을 떠나기로 했다. 겐타와 다쓰키치가 집에 돌아왔을 때 식구들이 아무도 없다면 얼마나 슬퍼할까 싶어 도무지 집을 떠날 결심이 서지 않았고, 또 딸 우메코는 그렇다 하더라도 손주 셋은 산에 데리고 가기에는 너무나도 어려웠다. 언제 끝날지 모르는 길고 긴 산속 생활을 아이들이 견딜 수 있을까 하는 걱정이 앞서 피난을 주저할 수밖에 없었던 것이다.

다이이치가 고개를 들고 겐스케를 빤히 쳐다보며 묻는다.

"할아버지. 아빠는 괜찮은 거죠? 아빠는 전쟁에 나가서 열심히 싸우고 있는 거죠? 네? 힐머니…."

다이이치는 우메코 고모가 아빠 이야기를 꺼내자 이때다 싶어 물어본다. 그러자 겐스케가 다이이치를 바라보며 강한 어조로 곧장 대답한다.

"그럼, 다이이치. 아빠는 열심히 싸우고 있단다."

겐스케는 마치 자신에게 말하듯 굳센 어조로 답했다.

미요도 말을 보탠다.

"아빠는 강하죠? 할아버지."

겐스케는 웃으며 고개를 끄덕인다. 겐타가 돌아올 때까지 두 아이를 잘 보살펴야 한다. 아니 세 아이다. 사치코는 이미 우메코의 품에서 잠이 들어 있다. 손주 세 명을 위해서라도 어떻게든지 견디어내야만 한다. 이제는 자신들의 어머니인 시즈에를 그다지 궁금해하지 않는 이 아이들은 지금 어떤 심정으로 하루를 보내는 걸까.

"할아버지, 산에 들어갈 때 저도 도울게요."

다이이치가 말한다.

겐스케는 다이이치의 얼굴을 바라보며 눈을 가늘게 뜨고 웃으며 대답한다.

"그래. 다이이치. 부탁하마. 이 마쓰도 집안에서 남자라곤 너랑

나 두 사람밖에 없지 않느냐. 잘해보자꾸나."

"맡겨주세요."

다이이치가 대답한다.

"맡겨주세요, 할아버지."

미요도 옆에서 거든다. 할머니와 할아버지는 눈물을 꾹 참으며 쓴웃음을 짓는다. 우메코까지 웃고 있다. 다이이치는 식구들이 눈물을 참으며 웃음 짓는 그 슬픔을 막연하게나마 알 것 같다.

다에가 미요를 손짓으로 불러 무릎에 앉히고서 웃으며 말한다.

"미요도 도와줄 거지? 착한 우리 미요…."

다에의 무릎에 앉은 미요가 환하게 대답한다.

"미요는 할아버지랑 할머니랑 다 도와줄 거예요."

"그래? 장하다, 장해."

다에가 미요의 머리를 쓰다듬으며 칭찬한다. 우메코가 웃으며 미요를 놀린다.

"어머나, 미요는 할아버지랑 할머니만 도와줄 건가 봐. 고모는 안 도와줄 거야?"

미요가 뒤돌아보며 답한다.

"미요는요, 할아버지랑 할머니랑 우메코 고모랑 다 도와줄 거예요."

미요의 의기양양한 대답에 우메코가 환하게 웃는다. 그러고선 다시 미요에게 말한다.

"미요 씨, 잘 부탁합니다."

"맡겨주세요."

미요의 말에 오랜만에 모두가 한바탕 웃는다.

겐스케는 웃으면서도 손자들이 걱정이다. 아들 겐타도 떠오른다. 전쟁은 이미 여기까지 와버린 것이다. 겐타가 이에지마로 이동했다는 소식이 들려왔다. 비행장이 있는 곳이라는데 과연 무사할까. 미국이 제일 먼저 공격하지는 않을까. 이런 작은 마을에도 미군 전투기가 날아오는데 말이다.

얼마 전에는 결국 미군 전투기가 쏜 기관총에 맞아 죽은 사람이 생기고 말았다. 다이이치와 함께 놀던 고사쿠도 목숨을 잃었는데, 그 일은 겐스케가 더더욱 산에 들어갈 결심을 굳히게 된 이유가 되었다.

고사쿠는 마쓰도네 옆집에 사는 야마시로 에이사쿠와 도키 사이에 태어난 첫째 아들이었다. 가장 에이사쿠는 겐타와 함께 전장으로 끌려갔고 결국 집에 남은 사람은 도키와 고사쿠, 다이이치와 같은 나이인 소노코, 그리고 막내딸 요시코뿐이었다.

그날 고사쿠는 다이이치, 세이지와 함께 셋이서 바닷가에 놀러 가 평소처럼 바다에 떠다니는 표류물을 찾느라 여념이 없었다.

일전에 바다에서 건진 드럼통 여러 개를 쌓아둔 마을 변두리에 마침 다다랐을 때였다. 어디에서 날아온 것인지 모를 미군 전투기 두 대가 기총사격을 퍼부었다. 그런데 드럼통 더미에 몸을 숨긴 것이 악재가 되었던 모양이다. 드럼통을 연료 탱크로 착각한 조종사는 선회하면서 두 번이나 공격을 거듭했다. 고사쿠는 머리에 총알을 맞고 그만 즉사하고 말았다. 함께 드럼통 더미에 몸을 숨기고 있던 세이지는 간신히 목숨은 건졌지만 오른쪽 허벅지에 총알이 박혀 중상을 입었다.

다이이치는 모래사장에 발이 묶여 넘어지는 바람에 드럼통이 있는 곳에 다다르지 못했는데 오히려 그 때문에 목숨을 건질 수 있었다. 전투기가 드럼통을 목표로 삼은 탓에 모래사장에 엎드리고 있던 다이이치는 그나마 무사할 수 있었던 것이다.

다이이치는 선회하는 전투기에 탄 미군 조종사의 얼굴을 본 것 같은 기분이 들었다. 그렇게 느낀 순간, 전투기가 다시 기총사격을 시작했다. 얼굴을 다시 모래사장에 묻고 있으니 입안 가득 모래가 밀려 들어왔다.

전투기가 지나간 후 다이이치는 얼굴에 붙은 모래알을 손으로 떼어내면서 얼른 고사쿠와 세이지가 있는 곳으로 달려갔다. 무릎을 누르며 소리쳐 울고 있는 세이지 옆에서 고사쿠가 얼굴에 새빨간 피를 흘리며 죽어가고 있었다. 고사쿠에게는 어떤 움직임도 느껴지지 않았다.

두 사람의 모습을 본 다이이치는 곧장 마을로 달려갔다. 일단 고사쿠의 집을 찾았다. 마을 어른들에게 이 일을 알려야만 했다. 숨을 헐떡이며 힘껏 내달렸다.

고사쿠의 집에 도착해 큰 소리로 고사쿠의 어머니를 불렀지만 집에는 고사쿠의 여동생 소노코와 요시코만 남아 있었다. 엄마 도키는 밭에 나가 있던 차였다. 소노코에게 고사쿠의 죽음을 알렸더니 소노코는 새파랗게 질린 얼굴이 되어 어머니를 찾으러 밭으로 황급히 뛰쳐나갔다.

다이이치는 어깨로 크게 숨을 쉬면서 요시코에게 집에서 얌전히 엄마와 언니를 기다리라고 말한 뒤 자기 집으로 달려 들어가 다에 할머니에게 고사쿠의 죽음과 세이지의 부상 소식을 알렸다. 할머니는 세이지의 어머니 시게코에게 당장 알려야 한다며 곧장 밖으로 나갔다.

다이이치는 할머니에게 소식을 알린 뒤에 긴장이 풀어졌는지 마당에 혼자 우두커니 서 있었다. 얼마나 그렇게 서 있었던 걸까. 마을 전체가 소란스럽게 움직이기 시작했다. 마을 사람들이 차례로 바닷가로 달려가는 것을 다이이치는 보았다. 소란 속에서 정신을 차린 다이이치는 다시 고사쿠와 세이지가 있는 바닷가를 향해 달리기 시작했다.

바닷가로 가는 도중에 아단 나무 그늘에서 웅크리고 앉은 왼손잡이 할배를 발견했다. 다이이치는 순간 달리던 걸음을 멈췄다. 눈앞에 있는 할배의 사바니가 기총사격을 받았는지 배꼬리가 박살이 나 있는 게 보였던 것이다. 할배는 쪼그리고 앉아 그것을 쳐다보고 있었다. 고사쿠의 죽음을 알리려고 마을로 들어갈 때는 할배가 눈에 들어오지 않았던 것이다.

할배는 다이이치를 보고서 정신이 들었는지 일어나서 배 쪽으로 다가가서는 박살 난 배꼬리를 만지며 울었다.

"아이에나… 아이에나…."

목구멍 안쪽에서 쥐어짜내는 듯한 통곡이었다.

다이이치는 할배의 행동을 멍하니 보고 있다가 다시 정신을 차리고서 달리기 시작했다.

며칠 후, 겐스케는 산으로 피신을 가야겠다고 단단히 결심했다.

겐스케와 다에는 이대로라면 다이이치도 같은 위험에 처할지 모른다고 생각했던 것이다. 당시에 다행스럽게도 다이이치는 다치지 않았지만 전투기가 다시 오지 말란 법도 없고 그때 모두 무사할 거라고 장담할 수도 없다. 마쓰도 식구뿐만 아니라 산에 들어가는 것을 주저하던 사람들은 고사쿠의 죽음을 계기로 모두 바쁘게 산에 들어갔다.

겐스케는 우선 마을 배후지 사면에 방공호를 팠다. 집에서 아주 멀리 떨어진 곳은 아니어서 공습 때에 당장이라도 들어갈 수 있었다. 그리고 따로 소스강 상류 깊은 숲속에 오두막을 지었다. 그 오두막은 울창한 나무숲 사이에 적당한 장소를 마련해 땅을 평평하게 고르고 나뭇가지와 풀을 깔아 마루처럼 만든 것으로 참으로 볼품이 없었다. 또 오두막 주변에 통나무를 새끼줄로 엮고 그 위에 지붕을 얹었는데 그 모양도 조악하기 짝이 없었다. 밤이슬은 피할 수 있다 해도 비라도 쏟아진다면 그 형편없는 오두막은 아무 소용이 없을지도 모른다.

며칠 동안 다이이치는 겐스케를 도와 땅을 고르고 오두막을 지었다. 뒤쪽에는 굴도 팠다. 그런 다음 된장과 소금, 쌀을 여러 번에 걸쳐 가져다 놓았다. 그 가운데 얼마간은 항아리에 넣어 땅에 묻었다. 또 최소한의 가재도구도 챙겨 옮겼다.

산으로 들어가는 당일, 겐스케와 다에는 최대한 짊어질 수 있는 만큼 짐을 챙겼다. 우메코는 사치코를 업고, 미요는 다에의 뒤를 따르며 산길을 올랐다. 다이이치도 온몸에 짐을 메고 겐스케 뒤를 따랐다. 다른 집도 역시 같은 모양으로 짐을 싸 산으로 들어가 가족이나 친척끼리 모여 숨을 죽인 채 하루하루를 보냈다.

1945년 3월, 소스산은 마침 모밀잣밤나무가 선명하게 새싹을 틔우기 시작할 무렵이지만 꽃샘추위도 시작되었다.

5

겐타는 다음 날도 그 다음 날도 줄곧 비행장 건설이나 지하 방공호 같은 진지 구축에 날을 보내고 있었다.

소스 마을을 떠나 집합 장소인 나고에 도착했을 때, 이미 방위부대는 편성되어 있었는데, 겐타를 비롯한 소스 마을에서 온 남자들은 모두 이에지마의 특설공병대에 배속되었다. 이렇게 온나 마을 이북의 각 마을에서 나고로 모인 사람들은 모두 100명이 넘었다. 이에지마에 배속된 남자들의 임무는 비행장 부대와 협력하여 비행장을 만드는 것이라고 출발하는 당일 아침 일찍 훈시를 받았다.

훈시를 받은 후 사람들은 곧장 이에지마로 향해 행군을 시작했다. 모토부(本部) 반도 제일 끝에 있는 도구치 항구까지 행진하여 그곳에서 군함을 이용해 이에지마로 건너갔다.

행군이라고는 하지만 실은 정규 훈련도 받아본 적 없고 총기 같은 무기도 지급받지 못한 이들의 이동에 불과했으며 그저 신분만 방위대원일 뿐이었다. 소스 마을에서 온 남자들 역시 마찬가지였다. 그런 까닭인지 사람들은 마지막까지 군대와 함께 규율을 잘 지켜달라는 훈시를 받았다. 입대하면 곧장 전장으로 가서 진지 구축이나 탄약 운반, 식량 조달 등 군부(軍夫)를 대신하는 일들을 하게 될 것이라는 예측은 이미 하고 있었다.

도구치 항구까지 가는 길에 보았던 반도의 아름다움이란 정말이지 특별했다. 200여 명이 줄지어 가는 행렬은 형편없는 모양새였지만 그렇다고 지휘관들이 그들을 아주 엄격하게 질책하는 일은 없었다. 사람들은 바닷바람을 자유롭게 가슴 깊이 들이마시면서 걸었다. 바다는 한없이 푸르고 투명했으며 나무들이 만들어내는 녹색의 향연은 신선하기만 했다. 소나무 가로수는 아름답고 바다에서 불어오는 시원한 바람은 땀 흘린 몸을 상쾌하게 만들어주었다.

점심이 지난 무렵에 도착한 도구치 항구에서 일행은 예정되어 있던 군함에 나누어 승선했다. 배가 지나가며 일으키는 물보라를 보면서 겐타는 문득 시즈에를 등에 업고 몇 번이고 오쿠무라를 다니며 보았던 맑고 투명한 바다의 푸른빛을 떠올렸다. '매달리는 길'을 오르고 바닷바람을 온몸으로 맞으며 수십 미터나 되는 절벽에서 바라보던 푸른 바다는 바다 밑의 산호초가 투명하게 비치어 이 세상에서는 볼 수 없을 것 같은 아름다운 광경이었다. 산호가 비치지 않는 바다는 군청색으로 부풀어 오른 듯 보였는데 시즈에는 그게 수평선이 부풀어 있는 것처럼 보인다고 몇 번이고 겐타에게 말하곤 했다. 바다 저 너머에는 사람들이 모두 행복하다는 니라이카나이의 세계가 분명 있을 거라고, 그곳에 갈 때까지 이 고난을 견디자며 말없이 시즈에와 함께 바다를 바라보곤 했었다.

배가 급격하게 흔들리는 바람에 추억을 더듬던 겐타는 현실로 돌아오고 말았다. 바다 표면이 검게 일렁인다. 겐타는 갑자기 커다란 공포에 휩싸인다. 어쩌면 이 바다를 건너 두 번 다시 고향 마을로 돌아가지 못할 수도 있겠다는 생각이 들었기 때문이다. 겐타는 불길한 생각을 떨쳐버리려고 자신의 두 뺨을 양손으로 세게 때린다.

"꼭 돌아가고 말 거야."

물론 혼잣말이다.

"아이들을 위해서라도, 시즈에를 위해서라도, 부모님을 위해서라도 반드시 이 바다를 건너 고향으로 돌아갈 거야."

겐타는 굳게 결심하면서 자신에게 엄습하는 불안을 떨쳐버리려 다시 한번 더 두 뺨을 때렸다.

진지 구축 노동은 새벽부터 날이 저물 때까지 장시간에 걸쳐 이루어졌다. 사람은 말할 것도 없고 말과 같은 동물들도 피곤해서 허덕일 정도로 가혹한 노동이었다. 1944년 10월 10일 오키나와 전역을 엄습한 미군 함재기는 이에지마에도 폭격을 개시했다. 폭격은 건설 중인 비행장에 집중적으로 이루어졌는데 겐타처럼 건설에 동원된 사람들은 마을 사람들과 함께 시급하게 복구 작업에 임해야만 했다.

해가 바뀌어 1945년 1월 초순이 되자 겐타가 사용하던 병영은 마쟈 마을에서 비행장에 보다 가까운 니시자키 마을 동쪽으로 옮겨갔다. 그러나 그즈음에는 연일 공습이 이루어지고 있었다. 비행장의 군사시설뿐만 아니라 민간 마을도 폭격의 대상이 되었고 말 그대로 옷만 한 장 덜렁 걸친 채 불에 타 죽은 사람 등 엄청난 피해가 발생하고 있었다. 그 사이에도 진지 구축은 계속되었다. 겐타와 함께 동원된 사람들은 이윽고 소총을 다루는 법을 훈련받게 되었고 전차를 향해 폭탄을 던지는 훈련도 받았다. 하지만 소대에 남은 경기관총은 겨우 몇 정밖에 없었고 소총도 여러 사람이 한 자루를 같이 사용하는 정도였기에 적을 공격하기 위한 장비라고 보기는 어려웠다.

3월 초, 비행장은 사람들의 피와 땀으로 겨우 완성이 되었다. 길이 1500미터나 되는 활주로를 세 개나 가진, 당시로서는 동양 제일을 자랑하는 대규모 비행장이었다. 겐타와 같은 사람들의 인력 동원이 있기 전부터 시작된 비행장 건설은 약 1년 반에 걸쳐 수많은 사람들의 노동과 희생으로 만들어진 것이었다.

그러나 미군이 반드시 상륙할 것이라고 예상한 제32군과 대본영은 돌연 완성된 비행장을 파괴하라고 명령했다. 그 황당한 명령에 겐타는 물론이고 주민들이나 이에지마에 주둔하고 있던 부대원까지도 아연실색하고 말았다. 한 번도 사용하지 못한 비행장을 폭파시키는 작업에 돌입하게 되었으니 말이다.

이런 상황을 목격한 주민들이나 병사들은 미군이 곧 상륙하게 되리라는 것을 짐작할 수 있었다. 드디어 올 게 오는 것이다. 섬이 비참한 지상전의 무대가 되는 것은 시간문제였다. 비행장이 폭파되는 것을 보면서 어떤 병사들은 죽음을 각오하기도 했다.

사이판이 함락당한 1944년 6월 이후, 섬사람들은 현 밖이나 오키나와 본토로 피난할 것을 권고받았지만 1945년 3월만 해도 많은 사람들이 섬에 남아 있었다. 그러나 비행장이 파괴된 이후에는 남은 주민들이 부둣가로 몰려들었고, 군의 소형 함정으로는 이들을 다 실을 수 없어 혼란만 가중되는 상황이 벌어졌다. 이미 주둔군은 노인과 아이들을 데리고 있는 부인들에게만 탈출을 허락한 상황이었다. 열네댓 살이 넘는 청년 남녀로, 노동을 할 수 있는 사람들이 섬을 떠나는 것은 엄금하고 있었던 것이다. 부두에는 감시원이 배치되어 허가 없이 섬을 나가는 사람에게는 가차 없이 기관총 사격을 퍼부었다. 그런데도 감시원의 눈을 피해 통통배로 탈출하는 자가 속출했다. 물론 대부분의 사람들은 섬에 남아 있었다.

3월 중순경, 세 번째로 이루어진 대공습으로 인해 섬사람들 대부분이 죽음을 맞이했는데도 이후 폭격은 연일 계속되었다. 이윽고 함포사격까지 더해져 사람들은 모두 방공호나 동굴(오키나와어로 '가마'라 불린다)로 피신해야 했다.

겐타와 같은 방위대원들은 낮에는 공습 때문에 방공호에서 잠을 자고 밤에는 상륙하는 적과 맞서기 위한 진지 구축이나 동굴 파기 작업에 몰두했다. 석유램프를 켜고 이루어지는 지하 작업에서는 콧구멍이 새카맣게 되는 게 당연한 일이었다.

6

소스 마을에서 겐타와 함께 방위대원으로 소집된 것은 야마시로 에이사쿠, 히가 에이지 등 모두 합쳐 십수 명이었다. 한창 일할 나이이자 한 집안의 가장이던 그들은 고향에 남겨두고 온 부모와 처자식이 늘 마음의 짐이었다. 그 가운데 스물한 살의 히가 에이지만큼은 미혼자였다.

에이지는 같은 마을 형들과 함께 진지 구축에 많은 땀을 흘렸다. 평소 남들보다 배로 일하던 에이지의 근면함을 높이 산 소대장은 그를 소대 간 연락을 맡길 정도로 두텁게 신임했다.

이에지마에서 맞이한 겨울이 지나고 어느덧 새로운 해인 1945년 3월이 되었다. 따뜻한 봄이 돌아온 것이다. 불에 타들어가는 듯이 히비스커스가 새빨갛게 꽃을 피우고 한낮에는 초여름을 연상시킬 정도로 뜨거운 햇빛이 쏟아졌다. 그러나 해가 바뀌고 봄이 오기는 했지만 겨울 북풍만큼 매서운 미군의 공습과 함포사격이 매일같이 휘몰아쳤다.

에이지는 그날, 소대장으로부터 니시자키 마을 동쪽에 진을 치고 있는 소대에 연락을 전하라는 명령을 받았다. 한낮에 쏟아지는 세찬 공습과 함포사격은 밤이 되면 거짓말처럼 잠잠해졌다. 때문에 밤에 연락을 취할 수밖에 없었다. 그렇다고는 하지만 주의하지 않으면 안 된다. 미군이 이미 이에지마까지 상륙했다는 정보가 있기 때문이었다.

에이지가 속한 소대는 섬의 북쪽인 마쟈 마을 근처에 있는 해안가 나반가마라는 동굴로 이동했다. 니시자키 마을은 그 반대편에 위치해 있었다. 그곳으로 가기 위해서는 해안가를 따라 서쪽으로 가다가 마쟈 마을을 만나면 그 마을을 가로지른 뒤에 방향을 남쪽으로 바꾸어 파괴된 비행장과 나란히 다시 가다 남쪽으로 나와야 한다. 말하자면 섬을 횡단하는 셈이 되는 것이다.

에이지는 몸을 숨기듯이 낮추어 달렸다. 마쟈 마을 민가는 폭격을 당해 건물들이 전부 파괴되거나 혹은 형체가 남았어도 반파가 된 상태였다. 집을 둘러싸고 있던 돌담은 미군의 공습을 받기 이전에 비행장이나 군 시설을 만드는 데 쓰기 위해 허물어진 지 오래였다. 파괴된 집들과 허물어진 담의 모습은 그야말로 무참하기만 했다. 마당에 심어놓은 커다란 가쥬마루 나뭇가지도 공습으로 인해 여러 곳이 부러져 있었다.

에이지는 무너진 돌담을 따라 몸을 숙인 채로 달렸다. 때로는 가쥬마루 둥치에 몸을 숨기기도 하고 때로는 무너진 집 처마 밑을 달리기도 했다.

에이지가 그 여자를 발견한 것은 소대장에게 받은 봉투를 니시자키 소대에 무사히 건네주고 돌아오기 위해 길을 되짚어 다시 마쟈 마을을 지날 때였다. 반파된 집 앞을 지나려 할 때 인기척이 느껴졌다. 에이지는 순간 몸을 숨겼다. 그런데 그의 눈에 들어온 것은 분명 미군도 아군도 아닌 듯했다. 대체 누구일까. 에이지는 돌담 아래에 몸을 숨기고 호흡을 가다듬으며 생각을 정리했다. 방금 본 건 한 명의 사람이었다. 아마도 마을 사람일 가능성이 크다. 에이지는 조심조심 몸을 내밀어 그 집 가까이로 다가갔다.

폭격으로 무너진 집은 정면의 덧문이 거의 부서져 있거나 날아가고 없었다. 에이지는 포복하듯이 이동하여 툇마루까지 이르러서는 고개를 들고 안을 들여다보았다.

역시 마을 사람으로 보이는 여자였다. 그녀는 뒷토방에 웅크리고 앉아 있었다. 자세히 보니 여자는 작은 물통에 손수건을 적셔 몸을 닦고 있었다. 뒷마당에는 우물 주위로 쌓아 놓은 돌무더기도 보였다. 아마도 여자는 그 우물에서 물을 길었던 것 같다. 가끔 옷깃을 열 때 힐끗 보이는 맨다리가 마당으로 비치는 달빛에 반사되어 요염하게 보였다. 이제 막 머리를 감았는지 검은 머리카락이 빛났다.

에이지는 심장이 뛰는 것을 느꼈다. 순간 그는 이 여자가 다미코는 아닐까 생각했다. 어두컴컴한 토방에서 희미하게 보이는 여자의 뒷모습이나 옆얼굴만으로는 단정할 수 없지만 한번 다미코를 떠올린 에이지는 순식간에 그녀가 다미코가 틀림없다는 착각에 사로잡히고 말았다. 그런데 다미코가 어째서 이런 시간에…. 에이지는 다시 두근거리는 가슴을 억누르며 고개를 들어 여자를 자세히 보았다.

다미코는 에이지와 같은 소대에 배속된 여자 청년대원 가운데 한 사람이었다.

역시 다미코가 아닌 것 같다. 다미코는 에이지와 비슷한 나이다. 지금 눈앞에 있는 여자에게는 성숙한 여성이 가지고 있을 법한 요염함이 있다. 평소에 보던 다미코가 아니다…. 아니 역시 다미코 같기도 하다. 에이지는 결론을 내리지 못한 채 다시 여자의 모습에 다미코를 중첩시켜 바라보았다.

여자는 그런 에이지를 전혀 눈치채지 못하고 있었다. 조금씩 옷

194

을 벗더니 어깨까지 내리고 가슴을 크게 열고서 몸을 닦는다. 새하얀 가슴이 에이지의 눈에 들어온다. 젖꼭지가 아름답다. 에이지는 그 아름다움에 놀란 나머지 뒷걸음치고 말았다. 집에서 나온 에이지는 소대를 향해 서둘러 달리기 시작했다.

그 일이 있은 후 며칠이 지난 어느 날이었다. 동굴에서 나와 밤바람을 맞으며 멍하니 서 있던 에이지 옆으로 다미코가 다가와 말을 걸었다. 다미코가 에이지 쪽으로 다가오는 것을 그 역시 보고는 있었지만 설마 그녀가 자신에게 말을 걸어올 줄은 몰랐다.

"왜 그래?"

다미코는 뭔가 짚이는 게 있다는 투로 에이지에게 묻는다.

당황한 에이지는 고개를 젓는다.

"아무 일도 없는데."

다미코는 에이지를 더욱 추궁한다.

"뭔가 골똘히 생각하듯이 방공호에서 나가기에 무슨 일이 있을 거라 생각했는데…."

"걱정해줘서 고마운데 아무것도 아냐."

에이지는 대답하면서 다미코를 보았다. 다미코와 함께 이 소대에서 일한 지 반년이 지났지만 이야기를 나눈 적은 거의 없다. 이렇게 단둘이서 말을 주고받은 건 처음이 아닐까 싶다. 그만큼 에이지와 다미코는 각자 일에만 몰두해온 것이다. 그게 아니라면 이런 전쟁통에서는 그런 달콤한 기억 따위는 머리에 남지 않기 때문일 수도 있다.

에이지는 옆에 서 있는 다미코의 살냄새를 맡으니 달빛 아래에서 몸을 닦고 있던 여자가 떠올랐다. 사실 그날 이후로 에이시의 마음에는 다미코가 자리했다. 에이지는 다미코의 일거수일투족을 곁눈으로 훔쳐보고 있었던 것이다. 그날 밤 보았던 여자가 다미코인지 아닌지를 확인하는 방법은 아주 간단했다. 소대로 돌아와 다미코가 있는지 없는지만 확인하면 되는 것이었는데, 그걸 깨달은 건 이미 소대로 돌아온 뒤 두세 시간이나 지난 시점이었다. 뒤늦게나마 소대 주변을 둘러보았더니 다미코는 평소처럼 같은 자리에서 일을 하고 있었다.

"고마워. 정말 아무것도 아니야."

에이지는 다시 다미코에게 말한다.

대답을 듣고도 다미코는 에이지 곁에서 떠나려 하지 않았다. 그녀는 싱긋이 웃음을 지어 보일 뿐이다. 잠시 숨 막힐 것 같은 침묵이 흐른다. 에이지는 자신이 신경 쓰여 따라온 다미코에게 퉁명스럽게 답하는 건 그녀에게 미안한 일이라는 걸 알아차리고서는 겨우 입을 연다.

"전쟁은 언제까지 이어질까…."

에이지는 밤하늘을 올려다보며 말하고서 작게 한숨을 쉬었다.

주위는 조용히 가라앉아 있다. 지금 이 섬에서 전쟁이 일어나고 있다는 게 믿어지지가 않을 정도로 고요했다.

"글쎄. 모르겠어…."

다미코가 대답한다. 힘없이 쓸쓸히 대답하는 다미코의 말에 에이지는 더욱 미안한 마음이 든다. 특별히 다미코에게 대답을 듣고자 한 건 아니었지만 결과적으로 그렇게 된 것이다.

"그러게. 나도 모르겠네."

에이지는 그렇게 말하면서 다미코를 바라본다. 그녀는 웃으며 고개를 끄덕인다

"앉을까?"

에이지는 주변을 둘러보며 적당한 곳을 골라 다미코에게 가리키며 앉았다.

에이지는 다미코에 대해 잘 알지 못했다. 막상 그런 생각이 들자 마음이 서글퍼진다.

"며칠 전에 소대장 명령이 있어서 니시자키 마을에 있는 소대까지 갔었는데 도중에 마쟈 마을을 지났거든. 그 마을은 공습이랑 함포사격을 받아서 완전히 엉망이 되었더라고. 그런데 다미코는 어느 마을 출신이지?"

에이지는 허둥대며 다미코에게 묻는다.

"그렇게 엉망이 되었다는 그 마을, 그러니까 마쟈 마을 출신이야. 거기에서 나고 자랐지. 그 마을 외에 다른 곳은 잘 몰라. 내가 태어난 집은 마을 변두리에 있는데 마당에 커다란 가쥬마루가 있는 빨간 벽돌집이야."

거기다. 바로 그 집이다. 그러면 그때 보았던 여자는 역시 다미코일까?

"네가 살던 집에 우물은 있었어?"

"응. 있었어. 집 서쪽에 있는 마당에 대대로 쓰던 우물이 있었지."

대답하는 다미코의 표정이 조금 쓸쓸하다. 다미코의 마음을 알아채지 못한 에이지는 그날 밤에 보았던 요염한 여자의 모습을 다시 떠올리고 있었다. 에이지는 당시의 기억을 떨쳐내려는 듯이 다미코에게 말을 건다.

"다미코는 가족이 몇 명이야?"

"응. 엄마랑 여동생, 그리고 남동생이 둘. 나까지 포함해서 다섯 식구였어."

"아버진?"

"아버지는 돌아가셨어. 바로 얼마 전에. 아버지는 군대가 이에지마로 들어왔을 때부터 비행장 건설에 동원되었었는데… 얼마 전에 죽고 말았어. 방위대원으로 소집되었다가 상관에게 발탁돼 소총까지 지급받았다며 기뻐하셨는데…. 보름 정도 전에 아버지는 함포 사격을 그대로 받았대. 몸이 완전히 산산조각 나서 흩어져버렸는데, 그런데도 오른손에는 소총을 꼭 쥐고 있었다네…."

다미코는 아버지 이야기를 하다가 손으로 얼굴을 감싸며 울기 시작한다. 에이지는 무슨 말을 해야 할지 몰랐다. 뭐라고 위로해야 할까. 생각은 많은데 적당한 말을 찾지 못해 우물쭈물할 뿐이었다.

잠시 침묵이 흐른 뒤, 다미코는 손으로 눈물을 닦으며 고개를 들고서는 다시 말을 이어갔다.

"엄마는 남동생과 여동생을 데리고 마을 사람들과 함께 섬 북쪽 해안에 있는 동굴 어딘가에 피난을 갔을 거야. 나머지 가족들도 아빠가 죽었다는 건 알고 있지 싶어."

에이지는 처음으로 전쟁이라는 게 끔찍하다고 생각했다. 전쟁을 위해 열심히 일해왔는데, 그런데 그렇게 열심히 쫓아다니면서도 한 번도 전쟁이 끔찍하다고 생각하지 않았는데, 지금 다미코의 이야기를 듣고 있자니 가족들이 아버지의 죽음을 같이 기릴 수 없는 상황이 불행하고 안타깝기만 했다.

에이지는 마을에 남아 있는 부모님과 동생들이 떠올랐다. 아버지는 병약해서 조금이라도 힘 쓰는 일을 하면 반드시 기침을 해댔다. 지금 건강하게 지내고 계시긴 할까?

"에이지도 나랑 똑같이 남자 둘, 여자 둘 이렇게 4남매지?"

에이지는 깜짝 놀랐다.

"어떻게 알아?"

"에이사쿠에게 들었어. 사실 난 너에 대해서라면 대부분 다 알고 있어. 네 아버지 이름은 에이조 씨. 몸이 조금 약해서 네가 어릴 때부터 아버지를 대신해 마을 일을 했다지. 네 동생 이름은 에이신, 여동생은 사치에와 야스코. 어머니 이름은 사요. 그리고… 모―아시비에서는…."

"이제 그만 됐어. 됐다고."

에이지는 웃으면서 다미코의 말을 잘랐다. 정말 놀랄 일이었다. 어느 틈에 이런 걸 다 알아냈는지 에이지는 놀라울 따름이다.

"응…. 모—아시비에서는…."

다미코가 에이지를 놀리듯이 웃으며 다시 말을 이어가려 했다.

"이제 그만. 여기까지 하자, 여기까지."

에이지는 웃으며 말을 끊으려 했지만 다미코는 이렇게 말한다.

"모—아시비에 관한 일은 사실 잘 몰라."

에이지는 겸연쩍은 듯 머리를 긁는다. 그리고 다미코를 바라본다. 눈이 서로 마주친 두 사람은 같이 웃는다.

에이지에게는 다미코의 밝은 모습이 눈이 부실 정도로 환하게 느껴졌다. 얼마 전에 아버지를 여의고 가족들과도 떨어져 지내는데도 이렇게 열심히 살고 있는 것이다. 슬퍼할 겨를이 없었는지 모른다. 잔혹하기만 한 이 현실 속에서 잘 살아남기를 바랄 뿐이었다.

"다미코, 최근에 마쟈 마을에 있는 집에 간 적 있어?"

"왜?"

에이지가 갑자기 화제를 바꾸었는데도 다미코는 당황하지 않고 웃으며 말한다.

"왜 그런 걸 물어?"

"아니, 벌써 미군이 상륙했다 하니까…."

"그러게…."

"위험하니까 안 가는 게 좋아. 미군이 여자를 발견하면….”

"걱정 마. 안 가. 가고 싶어도 못 가잖아. 이런 상황에선.”

"하긴.”

에이지는 고개를 끄덕인다. 에이지는 아무 구김 없이 답하며 웃는 다미코를 보면서 그날 밤에 본 여자는 다미코가 아니라 다미코의 어머니가 아닐까 생각한다. 한 번도 다미코의 어머니를 본 적은 없지만 분명 다미코와 닮았음에 틀림없다고 생각한다.

"물론 나도 가고는 싶지. 지금 집이 어떻게 되었는지 궁금하거든. 그 집에, 그 집 주변에 얼마나 많은 추억이 깃들어 있는지 몰라. 그런 추억을 잃고 싶지는 않은데… 혹시라도 가게 되면 그땐 같이 가줘, 에이지.”

"그래, 같이 가자.”

"정말이지? 고마워.”

다미코는 기쁜 듯 목소리를 높이며 에이지를 바라보았다. 그러고는 천천히 먼 곳을 바라보며 말을 꺼낸다.

"우리 집에 있는 우물물을 가득 길어 머리부터 흠뻑 끼얹어보고 싶어. 늘 그렇게 생각하고 있었어. 꿈까지 꿀 정도로 말이야. 전쟁이 시작되기 전에는 가족 모두가 그 물로 씻곤 했거든. 친구들도 몰려와서는 같이 물놀이를 하곤 했지. 어릴 적부터 그곳은 천국이었어. 그런데 전쟁이 시작되고 나서는 아빠가 엄마에게 이런 부탁을 하더라고. 만약 아빠가 군대에서 돌아오지 못하고 나머지 식구들만 피난가게 될 경우에는 우물에 돌을 넣어 막아버리라고 말이야. 아빠는 몇 번이고 부탁했어. 엄마는 왜 그래야 하는지 모르겠다고 했지만 아빠는 아무 말도 없이 그런 부탁만 남겼어. 사실 나도 그 이유를 잘 모르겠어. 엄마보다 내가 먼저 집을 떠나게 되어서 그 우물이 어떻게 되었는지 지금도 좀 신경이 쓰이긴 해. 죽기 전에 한 번만이라도 그 차가운 물을 흠뻑 끼얹어보고 싶어. 에이지, 만약 기회가 생긴다면 꼭 같이 가줘. 부탁이야. 아까 약속했지?"

다미코의 말이 채 끝나기도 전에 갑자기 조명탄이 소리를 내며 새벽녘의 고요함을 찢고 어두운 밤하늘을 밝힌다. 이어 작은 가지를 두드리는 듯한 기관총 발사음이 들린다. 이윽고 쿵쿵 하며 하늘을 뒤흔드는 큰 소리가 들린다. 조명탄도 끊임없이 날아다닌다. 에이지와 다미코는 자리에서 일어났다.

에이지는 일어나 양손으로 바지에 묻은 흙과 풀을 털면서 다미코에게 묻는다.

"다미코는 몇 살이야?"

"열여덟 살. 꽃다운 열여덟."

"그렇구나. 나보다 세 살 어리네."

"잘됐네."

"그러게. 잘됐어."

두 사람은 마주 보며 싱긋 웃었다. 온통 전쟁으로 가득 찬 하늘을 바라보며 두 사람은 동굴을 향해 뛰어 들어갔다.

그날 이후로 두 사람은 급격히 가까워졌다. 약속이나 한 듯이 두 사람의 모습이 동굴에서 함께 사라지는 일이 몇 번이나 있었다. 결국 두 사람의 관계를 다른 사람들도 알아차리게 되었지만 누구도 그에 대해 입을 열지는 않았다.

겐타도 이 두 젊은이가 동굴 안에서도 말없이 서로의 마음을 주고받는 모습을 목격하곤 했다. 다른 사람들보다 곱절로 열심히 일하는 그들의 모습을 보면 오히려 격려하고 싶고 또 축복해주고 싶다는 생각이 들 정도였다. 아마도 다른 사람들도 같은 생각일 것이다. 두 사람의 모습을 보며 전쟁이 이대로 끝났으면 좋겠다는 바람을 강하게 가졌다.

7

커다란 천을 찢는 것 같은 소리와 함께 땅울림을 동반한 크고 작은 파열음이 산속에서 메아리쳤다. 먼 밤하늘이 마치 해가 질 무렵처럼 빨갛게 물드는 일이 며칠이고 이어졌다. 학교가 있는 우이누시마의 높은 곳에서 바라보는 불타는 밤하늘의 모습은 아름다운 석양처럼 보이기도 했다. 그러나 그런 하늘 아래에서는 밤낮을 가리지 않고 전쟁이 이어지고 있는 것이다. 이런 밤하늘 아래 어딘가에 아빠도 계시겠지….

다이이치는 아빠가 걱정이 되어 때때로 할아버지와 함께 마을로 내려가 동정을 살피기도 했다. 마을에 내려간 김에 다이이치는 우이누시마에 올라가 먼 바다와 산의 광경을 바라보곤 했다. 마을 어른들의 이야기로는 미군이 곧 상륙할 거라고 했다. 그 이야기를 뒷받침하듯 요즘에는 바다 위에 함선 여러 척이 남쪽으로 향하고 있는 걸 목격하기도 했다. 또 기묘한 소리를 내며 전투기가 편대를 형성해 역시 남쪽 하늘로 날아가는 걸 보기도 했다. 다이이치는 전투기를 볼 때마다 어른들에게 배운 대로 나무 밑이나 바위 그늘에 몸을 숨겼지만 그 전투기가 일본군의 것인지 미군의 것인지는 짐작할 수 없었다.

다이이치 또래의 어린아이들에게 미국은 악랄한 귀신이나 가축과 같은 이미지였다. 물론 어른들도 그렇게 생각했다. 다이이치가 어른들로부터 들었던 미국 사람은 코가 높고 염소와 같은 푸른 눈을 가지고 있으며 여자를 보면 반드시 노리개로 삼는 자들이었다. 그런 귀신 같은 얼굴을 한 미군이 이제 곧 섬에 상륙할지 모른다. 그런 미국은 대체 어디에서 오는 걸까. 아마 이 앞바다에서 나타날 것이다. 바로 이 바다를 통해서 온다면 엄마가 제일 먼저 노리갯감이 되지는 않을까. 엄마가 먼저 죽지는 않을까. 어린 다이이치는 불안해하면서도 조심스럽게 어른들의 이야기를 엿듣곤 했다.

다이이치는 처음에는 오두막에서 본 여자가 엄마가 아니라고 생각했지만 시간이 점점 지날수록 역시 그 여자는 엄마임에 틀림없다는 강한 확신을 갖게 되었다. 얼굴이나 몸짓, 그리고 냄새…. 모두 그리운 엄마를 떠올리게 하는 것이었다. 게다가 그때 오두막에 엄마 옷이 걸려 있는 걸 분명히 보았다. 그러나 집 안에서 들렸던 목소리만큼은 엄마가 아니었다.

다이이치와 미요를 빨리 집으로 돌려보내기 위해 엄마가 일부러 남자 목소리를 낸 것일지도 모른다는 생각도 들었다. 엄마 말대로 닷츄 바위 근처는 물이 차오르면 아이들은 건너갈 수 없었다. 게다가 닷츄 바위와 소스강 사이에 있는 무덤 앞을 지나는 건 정말 무서운 일이었다. 그때는 이미 날이 저물어가고 있었다. 그래서 집에 빨리 돌아가려고 걸음을 재촉했는데 다시 가게 되면 천천히 엄마를 만나봐야겠다고 생각했다. 엄마도 분명히 반가워할 것이고 틀림없이 오두막 안으로 들일 것이다. 미요도 데리고 가야지. 다이이치는 그렇게 결심을 굳혔다.

다이이치는 몰래 혼자 그 기회만 엿보고 있었다. 그러나 산에서 지내는 생활이 계속 이어져 좀처럼 해변으로 내려갈 수가 없었다.

그럴 즈음에 마침 소노코가 독뱀에게 물렸다는 소식을 우메코 고모로부터 들었다. 다이이치는 안절부절했다.

산에서 지내는 마을 사람들은 각각 가족이나 친척 단위로 모여 숨을 죽이며 살고 있었지만 어느 가족이 어디에 있는지는 서로 연락을 취해 파악하고 있었다. 그건 누가 먼저라고 할 것도 없이 자연스럽게 이루어졌다. 가장을 전장으로 보내고 난 뒤 남은 가족들은 자신들의 불안을 조금이라도 해소해보려고 서로 연락망을 공유하고 있었던 것이다. 몇 안 되는 가족들은 각자 모여 불편한 생활을 견디며 살고 있었고 다이이치도 소노코 가족의 피신처를 알고 있었다. 그곳은 다이이치가 살고 있는 곳에서 멀지 않은 곳에 있었다.

"소노코를 한번 보고 올게요."

할머니에게 간단히 말을 남긴 다이이치는 쏜살같이 소노코 가족이 모여 있는 오두막을 향해 뛰쳐나갔다. 다이이치의 발걸음에 땅에 떨어진 잔가지가 딱딱 소리를 내며 부러진다.

"소노코, 죽으면 안 돼. 안 된다고."

다이이치는 마음속으로 몇 번이고 중얼거렸다.

소노코는 엄마 도키의 품에 안겨 눈을 감고 있었다. 겐스케 할아버지를 비롯해 마을 사람들 몇몇도 이미 모여 있었다. 도키의 품 안에 안긴 소노코의 머리는 두 배 정도로 부풀어 올라 있고 얼굴도 어깨죽지까지 부은 듯 커져 있었다. 가늘게 뜬 실눈은 커다랗게 부어오른 얼굴에 묻혀 있다. 소노코는 오른쪽 귀 뒤쪽 목덜미를 뱀에게 물렸다고 한다. 마을 노인들이 머리카락을 밀고 면도칼로 물린 부분을 찢어 독혈을 빼낸다고 빼냈지만 가망이 없었던 모양이다.

소노코가 독뱀에게 물린 건 꼭 하루 전이었다. 부어오른 얼굴과 머리는 가라앉을 기미를 보이지 않았고, 더 이상 치료도 할 수 없는 산속에서는 그저 병을 보고만 있을 수밖에 없었다. 그건 소노코가 그대로 죽음을 기다리는 것 외에 방법이 없다는 걸 뜻하는 것이기도 했다. 쇠약해진 소노코가 곧 죽고 말 것이란 건 누구의 눈에도 분명하게 보였다.

우두커니 선 다이이치는 어떤 말도 하지 못했다. 도키가 일부러 문병을 와준 다이이치에게 고마워하며 소노코에게 말을 걸었다.

"소노코, 다이이치가 왔어. 다이이치가 왔다고. 네가 좋아하는 다이이치가 왔다니까⋯."

소노코는 그 말에 머리를 끄덕여 보이는 것 같았다. 미약하게나마 머리를 움직이려 하지만 마음대로 되지는 않는 모양이다.

며칠 동안 계속 운 탓인지 엄마 도키의 눈이 빨갛게 부어올랐다.

"다이이치, 이쪽으로 와서 소노코를 한번 봐봐. 이렇게 되고 말았단다. 다이이치, 여기 앉아보렴."

도키가 다이이치에게 따뜻하게 말을 건넨다. 다이이치는 소노코 옆에 앉아 도키가 어루만지고 있던 소노코의 작고 흰 손을 보았다. 그리고 가만히 소노코의 얼굴을 들여다보았다. 미소를 지어보이는 소노코는 남은 힘을 쥐어짜는 듯 겨우 입을 열었다.

"다이이치⋯."

다이이치에게는 소노코가 작은 숨을 내뱉는 것 같았다. 그리고 선 털썩하고 몸 전체에 힘이 빠지더니 마치 부러진 것처럼 손을 축 늘어뜨리고 말았다.

"소노코, 소노코⋯."

도키가 비명을 지른다.

"소노코, 소노코. 이를 어쩌니, 어째…."

도키는 말을 이을 수가 없다. 도키 옆에서 무릎을 바짝 붙이고 앉아 있던 소노코의 여동생 요시코는 도키의 울음소리에 참고 있던 눈물을 그만 터트리고 말았다. 요시코는 엄마를 붙잡고 울기 시작했다. 장남 고사쿠를 잃은 지 얼마 되지도 않은 도키는 정신을 차릴 수가 없었다.

"소노코, 소노코…. 너까지 죽으면 어쩌니. 무슨 낯으로 아빠를 보냐고. 이제 엄마는 어떻게 살아야 하니. 소노코, 소노코…."

이미 제정신이 아닌 도키는 다른 사람들의 시선 따위는 신경 쓰지 않고 큰 소리로 울기 시작했다.

도키의 슬픔은 그 자리에 서 있던 모든 사람에게 충분히 전해졌지만 아무도 그녀를 위로할 수가 없었다. 이대로 전쟁이 계속되면 도키가 겪는 슬픔을 언젠가 자신들도 똑같이 겪게 될 거라는 예감이 들었다.

다이이치는 눈물을 닦으며 소노코 옆에서 일어났다. 얼마 전에는 고사쿠의 죽음을 보았고 지금은 바로 눈앞에서 소노코의 죽음을 보고 말았다. 고사쿠는 머리가 깨져 피를 흘리며 제대로 비명도 지르지 못하고 죽었다. 소노코는 흉하게 부은 얼굴에 미소를 가득 지으려고 했지만 결국은 굳은 표정으로 죽고 말았다. 소노코와 다이이치는 이제 막 열 살이 된 나이였다.

"아이에나… 아이에나…."

도키는 언제까지고 소노코를 안은 채 울기만 했다.

어느새 비가 내리기 시작했다. 나뭇잎을 두드리는 빗소리가 점점 거세졌지만 사람들은 비가 오는 걸 알아채지 못한 것처럼 모두 멍하니 서 있을 뿐이었다. 다이이치도 일그러진 얼굴을 하고서 비를 맞고 있었다. 비와 함께 짠 눈물이 계속 입속으로 흘러 들어갔다. 다이이치는 뒷걸음으로 오두막에서 나왔다. 손바닥에 쥔 잔가지가 똑 하는 소리를 내며 부러졌지만 다이이치의 귀에는 그 소리가 들리지 않았다. 나뭇가지 사이로 쏟아지는 비는 다이이치의 머리를 세차게 때렸다.

8

구시쿠산을 중심으로 쏟아지는 함포의 포탄은 시야를 가릴 정도로 거셌다. 거기에다 공중폭격도 있어서 겐타처럼 군대에 동원된 사람들은 어찌할 방법을 찾지 못하고 있었다. 4월 15일 겐타가 소속된 군대는 섬 북쪽 해안가에 위치한 나반가마에 몸을 숨기고 있었다. 다음 날 16일은 이상하게 아침부터 미군 전투기가 날아오지 않아 의아하게 여기고 있었는데 바로 그날 미군이 상륙했던 것이다. 그 사실을 겐타의 부대가 알게 된 것은 4월도 거의 끝이 날 무렵이었다. 미군은 상륙한 다음에도 이전처럼 격렬한 포화를 계속 퍼부어댔다.

소스에서 전장으로 끌려가 이에지마까지 가게 된 겐타와 마을 사람들은 각 소대로 흩어져 배치되었디. 겐타는 에이사쿠, 세이토쿠, 고로, 에이지 등 4명과 함께 같은 소대에 소속되었지만 이미 고로는 함포사격에 희생당하고 말았다. 그리고 다른 부대에 배치되었던 와타구치 가마스케도 이미 전사했다고 한다.

미군은 상륙한 다음 주변의 진지를 점령하며 단번에 구시쿠산 사령 방공호를 목표로 겨누었다. 겐타가 속한 소대는 미나토바루에 있는 소대와 협력하여 섬 중앙의 학교 터에 자리 잡은 미군을 공격하라는 명령을 본부로부터 받았다. 겐타의 소대원들이 잠복해 있던 방공호에는 아직 사십여 명의 병사들이 남아 있었다.

선발된 다섯 명의 척후병은 주변의 상황과 1킬로미터 정도 떨어진 미나토바루의 상황까지 정찰하도록 명령을 받았다. 겐타와 에이사쿠도 척후병들 중 한 사람이었다.

총을 받아 든 다섯 명의 척후병은 일렬종대로 400미터 정도 걸어간 지점에서 돌연 미군의 총격을 받고 말았다. 선두에 섰던 중사는 즉사했고 에이사쿠도 가슴과 다리에 총상을 입어 중태에 빠졌다. 순식간에 일어난 일이었다. 더 이상 한 걸음도 나아갈 수 없었다. 조심스럽게 전방을 주시해보니 미나토바루 주변은 물론이고 그 일대는 거의 미군이 점령하고 있어 도무지 목적지까지 갈 수가 없었다.

구사일생으로 목숨을 건진 나머지 세 사람은 부상을 입은 에이사쿠를 업고 방공호로 돌아와 소대장에게 상황을 설명했다. 소대장은 거센 목소리로 척후병들을 질책했다.

"멍청한 녀석들! 상관을 버리고 오는 자가 어디 있어! 정신들 못 차리고서는!"

겐타를 비롯한 병사들은 지친 몸을 한껏 펴고 부동자세를 취할 수밖에 없었다. 부상당한 에이사쿠는 옆에 누워 신음 소리를 내고 있었다. 소대장은 에이사쿠를 보면서 복귀한 대원들에게 더욱 거센 분노를 터트렸다.

"어째서 너희들은 상관을 버리고 왔냔 말이닷! 어째서! 어째서 너희들만 살아 돌아왔냐고!"

겐타 옆에 있던 한 병사가 입술을 떨며 더듬더듬 답한다.

"저, 저, 저는 척후병입니다."

"이 바보 같은 자식! 척후병은 상관을 버려도 된단 말이냐?"

말이 끝나기가 무섭게 소대장은 부동자세로 서 있는 세 사람의 뺨을 때린다.

누구도 그저 죽게 내버려두고자 한 건 아니었다. 정말 순식간에 일어난 일이라 어쩔 수가 없었던 것이다. 겐타는 새삼 소대장의 행동에 분노가 치민다.

"너희들은 상관을 방관했고, 뿐만 아니라 어차피 살지도 못할 중상을 입은 병사를 업고 복귀했다."

소대장은 중시와 같은 고향 사람이었다. 순간적으로 겐타는 소대장이 이렇게 화를 내는 이유가 바로 그 때문인지도 모른다고 생각했다. 뭔가 이상하다고 여기지 않을 수 없었다. 동향인지 아닌지로 죽음이 좌우되고 분노가 폭발하다니 말이다. 바로 이게 전쟁인 것이다. 갑자기 긴장이 풀린 겐타는 그만 쓴웃음을 짓고 말았다. 그 모습을 본 소대장은 겐타를 두들겨 패기 시작한다.

"마쓰도 겐타, 이 자식! 군기가 완전히 빠졌네! 그따위로 해서 어떻게 전쟁에서 이기겠어!"

겐타는 더 이상 이길 수 있는 전쟁이 아니라고 생각했다. 피와 땀으로 만든 비행장은 파괴되었고 지금까지 반격도 제대로 하지 못한 채 섬은 미군에게 점령되고 말았다. 적어도 이에지마에서 싸우는 건 승산이 없다.

"마쓰도 겐타. 네 놈은 어째서 중상자를 일부러 여기까지 데리고 온 거냐!"

겐타는 여전히 소대장이 이렇게까지 화를 내는 건 부당하다고 여겼고 긴장해야 마땅한 상황이지만 희한하게도 그러지 않았다. 오히려 뭐라 형용할 수 없는 해방감이 느껴졌다. 더 이상 두려울 게 아무것도 없었다. 겐타는 똑바로 선 채로 소대장에게 답했다.

"아직 살아 있습니다."

"이 멍청아! 지금 이런 중상자를 돌볼 여유가 어디 있어! 넌 그런 것도 모르냐? 처치해줄 상황이 아니라고!"

소대장은 축 늘어진 에이사쿠을 내려다보고서는 다시 정면에 있는 겐타를 보았다. 두 사람의 얼굴을 번갈아 보던 소대장은 겐타에게 위협적으로 말했다.

"어이, 마쓰도 겐타. 너, 저 녀석이 편히 가도록 해줘라."

통증을 참는 데 이미 체력을 다 소모해버렸는지 에이사쿠는 이제 거의 눈도 뜨지 못했다. 겐타와 눈이 마주친 그는 눈을 가늘게 뜨고서 뭔가를 애원하듯이 겐타에게 말하려 했다. 그러나 겐타는 무슨 말인지 알아들을 수 없다. 겐타는 미약하게 움직이는 에이사쿠의 입술을 살펴보았다. 편히 가게 해주라. 죽고 싶어, 겐타…, 하는 말소리를 들은 것 같다.

"그렇게는 할 수 없습니다."

"뭐라고? 할 수 없어? 할 수 없다니, 그게 대체 무슨 말이냐? 아니면 이 자식, 너는 내 명령을 듣지 않겠다는 거냐?"

소대장은 또다시 뺨을 때리기 시작했다. 온몸에 체중을 실은 그는 더 이상 멈출 수가 없다는 듯이 겐타의 뺨을 마구 쳤다. 수차례 맞던 겐타가 균형을 잃고 뒤로 주저앉고 말았다. 소대장은 그때서야 때리는 것을 멈추고 숨을 크게 몰아쉬며 가만히 방공호에서 나갔다.

구호반원인 다미코가 에이사쿠 곁으로 달려갔다. 다미코의 뒤를 이어 에이지와 위생병이 달려와 상처 부위를 살펴보았다. 위생병은 천천히 머리를 저었다.

겐타는 소대장에게 얻어맞아 피가 멈추지 않는 입술 주위를 손으로 닦으며 에이사쿠 옆으로 다가갔다.

"에이사쿠. 정신 차려. 아무것도 아냐, 이 정도의 상처쯤은…. 아무튼 정신 차려야 해."

에이사쿠의 눈에서는 눈물이 흘렀다. 에이사쿠가 손짓을 하며 겐타를 부른다. 겐타는 에이사쿠 옆에 무릎을 꿇고 앉아 귀를 에이사쿠 입 가까이로 가져갔다. 그리고는 완전히 힘이 빠진 에이사쿠의 목소리에 집중했다. 에이사쿠는 온몸의 힘을 모아 겐타에게 중얼거리듯이 사과를 하고 있었다.

"미안하다. 미안해, 겐타. 시즈에가 아팠을 때 아무런 힘이 되어 주지 못한 걸 용서해줘. 미안하다, 겐타."

겐타는 머리를 흔들었다. 에이사쿠가 잘못한 건 하나도 없다. 그런 기억은 떠오르지 않는다. 마음에 둘 일이 없는 것이다. 겐타가 말하려는 찰나, 에이사쿠는 더욱 가늘어진 목소리로 겐타를 부르며 손짓한다. 그러고는 겐타의 귓전에서 말을 이어나갔다.

"아무 도움도 주지 못했어. 옆집에 살면서 아무 도움도 주지 못했다고."

사실 그렇지는 않았다. 다이이치와 미요는 에이사쿠의 자식들인 고사쿠와 소노코에게 꽤 많은 도움을 받았다. 그것만으로 충분했다.

"기운 내, 에이사쿠. 아이들을 위해서라도 살아 돌아가야지. 무슨 말인지 알지?"

에이사쿠는 고개를 끄덕이면서 먼 곳을 바라보았다. 그의 눈에는 눈물이 흘렀다. 어느새 같은 마을 사람인 세이토쿠도 겐타 옆에 와서 에이사쿠를 위로했다.

"에이사쿠, 이쯤은 괜찮다니까."

에이사쿠는 겐타와 에이지, 세이토쿠를 번갈아 보면서 마지막으로 온 힘을 모아 말했다.

"알았어. 알았다고. 기운 내야지."

"조금 쉬게 놔둡시다. 곧 괜찮아질 겁니다."

다미코의 말에 겐타도 세이토쿠도 그리고 에이지도 함께 에이사쿠 옆에서 일어났다. 에이사쿠가 괜찮을 리 없다는 것은 다미코는 물론이고 모두가 알고 있는 바였다. 하지만 당장은 그렇게 놔두는 게 가장 좋을지도 모른다.

겐타는 허리를 숙여 방공호 벽에 털썩 기대었다. 전투 때문에 피곤한 탓도 있고 긴장한 탓도 있기 때문인지 갑자기 잠이 쏟아졌다. 어느새 다미코가 옆에 와서 겐타의 입에서 흐르는 피를 탈지면으로 닦아주었다. 겐타는 다미코가 하는 대로 맡겨두고 고맙다는 인사를 전했다. 다미코가 자리를 떠났을 때 겐타는 곧장 깊은 잠에 빠지고 말았다.

얼마나 잠들어 있었을까.

"일어나라!"

고음의 목소리에 눈을 떴다.

"소대장님의 명령이다. 전원, 방공호 앞으로 나와 정렬!"

목소리는 방공호 안에 쩌렁쩌렁 울렸다. 그 목소리에 방공호 안에 있던 사람들이 황급히 채비를 갖추고 밖으로 나갔다. 겐타도 벌떡 일어나 바깥으로 향했다.

두세 사람의 중상자를 제외한 나머지 40여 명 모두가 방공호 앞에서 정렬하고 부동자세로 줄지어 섰다. 대원들이 정렬하는 것을 소대장이 둘러보며 훈시를 시작했다.

"잘 들어라. 오늘 새벽에 전원 총공격에 나선다. 안타깝게도 미나토바루에 있는 소대와는 연락이 불가능해졌다. 우리 부대는 단독행동을 취할 것이다. 새벽이 되면 적군에게 총공격을 시작한다. 그 전까지는 충분히 휴식을 취하도록. 이상!"

병사들은 물론이고 구호반원인 다미코와 그곳에 모인 모든 사람에게 무기가 지급되었다.

겐타에게는 소총 외에도 수류탄 두 개가 주어졌다. 소대는 구시쿠산 방면과 비행장 방면으로 나뉘어 편성되었는데 겐타는 비행장 방면 공격반에 속했다. 다미코와 세이토쿠, 그리고 에이지도 같은 반이었다.

"오늘 저녁은 달이 밝은 편인데, 이 달이 지면 모두 공격을 개시

한다. 오늘 이 달이 마지막으로 보는 달이 될지 모르니 똑똑히 봐 두도록."

소대장의 말에 모두가 하늘을 올려다본 바로 그 순간, 갑자기 방공호 안쪽에서 쿵하는 큰 폭발 소리가 났다. 수류탄 소리였다. 방공호 안에 누워 있는 중상자들이 자폭하는 수류탄 소리였던 것이다.

"큰일 났다. 에이사쿠가…."

겐타는 소리를 듣자마자 방공호 안으로 달려 들어갔다. 자욱한 연기가 걷히자 그곳에는 끔찍한 모습으로 남은 에이사쿠와 다른 중상자들의 시체가 그대로 널브러져 있었다.

뒤에서 누군가가 말한다.

"이 사람들은 나라를 위해 훌륭하게 그 책임을 완수했다. 모두 경례!"

소대장의 목소리였다. 겐타는 소대장의 말대로 그 참혹한 시체들 앞에서 경례를 했다. 분노와 슬픔이 마구 뒤섞인 기분으로 우두커니 서 있는 겐타의 뺨에 눈물이 흘렀다.

새벽이 오기 전, 겐타 부대는 방공호에서 나왔다. 30분쯤 지났을 때 희미하게 날이 밝아오기 시작했다. 비행장에 가까운 아카미네(赤嶺) 못 근처에 다다랐을 때, 돌연 그들은 일제히 집중사격을 받았다. 겐타 부대는 서둘러 숲속으로 몸을 피했지만 그곳에도 역시 어디에서 날아오는지 모를 포격이 비처럼 쏟아졌다. 기관총과 포탄이 날아다니는 가운데 동료들이 차례차례로 비명을 지르며 죽어갔다.

겐타 뒤에 몸을 엎드리고 있던 다미코도 직격탄을 맞아 숨을 거두고 말았다. 그녀의 몸이 어디로 날아가버렸는지 알 수 없을 정도로 일은 순식간에 벌어졌다. 다미코가 입고 있던 옷 조각이 등 뒤로 빼곡하게 자라 있는 류큐 소나무 가지에 걸려 있는 것만 보일 뿐, 열여덟 살 소녀의 죽음을 제대로 슬퍼할 시간조차 없을 정도로 모든 일은 순식간에 일어나고 말았던 것이다. 겐타는 자신의 주위로 날아드는 포탄 때문에 좀처럼 고개를 들 수가 없었다.

에이지도 어디로 사라졌는지 알 수 없었다. 다미코의 죽음과 동시에 에이지의 비명이 뒤쪽에서 들린 것 같았는데 그의 모습이 보이지 않았다. 에이지도 직격탄을 맞고 어딘가로 사라져버린 것일까. 아무래도 살아남은 자는 자신과 세이토쿠 두 사람뿐인 것 같았다. 겐타는 세이토쿠에게 이대로 가만히 있자는 손짓을 해보이며 몸을 숙인 채 움직이지 않았다. 서로를 위로하며 종일 제자리에서 숨을 죽이고 있었던 것이다. 밝은 낮에 돌아다니는 건 역시 위험한 일이기 때문이었다.

날이 저물기 시작했을 때, 어디서 왔는지 섬 주민 두 사람이 누군가를 부축하며 겐타와 세이토쿠가 있는 장소로 다가왔다. 주민들이 데리고 온 남자는 겐타가 찾던 에이지였다. 오른손에는 다미코가 입던 가스리 옷 조각을 쥐고 있었는데 거기에는 붉은 피가 배어 있었다. 두 사람은 몽유병 환자처럼 비틀비틀 전장을 걷고 있던 에이지를 보다 못해 여기로 데리고 온 것이라 말했다. 이름과 부대 이름을 물어도 벙어리가 되었는지 아무런 대답을 못 하더라고 했다.

"에이지, 어이, 정신 차려. 에이지, 괜찮아…?"

그렇게 말을 걸어도 에이지의 눈은 허공을 주시하며 흔들릴 뿐이었다. 겐타는 순식간에 벌어진 다미코의 죽음을 보고서 에이지가 말을 잃어버린 게 아닐까 싶었다. 당연히 그럴 수 있는 일이다. 아마 에이지의 눈앞에서 다미코의 몸이 산산조각이 났고 그녀의 존재와 정신이 모두 흩어지는 걸 에이지는 직접 목격했을 것이다. 그리고 남은 것이라곤 그녀의 옷 조각에 붙은 살점뿐이었을 것이다…. 갈래갈래 찢기고 남은 살점을 보고 어찌 정신이 미치지 않을 수 있으랴.

다시 한번 뒤를 돌아보았다. 방금까지 류큐 소나무 가지에 걸려 있던 다미코의 옷자락은 이제 보이지 않는다. 비처럼 쏟아지는 포탄의 폭풍 속에 날아가버린 듯했다. 분명 다미코의 몸도 이 근처에 무수하게 찢겨 여기저기 떨어져 있을 것이다.

세이토쿠가 에이지를 옆으로 뉘어 아이를 안듯이 껴안고서는 머리를 쓰다듬는다.

"에이지, 무사하니 다행이야. 정말 다행이야."

에이지는 입을 크게 벌린 채 세이토쿠에게 온몸을 맡겼다.

"살아 있어줘서 고맙다. 이제 같이 고향으로 돌아가자. 같이 고향으로 가자고⋯."

세이토쿠는 에이지를 꼭 껴안고 눈물을 흘리며 말했다.

겐타는 두 사람을 보면서 앞쪽을 주시했다. 지금 이들이 숨어 있는 장소는 마침 앞에서 보면 사각지대에 해당하는 곳이었다. 그러나 언제 미군이 닥쳐올지 모를 일이다. 경계해야만 한다.

포탄은 여전히 앞뒤 할 것 없이 터지고 있다. 그리고 때때로 위협적인 기관총 소리가 들렸다. 역시 지금은 여기에서 움직이지 않는 게 좋을 것 같았다.

겐타는 다시 적진을 살펴보려고 전방을 주시했다.

"제길⋯."

갑자기 이런 말이 들렸다. 신음 소리 같은, 아니 비명 소리 같은, 짐승의 목소리 같은 소리가 분명히 들렸다고 느낀 순간, 세이토쿠가 적진을 향해 달려 나가는 게 보였다.

"기다려! 어이, 세이토쿠! 세이토쿠⋯."

겐타는 있는 힘껏 소리쳤다. 그러나 겐타의 목소리는 세이토쿠에게는 들리지 않았다. 다다다다닷⋯ 하는 기관총 소리와 함께 세이토쿠는 빙글 돌더니 그만 그 자리에서 쓰러지고 말았다.

"세이토쿠⋯."

겐타는 땅을 치며 세이토쿠의 죽음을 슬퍼했다.

눈물을 참으며 에이지를 보았다. 에이지의 눈은 여전히 허공을 응시하고 있다. 겐타는 손에 든 소총을 놓고서 에이지의 곁으로 다가가 그를 끌어안았다.

이윽고 어둠이 내려앉기 시작했다. 섬 주민 두 사람이 북쪽 해안 동굴에 틀림없이 가족들이 있다 하기에 모두 그곳으로 가기로 했다. 조명탄이 터지면 엎드리고 사라지면 앞으로 나아갔다. 겨우 동굴에 도착해보니 거기에 많은 섬사람들이 모여 있었다. 그중에는 수십 명의 군인들도 섞여 있었다. 그때 처음으로 섬 수비대 대대장의 자결 소식을 들었다.

대대장은 미군이 상륙한 후 연락이 제대로 닿지 않는 모든 부대에 최대한 연락을 한 뒤 총공격을 명했지만 각 소대는 이미 미군의 공격을 받아 거의 전멸하거나 치명적인 타격을 받아 전혀 조직적인 싸움을 할 수 없는 상황이었다. 대대장은 그 책임을 지고자 아핫테가마에서 몇 명의 군인과 함께 자결했다고 한다. 자결할 때 대대장이 이런 명령을 내린 것도 알게 되었다.

"본토 출신자는 본섬의 야에다케에 있는 우토 부대에 합류하라. 그러기 위해서는 뗏목으로 건너든지 수영해서 건너든지 아무튼 섬을 탈출하라. 이에지마 출신자는 미군 전선을 돌격하고 구시쿠산 수비대와 합류하여 그 지휘에 따르라."

겐타는 그 명령을 듣고 곧장 뗏목을 만들어 섬에서 탈출하자고 생각했다. 물론 우토 부대에 합류하기 위해서가 아니었다. 아내와 세 아이들, 그리고 부모님이 걱정되던 겐타는 가족들을 만나기 위해 탈출을 감행하고자 했던 것이다. 소스 마을로 돌아가고 싶은 마음이야 차고도 넘치지만 아마도 섬을 탈출하기란 쉽지 않을 것이다. 그렇다고 해서 이 작은 섬에서 살아남기가 쉬운 일이 아니다. 어차피 목숨을 걸어야 한다면 가족을 위해 죽고 싶었다. 다행히 섬을 탈출할 대의명분은 분명했다. 물론 탈출을 위장해 소스 마을로 간다는 계획은 겐타만이 알고 있는 비밀이었다. 어쨌든 우선은 본섬으로 탈출해야 한다. 본섬이 바로 눈앞에 크게 보이고 있다. 거기까지 도착하기만 하면 어떻게든 될 것이다.

겐타는 곧장 동굴 안에서 합류할 동료들을 찾았다. 11명의 사람이 모였다. 군인 7명과 섬 사람 4명, 이렇게 총 11명이 모였던 것이다.

군인들은 모두 본섬 출신자였는데 말을 아끼고는 있었지만 모두 가족을 걱정하고 있다는 것은 어느 누구의 눈에도 분명하게 보일 정도였다. 섬을 탈출해 가족의 품으로 돌아가고 싶다는 마음은 겐타뿐만 아니라 모두가 마찬가지였다.

겐타를 비롯해 탈출을 시도하기로 한 사람들은 동굴에 도착한 다음 날까지 해가 지기를 기다렸다가 본섬에 가장 가까운 남쪽 해안선으로 이동했다. 이동 중에는 주민들이 가르쳐준 장소에서 뗏목으로 만들 재료를 조달하기도 했다. 조명탄이 터질 때에는 마을 사람들과 군인들의 어마어마한 시체가 널브러져 있는 게 적나라하게 보였다. 옷이 찢겨 날아가 알몸이 그대로 드러난 시체, 몸속 장기들이 불거져 나온 시체, 손발이 잘려 나가고 얼굴이 으스러진 시체, 갓난아이를 업은 채로 죽은 엄마의 시체 등 보기에도 끔찍한 광경들이었다.

젠타 일행은 해변 가까이에 있는 덤불 속에서 뗏목 두 척을 만들어 두 개의 그룹으로 나누어 타기로 했다. 낮에는 그곳에서 조용히 몸을 숨기고 밤이 되기만을 기다렸다.

조명탄이 끊임없이 터졌다. 두 그룹으로 나뉜 군인들과 마을 주민들은 적당한 때를 노렸다가 동시에 뗏목을 바다에 띄우고 노를 젓기 시작했다. 오랜만에 맡아보는 바다 냄새가 그리움을 자극했다. 바닷물은 잔잔했고 파도가 반짝반짝 빛나 눈이 부실 정도였다. 부서지는 파도의 비말을 맞으며 이제는 고향으로 돌아갈 수 있다고 확신했다. 모두 아내와 자식들 그리고 부모님을 떠올리고 있을 바로 그 찰나였다. 갑자기 머리 위에서 조명탄이 터지더니 사방이 대낮처럼 환하게 밝아졌다. 그와 동시에 다다다다닷하는 기관총 소리가 나더니 뗏목 한쪽이 소리를 내며 산산조각이 나고 말았다. 젠타는 자기도 모르게 뗏목에 달라붙어 몸을 숙였다.

'큰일 났다, 발각되고 말았구나. 이제 끝인가' 하고 젠타는 생각했다. 그러나 동시에 '여기까지 와서 어떻게 죽을 수 있는가' 하는 생각도 들었다. 다이이치와 미요, 사치코, 그리고 시즈에의 얼굴이 차례로 떠올랐다. 얼마나 시간이 흘렀을까. 다시 어둠이 내려앉았을 때 젠타는 일행이 어떻게 되었는지 궁금했다.

"모두 괜찮나…?"

조심스레 물어보지만 답이 없다. 모두 총에 맞고 바다에 빠지고 만 것일까. 살짝 고개를 들어본다. 코앞에 쓰러져 있는 사람이 하나 보이는 게 전부다. 그 외에는 아무도 보이지 않는다.

에이지다. 쓰러져 있는 사람은 에이지였다. 자신도 모르게 큰 소리로 에이지를 부르며 옆으로 다가간다.

"에이지, 에이지….'

역시 답이 없다. 에이지의 이마에선 피가 흐르고 있었다. 에이지를 안아 일으키는 겐타의 손바닥에는 에이지의 피가 번져갔다. 겐타는 절규했다.

"정신 차려, 에이지. 다 왔어. 다 왔다고. 이제 얼마 안 남았는데….'

겐타의 눈에서는 굵은 눈물이 떨어진다. 에이지는 다미코의 옷 조각을 손에 꼭 쥐고 있었다. 그 옷 조각으로 에이지의 이마에 흐르는 피를 닦는다.

갑자기 시야가 밝아진다. 또 조명탄이 터진 것이다. 조명탄은 뗏목을 비추더니 동시에 기관총 소리가 마치 신음 소리처럼 울려 퍼진다. 뗏목이 비명을 지르며 부서졌고 동시에 겐타도 하복부에 심한 통증을 느끼며 기절하고 말았다.

9

소노코가 독뱀에 물려 죽은 지 얼마 지나지 않아 사치코도 죽었다. 다이이치는 대체 무슨 일이 일어나고 있는지 알 수가 없었다. 사치코는 사오 일 열이 펄펄나더니 그대로 죽고 말았다. 진료 한 번 받지 못하고 죽어버린 것이다. 우메코 고모와 다에 할머니가 필사적으로 간병했지만 소용이 없었다. 바쁘게 오두막을 드나드는 우메코 고모는 당장이라도 눈물이 터질 듯한 표정이었다. 잠시 고모의 움직임이 뜸하다 싶더니 어느새 사치코의 머리맡에서 울고 있었다. 사치코 옆에는 고모와 다에 할머니, 겐스케 할아버지, 그리고 우이누시마의 산파 쓰루 할머니까지 모여 있었다. 사치코 주위를 에워싸듯이 모두 앉아 있었지만 사치코는 더 이상 가망이 없어 보였다.

다이이치와 미요도 그 자리에 있었다. 다이이치는 사치코에게 다가가 막내 여동생의 모습을 자세히 살펴보려 했지만 쓰루 할머니가 말리는 바람에 제대로 볼 수 없었다. 그렇지만 다이이치는 쓰루 할머니에게 안긴 채로 몸을 내밀며 동생의 이름을 불러보았다.

"사치코!"

역시 사치코는 움직이지 않았다. 사치코의 얼굴은 평소보다 훨씬 창백했다. 어쩐지 얼굴도 매우 작아진 것 같았다.

다이이치는 산속 생활 탓이라고 생각했다. 사치코도 그리고 소노코도 산이 빼앗아간 것이다. 다이이치는 완전히 익숙해진 산이 갑자기 무서워졌다. 섬뜩한 그 고요함 속으로 생명이 빨려 들어가고 있는 것 같았다. 산은 인간들이 전쟁을 하고 있는 것에 화가 나 있는 것인가.

"할아버지…. 마을로 돌아가요."

죽은 사치코를 눈앞에 두고서 다이이치는 무심결에 속내를 말하고 말았다. 모두 말은 안 했지만 하루라도 빨리 마을로 돌아가고 싶은 눈치였다. 하지만 돌아갈 수는 없었다. 다이이치는 침묵 속에서도 모두의 마음이 너무나도 잘 이해가 되었다. 눈치 없이 무리한 말을 해버린 게 후회될 정도였고, 할아버지에겐 사과를 하고 싶을 지경이었다.

"미요도 얼른 집에 가서 놀고 싶어."

미요가 그 침묵을 깨고 말을 한다. 다이이치는 성난 얼굴로 미요를 노려본다. 미요는 다이이치의 순간적인 마음의 변화가 당혹스러워 울음이 터져 나올 것만 같다.

겐스케 할아버지가 그 모습을 보면서 모두에게 말한다.

"조금만 더 참자꾸나. 이제 곧 전쟁이 끝날 거라는 이야기도 들려. 조금만, 조금만 참자."

겐스케 할아버지는 다이이치와 미요를 번갈아 보면서 말했다.

"조금만 있으면 집으로 돌아갈 수 있을 거야…."

겐스케 할아버지는 자신에게 말하듯 고개를 끄덕이며 몇 번이나 똑같은 말을 반복했다.

　사치코의 시신은 마을 변두리에 있는 묘지에 매장하기로 했다. 소스강 하류 남쪽에 있는 묘지는 마을과 반대 방향에 있었다.
　처음에는 우메코 고모가 죽은 사치코를 안고 다에 할머니, 겐스케 할아버지만 묘지로 갈 작정이었다. 마을 사람들 가운데 누구도 따라나설 수 없었다. 다이이치는 미요를 돌봐야 했기 때문에 남기로 했다. 그러나 미요가 무슨 일이 있어도 같이 가고 싶다고 울기 시작하는 바람에 다에 할머니도 결국 고집을 꺾고 말았다.
　"여보, 모두 슬퍼하고 있잖아요. 사치코도 마지막 가는 길이 쓸쓸할 거예요. 모두 같이 갑시다. 미요, 이리로 오렴. 할머니 손잡고 가자꾸나. 됐지?"
　미요는 눈물을 닦으며 다에 할머니 곁으로 달려가서는 손을 꼭 잡았다. 누가 뭐라 해도 꼭 따라가고 말 거라는 강한 의지를 보여주려는 듯 모두를 노려보기까지 했다. 겐스케 할아버지도 허락하고 말았다. 다이이치도 처음부터 가족 모두가 함께 가는 게 좋겠다고 생각하고 있었다.
　가족이 함께 손을 잡고서 산을 내려갔다. 사치코를 매장하는 묘지에서는 유유히 흐르는 소스강 풍경이 내려다보였다. 그리고 마을이 손에 잡힐 듯 가까이 보였다.
　마을은 고요히 잠들어 있었다. 미군의 모습은 어디에도 보이지 않았지만 그래도 조심조심 몸을 숨기며 한마음으로 사치코를 묻었다. 겐스케 할아버지가 무덤을 팠고 우메코 고모가 집에 가서 얼마 안 되는 사치코의 옷을 가지고 왔다. 그리고 함께 가져온 흰 천으로 사치코를 정성스럽게 감싸고 그 옷가지들과 함께 묻었다. 흙을 덮고서 그 위에 돌무더기를 쌓았다. 우메코 고모가 집에서 가지고 온 향을 피우자 모두가 손을 모아 합장을 했다.

시즈에는 다른 사람들의 눈을 피해 그녀를 찾아온 우메코로부터 사치코의 소식을 듣게 되었다. 눈앞에서 울며 쓰러지는 우메코의 모습을 보며 시즈에는 우메코에게 큰 상처를 주고 말았다고 생각했다. 비통해하는 우메코를 따뜻하게 달래보려 했지만 시즈에 역시 생각만 앞설 뿐 말이 나오지 않았다. 사치코는 우메코의 아이로 태어나 우메코의 아이로 죽었다며 위로하려고 해도 잘 설명이 되지 않았다. 자신이 낳았지만 불행한 죽음을 맞이하고 말았다는 허망함과 어머니로서 아무것도 해줄 수 없었다는 슬픔이 마구 뒤섞여 아무 말도 할 수 없었는지 모른다.

사치코는 그런 운명을 짊어지고 태어난 아이였던 모양이다. 그녀의 이름 사치코의 '사치(幸)'는 행복을 뜻하는 게 아니었던 모양이다. 참으로 불쌍한 아이다. 그러나 이런 엄마를 모르고 죽은 게 오히려 다이이치나 미요보다 행복한지도 모른다.

시즈에는 하마터면 자신을 찾아온 아이들과 만날 뻔한 일전의 일을 떠올렸다. 만났다면 분명 아이들을 꼭 껴안았을 것이고 그랬다면 돌려보내지 않았을지도 모른다.

그 이후 몇 번인가 바람이 문을 두드리는 소리를 들으면 아이들이 다시 찾아온 건 아닐까 싶어 귀를 곤두세우곤 했다. 아이들이 찾아오기를 기대해서는 안 되지만 그렇게 해주기를 얼마나 기다렸는지 모른다. 비틀거리는 걸음으로 마을이 보이는 곳까지 걸어가서는 우두커니 서서 아이들을 생각하던 날이 수없이 많았다.

이미 많이 살았다. 기력은 점점 약해지고 있다. 바닷바람과 함께 전쟁의 소리는 밤낮을 가리지 않고 작은 북소리처럼 둥둥 하고 울려온다. 미군 함대를 여러 차례 목격했다. 얼마 지나지 않아 미군이 상륙할 것 같다. 남편은 어디에서 전쟁을 치르고 있을까. 나는 어디에도 갈 곳이 없다. 이제는 결심할 시기가 온 것 같다.

"언니, 어쩐지 좀 젊어진 것 같은데요."

우메코가 갑자기 화제를 바꾸어 시즈에에게 말한다.

"정말이에요. 얼굴색이 더 좋아진 것 같아요."

"설마요⋯."

시즈에는 언제나 우메코의 그런 밝은 모습에 기운을 얻었다. 마쓰도 집안에 시집을 온 이후로 줄곧 우메코에게 신세를 졌었다. 우메코의 밝은 웃음을 보면 시즈에의 얼굴에도 미소가 번진다.

"우메코도 이제 결혼할 나이가 되었네요. 하지만 전쟁 때문에 마을의 젊은 사람들이 모두 끌려가서 말이죠."

"게다가 지금은 산속에 살고 있고요."

우메코가 시즈에의 말에 구김살 없이 답한다.

"그런데 아버지도 이제 슬슬 마을로 내려갈까 하는 생각이 있는 것 같아요. 산으로 피난해서 사는 게 안전하다고 여겼는데 꼭 그렇지도 않았거든요. 소노코와 사치코 일도 있었고요. 게다가 미군은 올 듯하면서 좀처럼 오지도 않고요. 온다 하더라도 아이들을 해치지는 않을 테니 아이들에게는 오히려 마을이 안전할지도 모르죠. 아버지는 두루 고민하고 있는 모양인데, 그렇게 되면 이제 언니에게 여러 가지를 가져다줄 수 있을 거예요."

"고마워요, 고마워. 신경 쓰게 해서 미안하기도 하고요. 아버님에게도 폐를 많이 끼치고 있어서 죄송한 마음뿐이랍니다. 말씀이라도 잘 전해주세요."

시부모님들은 손주들을 잘 보살펴주고 있다. '만약 나와 겐타에게 무슨 일이 일어난다 해도…….'

시즈에는 우메코에게 아무렇지도 않은 듯이 다이이치와 미요의 안부를 물었다. 일부러 괜찮은 척했지만 우메코의 말을 한마디라도 놓치지 않으려고 귀를 곤두세워 들으며 열심히 아이들의 모습을 상상했다.

시즈에는 두 아이를 몇 번이고 거듭 부탁했다. 산으로 돌아가기 위해 오두막을 나서는 우메코의 뒷모습에 손을 흔들어 작별 인사를 했다. 이번이야말로 마지막 만남이 될 것 같았다. 만약 가능하다면 아이들을 한 번만 더 만나보고 싶었다. 뒤돌아보는 우메코에게 마지막으로 아이들을 한 번만 보고 싶다고 부탁해볼까 싶었지만 시즈에는 꾹 참았다. 아이들을 만나게 되면 분명 미련이 생길 것이다.

우메코의 모습이 사라지자 시즈에는 기대고 있던 무언가가 사라진 듯이 그 자리에 털썩 주저앉으며 자신의 운명을 원망했다.

10

저녁을 먹고 난 다음 우메코는 오랜만에 다이이치와 미요를 데리고 산책에 나섰다. 다에가 밤바람이 차갑다고 말렸지만 우메코는 듣지 않았다. 다이이치와 미요가 우메코의 손을 잡고서 들떠 있는 걸 보자 다에는 더 이상 말릴 수가 없었다. 사치코의 49제가 이미 끝나기는 했지만 아이들이 이렇게 신난 모습을 본 건 실로 오랜만이었던 것이다. 우메코가 고집을 피우는 것도 뭔가 이유가 있겠다 싶어 다에는 아이들이 하고 싶은 대로 놔두기로 했다.

다에는 문득 우메코도 최근 3년 사이에 어른이 된 것 같은 느낌이 들었다. 우메코뿐만이 아니라 마쓰도 집안 사람들은 모두 어른이 되었다. 가끔 다이이치와 미요도 놀랄 정도로 어른스러워진 모습을 보일 때가 있다. 하지만 다에는 역시 두 아이가 철이 들지 않고 개구쟁이처럼 구는 게 좋다. 다에는 어두운 생각을 떨쳐버리려는 듯 손을 흔들어 세 사람을 배웅했다. 그리고 오랜만에 돌아온 자신의 집 부엌에 앉아보았다.

마쓰도 가족뿐 아니라 마을 사람들은 며칠 전부터 낮에는 산에 숨어 지내고 밤이 되면 마을로 내려와 각자 집에서 식사를 하며 하룻밤을 지내곤 했다. 물론 날이 밝으면 산속으로 들어가 숨어 지내지만 말이다. 마쓰도 식구들도 산에 들어간 이후 오랜만에 자신들의 집에 돌아와 마루에서 식사를 했다. 그래서인지 식구들 모두가 들떠 있었다.

다에는 아궁이 앞에 앉아 지난 수년을 되돌아보았다. 눈시울이 뜨거워지는 것 같았다. 고개를 돌려 다다미방을 보았다. 산으로 가기 전에는 그 방에서 사치코가 잠을 자곤 했다. 전쟁이 시작되기 전에는 그 방에서 겐타와 시즈에가 지냈다. 시즈에가 병에 걸리기 전에 그 방은 다쓰키치가 썼다. 지금은 나이가 들어 새우등을 한 할아버지가 앉아 있다. 겐스케는 아와모리를 조금씩 따라 혼자 조용히 마시고 있다. 산에 들어가기 전에 겐타와 다쓰키치가 돌아오면 한잔하겠노라며 마룻바닥 밑에 숨겨두었던 술이다. 두 아들은 대체 언제쯤 돌아올까. 다에는 도무지 알 수가 없었다. 알 수 없는 것투성이였다.

다에는 불이 없는 아궁이 속의 재를 나무토막으로 뒤적거리며 먼지를 일으킨다. 재는 주인 없는 아궁이를 지키고 있었던 것이다. 다에의 기분은 더욱 쓸쓸해졌다. 재 냄새가 가슴에 스며든다. 그리워하던 냄새를 맡으니 아궁이 앞을 떠날 수가 없다.

우메코와 다이이치와 미요 세 사람은 마당의 유우나 나무 밑을 지나 곧장 해변으로 갔다. 파도가 저녁달에 비치어 반짝반짝 하얗게 빛난다. 다이이치와 미요는 잡고 있던 우메코 고모의 손을 놓고 물가로 달려 나갔다. 그러고서는 바닷물에 발을 적시고 파도를 친구 삼아 논다. 또 돌을 집어 바다를 향해 멀리 던져본다. 던질 때마다 돌은 제각각 다른 소리를 내며 바닷속으로 사라진다.

반짝반짝 빛나는 바다와 그림자처럼 움직이고 있는 두 사람의 뒷모습을 보던 우메코는 가슴이 뜨거워지면서 울컥했다. 아이들을 데리고 산책하고 싶었던 자신의 마음이 이제야 이해가 되는 것 같았다. 아이들은 너무나도 많은 시련을 겪었다. 바닷속에 가라앉은 저 돌처럼 사라져가기에는 너무나도 어린 나이다.

다이이치가 던진 돌이 큰 소리를 내며 떨어지는 것을 보고 우메코는 일어나 두 아이의 이름을 불렀다.

다이이치와 미요는 우메코가 부르는 소리를 듣고서 곧장 우메코에게로 달려왔다. 그러나 다이이치는 바닷가 남쪽까지 가서 소스강 하류에 가보자고 우메코에게 졸랐다. 집을 나오기 전에 다쓰 삼촌이 강 하류에서 물고기와 큰 게, 그리고 눈이 빨간 줄새우를 잡아준 게 떠올랐기 때문이다. 다이이치는 물고기들이 보고 싶었다. 다쓰 삼촌처럼 횃불을 가지고 오지 않은 게 후회되었지만 지금은 방법이 없다. 횃불이 없어도 분명 물고기는 볼 수 있을 것이다.

우메코는 다이이치의 말을 단박에 들어주었다. 미요도 무척이나
기뻐했다.

다이이치와 우메코는 미요를 사이에 두고 손을 맞잡고 노래를
부르며 걸었다.

정면에 닷츄 바위가 보인다. 세 사람은 그 바위를 똑같이 보았다.
우메코는 바위 너머에 시즈에가 살고 있는 것을 떠올렸다. 시즈에
를 생각하니 그곳을 향해 걸어가고 있는 바로 이 모습이 눈을 감아
버리고 싶을 정도로 그녀에게 심한 처사처럼 느껴져 무릎이 떨렸
다. 다이이치와 미요는 거기에 자신들의 엄마가 살고 있다는 걸 모
를 터이니 지금은 그냥 지나치는 게 맞다고 확신하며 우메코는 스
스로를 위안했다. 우메코는 닷츄 바위 쪽으로는 시선을 두지 않고
일부러 미요의 얼굴을 보며 걸었다. 흔들리는 마음을 두 아이에게
들키지 않으려고 미요가 조르는 대로 더욱 크게 노래를 반복해서
불렀다.

　　반딧불아 반딧불아 술집에서 물을 마시고
　　떨어지는구나 반딧불아
　　어서 내려와라 반딧불아

　　반딧불아 반딧불아 도자기 집에서 물을 마시고

떨어지는구나 반딧불아
어서 내려와라 반딧불아

반딧불아 반딧불아 구모치에서 물을 마시고
떨어지는구나 반딧불아
어서 내려와라 반딧불아

갑자기 다이이치가 미요의 손을 놓고 혼자 성큼성큼 걸어가기 시작했다. 앞에는 그림자처럼 떠 있는 닷츄 바위가 보인다. 다이이치는 눈물이 왈칵 쏟아질 뻔했다. 저 닷츄 바위 너머에 엄마가 있는데….

'엄마가 보고 싶다. 얼른 엄마에게로 가고 싶다….'

그렇게 생각하니 가슴이 뜨거워지고 눈시울이 붉어졌다. 미요에게도 우메코 고모에게도 눈물을 보이기는 싫었다. 그래서 미요의 손을 놓고 두 사람보다 앞서서 걸어갔던 것이다.

'그래, 내일은 반드시 엄마를 만나러 가야지….'

다이이치는 그렇게 결심하니 지금까지의 긴장이 거짓말처럼 풀린 듯 기분이 가벼워졌다. 역시 미요랑 같이 가야겠다. 다이이치는 잠시 멈추고 뒤돌아서 미요를 기다렸다. 미요의 손을 다시 잡고 우메코 고모와 미요의 목소리에 맞춰 노래를 불렀다.

소스강 하류의 물은 서늘했다. 기분이 정말 좋았다. 다이이치와 미요는 손으로 물이 얼마나 차가운지 느껴보기도 하고 발을 담그고 찰방거리기도 했다. 여기까지 걸어오면서 조금 지친 탓도 있고 또 강가로 오는 동안 놀고 싶은 마음이 이미 충족된 탓도 있어서인지 평소처럼 첨벙첨벙 물소리를 내거나 물고기를 쫓아 돌아다니거나 하며 시끌벅적하게 놀지는 않았다. 그저 강을 들여다보거나 발밑으로 몰려오는 물고기와 게를 자세히 살펴보기만 할 뿐이었다.

줄새우는 빨간 눈을 번쩍거리며 강물에 발을 담군 다이이치의 주변으로 몰려왔다. 줄새우 떼는 다이이치의 발을 스쳐 다니기만 하는 게 아니라 작은 물소리를 내며 발가락 끝에서 무릎까지 올라오기도 했다. 다이이치의 발에는 마치 숲속에서 모기가 모이듯 한꺼번에 작은 줄새우 수십 마리가 모여들었다. 줄새우 떼는 배에 붙어 있는 섬모를 살랑살랑 움직이다가 눈을 마치 붉은 별빛처럼 번쩍이며 수면까지 뛰어올랐다.

다이이치는 줄새우의 움직임을 가만히 바라보다가 발이 너무 간질거려 다리를 흔들었다. 줄새우 무리들이 일제히 흩어지자 발밑에서 일어나던 모래 먼지 가운데서 모밀잣밤나무 열매 하나가 툭 튀어나왔다.

"모밀잣밤나무 열매다! 우메코 고모, 모밀잣밤나무 열매예요."

다이이치는 자신도 모르게 큰 소리를 냈다. 그리고 마음속으로 손뼉을 치며 중얼거렸다.

'좋았어. 내일 모밀잣밤나무 열매를 많이 모아서 엄마에게 가져

가야지. 고구마랑 모밀잣밤나무 열매랑 같이 가져가서 엄마하고 먹는 거야.'

그런 생각을 하니 엉덩이춤이 절로 나왔다. 신이 난 다이이치는 손을 강물 속에 집어넣고서 가라앉아 있던 모밀잣밤나무 열매를 더듬더듬 찾았다. 모밀잣밤나무는 소스산 곳곳에서 자라는데 아마 이 열매도 소스강 상류에 있는 큰 나무에서 떨어져 떠내려온 것 같았다.

모밀잣밤나무 열매를 모으려면 나무에 올라가 직접 따는 방법도 있고 또 나무 아래에 떨어진 것을 줍는 방법도 있다. 그러나 단시간에 많이 모으려면 커다란 모밀잣밤나무에서 떨어진 열매가 강물 웅덩이 같은 곳에 가라앉아 있는 걸 줍는 게 가장 좋은 방법이다. 다이이치는 이미 그 방법을 알고 있었지만 모밀잣밤나무 열매를 딸수 있는 계절이 한참 지났다는 건 알지 못했다. 그저 내일 일어나자마자 미요를 데리고 강에 나가서 모밀잣밤나무 열매를 광주리에 가득 모아야겠다는 생각만 하고 있었다. 강에 나간 김에 줄새우도 많이 잡아서 엄마에게 가지고 가야지 하는 생각만 머릿속에 맴돌고 있었던 것이다.

이런저런 계획을 세워보던 다이이치는 점점 흥분되었다. 엄마를 만날 생각을 하니 기뻐서 견딜 수가 없을 지경이었다. 이런 계획을 우메코 고모에게 말할 수 없는 게 참으로 안타까웠다. 다이이치는 자신만의 비밀을 가슴속에 간직하며 우메코 고모를 보았다.

우메코 고모는 미요와 함께 바위처럼 굳은 채 서서 먼 곳을 바라보고 있다. 두 사람이 눈도 깜빡이지 않고 응시하고 있는 걸 수상쩍게 여긴 다이이치는 서둘러 강물 밖으로 나와 두 사람에게 달려갔다. 다이이치가 다가온 것을 알아챈 미요가 먼 곳을 가리키며 말했다.

"반딧불이, 반딧불이가 날아가고 있어…."

다이이치는 눈을 크게 뜨고 미요가 가리키는 방향을 본다. 반딧불 같은 무수한 빛이 깜빡깜빡거리며 날아오르는 게 분명히 보였다.

"사치코가 반딧불이가 되어서 날아가는 건가 봐…."

미요가 이렇게 말하며 다이이치와 우메코 고모를 바라봤다. 미요가 가리킨 사치코의 돌무덤 위로 희미한 불빛이 깜빡이는 게 보였다. 그 가운데 큰 불빛 하나와 작은 불빛 하나가 있었고 작게 보이는 불빛은 마치 큰 불빛의 손에 이끌려가듯 크게 좌우로 흔들리며 올라갔다. 품에 안겨 올라가는 것 같기도 했고 식구들과의 작별을 아쉬워하는 것 같기도 했다. 다이이치와 미요는 가만히 그 빛을 바라봤다.

"엄마가…."

우메코는 말을 하려다가 입을 다물었다. 우메코의 말은 갑자기 수면 위로 뛰어오른 물고기 소리에 가려져 다이이치와 미요에게는 들리지 않았다.

산의 나무들은 어두운 밤하늘을 그대로 옮겨놓으려는 듯이 소리
를 내며 언제까지나 흔들리고 있었다.

옮긴이의 말

　　오시로 사다토시(大城貞俊)의 소설 『생명의 강, 시이노 가와(椎の川)』 (1993)는 오키나와 북부 얀바루를 배경으로 다이이치 가족의 평범한 일상이 오키나와전쟁과 한센병으로 무너져가는 모습을 그리는 한편, 가족 간의 끈끈한 사랑과 믿음을 바탕으로 위태로운 상황을 조금씩 이겨나가는 과정을 그린 작품입니다.

　　다이이치의 어머니 시즈에에게 닥친 한센병은 만성전염병이긴 하지만 전염력이 매우 약하고 일상적인 접촉으로는 쉽게 감염되지 않아 환자를 완전히 격리할 필요가 없는 병입니다. 그러나 병에 대한 그릇된 지식과 편견 때문에 환자를 사회나 공동체로부터 철저하게 격리하거나 단종(斷種)과 같은 인권을 침해하는 일도 비일비재하게 일어났습니다. 시즈에의 발병으로 인해 다이이치 가족 모두를 마치 잠재적인 환자로 취급하는 마을 사람들의 태도와 그런 어른들의 모습을 아이들 역시 똑같이 흉내 내면서 돌을 던지고 조롱하는 노래를 부르는 모습은 한센병에 대한 과도한 불안과 차별 의식을 엿볼 수 있게 합니다. 주변 사람들의 냉대와 멸시가 심해질수록 다이이치 가족의 아픔과 상처도 깊어지기 마련입니다만, 이들 가족의 변함없는 부부애와 가족애, 형제애는 마을 사람들의 마음을 끝내 움직여 이해와 동의를 구하는 데에까지 이르게 됩니다.

그런 와중에 작은 산촌 마을에까지 이른 전쟁의 그림자는 다이이치 가족은 물론이고 온 마을 사람들을 죽음으로 내몰고 말았습니다. 다이이치의 아버지를 비롯해 마을의 젊은 남자들은 모두 전장으로 동원되었고 남겨진 노인들과 어린아이들은 생존을 위해 더 깊은 산속으로 들어가거나 동굴에 숨어야 했습니다. 그 가운데 어린아이들은 병으로 혹은 미군의 포격으로 스러져갔고, 극한의 상황 속에서 생존을 건 사람들의 갈등과 반목도 한층 더 깊어져만 갔습니다. 이렇게 전쟁의 참혹함은 조용하고 소박한 산골 마을을 완전히 피폐하게 만들고 말았던 것입니다. 다이이치의 가족도 예외가 아니었습니다. 시즈에가 한센병에 걸린 와중에도 소중하게 품었던 다이이치의 막내 여동생 사치코 역시 전쟁 한가운데서 병으로 목숨을 잃게 됩니다.

전장에 나가 생사를 알 수 없는 아버지와 한센병으로 죽음을 예감할 수밖에 없는 엄마, 그리고 눈앞에서 목격한 막내 여동생의 죽음, 또 미군의 폭격으로 숨을 거둔 마을 친구들과 피난 중에 병으로 눈을 감은 단짝 친구 등, 한센병과 오키나와전쟁이 교차하는 지점에서 다이이치는 소중한 이들을 잃고 헤아릴 수 없는 충격과 슬폼에 빠지고 말지만, 그럼에도 그가 시이노 가와로 달려가는 이유는 그곳에서 생명을 다시 상상할 수 있기 때문일 것입니다.

오키나와 북부를 배경으로 한 이 소설은 오키나와의 고즈넉하고 정감 어린 정취를 느낄 수 있게 해주지만, 전시하의 오키나와가 일본 본토에 비해 약 18배 높은 한센병 환자 수를 기록할 만큼 환경이 열악했고 또 유일하게 지상전을 겪은 곳이 바로 오키나와라는 점을 감안하면, 이 소설은 단지 목가적인 풍경과 따뜻한 가족애를 강조하고 있다기보다 매우 현실적이고 사실적인 오키나와를 핍진하게 그리고 있다 할 것입니다. 오키나와를 이해하는 것은 물론이고 타자에 대한 상상력과 전쟁 기억을 계승하는 데에 이 소설이 조금이라도 도움이 되기를 바라마지 않습니다.

마지막으로 이 소설의 번역을 허락해 주신 오시로 사다토시 선생님과 출판을 기꺼이 도와주신 삶창의 황규관 대표님, 그리고 해설을 써 주신 김동현 선생님께 진심으로 감사의 인사를 전합니다.

2020년 5월 조정민

해

설

해
설
──
김
동
현 문학평론가

오키나와전쟁과 대면하는 비극적 서정

—오시로 사다토시의 『생명의 강, 시이노 가와』

오키나와 전후(戰後) 세대의 대표 작가, 오시로 사다토시

　오시로 사다토시(大城貞俊)는 소설가이자, 시인이며, 문학평론가이다. 1949년 오키나와현 오기미손(大宜味村)에서 태어난 그는 1989년 시집 『꿈, 헤매는 가도(夢·夢夢(ぼうぼう)街道)』를 펴낸 이후 『전후 오키나와 시인선(沖縄·戰後詩人論)』, 『오키나와 전후 시사(沖縄·戰後詩史)』, 『우울한 계보—오키나와 전후 시사 증보(憂鬱なる系譜—「沖縄戰後詩史」增補)』 등 오키나와 전후 평론 3부작을 펴내며 활발한 저술 활동을 해왔다. 2014년 류큐 대학 교육학부를 은퇴한 이후에도 『오키나와 문학에의 초대(「沖縄文学」への招待)』, 『1945년 치무구리사 오키나와(一九四

五年 チムグリサ沖縄)』('치무구리사(チムグリサ)'는 비통한 마음을 뜻하는 오키나와어),
『6월 23일 아이에나 오키나와(六月二十三日 アイエナー沖縄)』('아이에나(アイ
エナー)'는 한국어로 '아이고'에 해당하는 의성어) 등을 펴내면서 왕성한 작품
활동을 이어가고 있다.

　　오시로 사다토시의 소설은 단편「K공동묘지 사망자 명부」[1]가
한국에 번역 소개된 바 있지만 장편소설로는 이번에 번역되는『생
명의 강, 시이노 가와』(원제 '시이노 가와(椎の川)')가 처음이다. 『생명의
강, 시이노 가와』는 1993년 시인으로 출발했던 오시로 사다토시가
시의 서정에서 소설의 서사로 옮겨가는 과정에서 처음 쓴 장편소
설이다. 오키나와전쟁 전후(前後)의 소스강 주변의 마을을 무대로 오
키나와 사람들의 삶을 그려내고 있다. 오시로 사다토시는 이 작품
으로 오키나와 구시가와(具志川)시 문학상을 수상했다. 『생명의 강,
시이노 가와』는 출간된 지 20년 만인 2018년 재발간되는 등 여전
히 독자들에게 많은 사랑을 받고 있는 그의 대표 작품 중 하나다.

　　일본 본토 출신의 평론가인 스즈키 히사오(鈴木比佐雄)는 오시로 사
다토시를 오키나와 전후 세대를 대표하는 작가로 평가한다. 또한
오키나와 얀바루와 니라이카나이의 신들이 깃들여 있는 자연의 세
계를 소설의 세계로 담아내면서도 오키나와전쟁의 실상을 정면으
로 응시하고 있다고 말한다.[2] 오시로 사다토시는 시·소설뿐만 아

---

1) 이 소설은『갈채—전후 일본 단편소설선』(소명출판, 2019)에 실려 있다.

니라 오키나와 문학 연구의 폭을 넓혀간 연구자로도 이름이 높다. 2019년 펴낸『저항과 창조—오키나와 문학의 내부 풍경(抗いと創造— 沖縄文学の内部風景)』(이하 '저항과 창조')은 오키나와 시와 소설을 시야에 두면서 일본 본토와 다른 색채를 형성해간 오키나와 문학의 특징 을 꼼꼼하게 분석하고 있다.『저항과 창조』는 국민문학으로 수렴되 지 않는(혹은 수렴될 수 없는) 오키나와 문학의 저항성을 서술한 역작으 로 꼽히고 있다.

그동안 한국에는 아쿠타가와(芥川) 수상자인 오시로 다쓰히로(大城 立裕), 마타요시 에이키(又吉栄喜), 메도루마 슌(目取真俊)을 비롯하여 사 키야마 다미(崎山多美) 등의 작품들이 번역, 출간된 적이 있다. 1925 년생인 오시로 다쓰히로가 오키나와 현대문학의 앞자리에 놓인다 면 마타요시 에이키(1947년생), 사키야마 다미(1954년생), 메도루마 슌 (1960년생)의 순으로 정리할 수 있다. 1949년생인 오시로 사다토시 의 본격적인 작품 활동은 앞서 언급한 작가들보다 다소 늦은 편이 다. 하지만 시와 평론, 소설까지 전방위적인 글쓰기의 성과만은 다 른 작가들에 비해 결코 뒤지지 않는다.

오시로 사다토시는 전후의 오키나와 현실을 문제 삼으면서도 그 만의 독특한 시선으로 문제를 그려내고 있다. 오시로 다쓰히로가

2) 얀바루(山原)는 오키나와 본섬 북부의 아열대숲 지역이다. 니라이카나이(ニライカナイ)는 오키나와인들이 사후에 가게 된다는 이상향으로 제주 설화에 등장하는 서천꽃밭의 의미와 유사하다.

「칵테일 파티(カクテル・パーティー)」, 『신의 섬(神島)』 등을 통해 미군 점령 시기 오키나와의 현실과 일본 복귀 전후의 사회상을 핍진하게 그려냈다면 메도루마 슌은 「물방울(水滴)」, 「어군기(魚群記)」, 『무지개 새(虹の鳥)』 등 일련의 작품을 통해 냉전체제가 빚어낸 오키나와의 현실적 모순을 비판적으로 묘파하고 있다. 베트남전쟁과 오키나와 전쟁 당시 조선인 군부의 존재 등 오키나와 내부가 마주한 현실적 모순을 동아시아적 상상력으로 그려내고 있는 마타요시 에이키, 그리고 '시마코토바'(シマコトバ, 섬 말)를 적극적으로 호명하면서 표준어로 상징되는 국민국가 일본의 냉전체제에 균열을 만들어내는 사키야마 다미 등 오키나와 작가들의 작품은 다양한 방식으로 전후의 문제를 서사화하고 있다.

오시로 사다토시는 이러한 오키나와 문학의 전통을 이으면서 그만의 방식으로 오키나와 전후를 그려낸다. 그의 전후 평론 3부작이 오키나와 전후 문학을 전면에 등장시키고 있듯이 그의 문학의 뿌리는 오키나와의 역사이다. 그는 2019년 펴낸 평론집 『저항과 창조』에서 오키나와의 소설과 시가 관통하고 있는 '시마코토바'의 문학적 재현 가능성을 서술한 바 있다. 『1945년 치무구리사 오키나와』와 『6월 23일 아이에나 오키나와』의 작품에서 볼 수 있듯, 그는 오키나와의 언어를 전면에 내세우면서도 일본 본토와 다른 오키나와 문학의 독자성을 보여주고 있다.

서사로 그려낸 오키나와 민속지(民俗誌)

　『생명의 강, 시이노 가와』는 일본이 진주만을 침공한 1941년 12월부터 미군이 오키나와에 상륙 작전을 개시한 1945년 4월까지 오키나와 본섬 북쪽의 마을을 무대로 이야기가 전개된다. 소스 마을은 오키나와 본섬 북쪽 얀바루의 해안선에 위치한 작은 마을이다. 1736년에 설촌된 소스 마을의 뒤로는 깊은 원시림이, 앞으로는 태평양의 바다가 펼쳐져 있다. 소설 속에서는 이 마을에 터전을 잡고 살아온 할아버지 겐스케, 아버지 겐타, 어머니 시즈에 그리고 일곱 살 마쓰도 다이이치와 미요, 사치코 3남매 등 겐스케 가문 3대가 겪은 오키나와전쟁의 비극이 담담하게 그려진다. 소설은 전체 3장으로 구성되어 있는데 크게 보면 1941년 12월부터 1944년 10월 미군의 오키나와 나하 공습 직전까지 소스 마을의 평화로운 삶의 모습, 그리고 미군 공습 이후 마을 주민들의 삶이 전쟁으로 피폐화되는 과정으로 나눌 수 있다.

　소설의 첫 장을 열면 오키나와의 대자연이 그대로 펼쳐진다. 얀바루의 원시림과 뜨거운 태양이 작열하는 태평양의 바다를 터전으로 살아가는 소스 마을 사람들의 평화로운 일상이 손에 잡힐 듯 생생하게 다가온다. 오키나와 대자연에 대한 핍진한 묘사는 다른 작가들과 다른 오시로 사다토시만의 독특한 감각이다. 그의 소설에서는 오키나와 자연에 대한 묘사가 빈번하게 등장하는데 이는 오

키나와의 지역성을 부각하기 위한 작가적 고집으로 읽힌다. 자급
자족의 삶을 살아가는 전형적인 오키나와 시골 마을에서 다이이치
가족은 소박한 삶을 이어간다. 일곱 살 다이이치는 소스깅에서 줄
새우 잡이에 시간이 가는 줄 모르는 개구쟁이이다. 줄새우 잡이가
끝나면 3대가 한자리에 모여 함께 식사를 나누며 하루를 마무리한
다. 전쟁의 참화가 채 소스 마을을 집어삼키기 전의 평화 속에서 겐
타와 시즈에는 하루하루 행복한 삶을 살아간다.

하지만 행복은 시즈에가 '난부치(나병)'에 걸리면서 깨져버린다.
셋째를 임신한 시즈에에게 갑작스럽게 닥쳐온 불행이었다. 당시는
나병에 대한 과장된 정보와 오해가 그대로 사실이 되던 시대였다.
소스 마을도 예외는 아니었다. 겐타와 시즈에 부부는 마을 사람들
의 따가운 시선을 그대로 감내해야만 했다. 마을 사람들의 차가운
시선보다 더 참기 어려운 건 아무것도 할 수 없다는 무력감이었다.
마을 주민들은 겐타의 집 마당에 돌을 던지고, 아이들은 노래 가사
를 바꿔 부르며 가족들을 놀리기 시작한다. 시즈에는 자신 때문에
가족 모두가 고통을 겪어야 하는 현실에 깊은 고민에 빠진다. 나병
에 걸린 몸으로 셋째를 출산한 후 시즈에는 늦은 밤 혼자 집을 나
선다. 가족들마저 모욕을 당하는 삶을 사느니 차라리 자신의 목숨
을 끊어버리겠다고 다짐한 것이다. 하지만 시즈에는 자신을 뒤따
라온 남편 겐타에 의해서 극적으로 목숨을 건진다.

남편은 "얄궂은 운명"을 함께 감당하겠다면서 시즈에를 달랜다.

이후 남편 겐타는 시즈에를 지극정성으로 보살핀다. 나병까지도 함께 감내하는 두 사람의 절절한 사랑도 전쟁만큼은 어쩔 수 없었다. 겐타에게 소집영장이 나오면서 소스 마을이 전쟁의 한복판으로 성큼 들어가게 된 것이다. 그야말로 "완전히 무방비 상태였던" 마을에 "순식간에 노도처럼", 전쟁이 닥쳐온 것이다. 오키나와 대자연 속에서 자급자족의 삶을 살아가는 소스 마을 사람들의 삶과 갑작스럽게 찾아온 나병으로 위기를 맞은 가족, 게다가 전쟁까지. 『생명의 강, 시이노 가와』는 시간 순서에 따라 이야기를 전개해가면서 전쟁으로 파괴되어가는 오키나와 사람들의 일상을 그려내고 있다. 소설 전체 구성으로 보면 시즈에의 나병과 그로 인한 겐타 가문의 위기까지가 전반부에 해당한다.

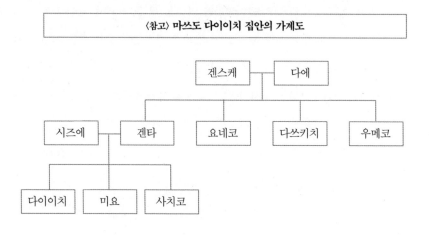

(참고) 마쓰도 다이이치 집안의 가계도

소설의 전반부를 읽어가면서 우리는 오키나와 사람들의 전통적인 삶과 만나게 된다. 매 순간 오키나와 무속신앙에 기댄 오키나와인들의 삶의 질감이 생생하게 펼쳐진다. 1월의 '쥬루쿠니치(16일세)'와 2월의 '피안제(彼岸祭)', 3월의 '하마우리(3월 3일)', 4월의 '아부시바레', 5월의 '산신제', 7월의 '오봉 마쓰리', 11월의 '무치'까지 세시풍속들에 관한 서술은 마치 오키나와 민속지(民俗誌)를 읽는 듯하다.

오키나와 본토 각지에서는 여러 명절이 거의 매달 행사처럼 열렸다. 농작물의 재배나 수확과 관련하여 신에게 공물을 바치는 날을 마련한 것인데, 각 가정에서 농사와 무병장수를 기원하는 것도 있는가 하면 마을 전체가 성대하게 여는 행사도 꽤 많았다. 8월 15일 행사도 그중 하나였다.

8월 15일 외에도 중요하게 여기는 명절은 꽤 있다. 예를 들어 1월에는 쥬루쿠니치(16일)라 해서 묘지 앞에 일가친척이 모여 죽은자의 영혼을 모시고 풍작을 기원한다. 2월에는 '피안제(彼岸祭)'라는 행사가, 3월에는 하마우리라는 행사가 있는데 마을 사람 모두가 바닷가로 모인 가운데 여자들은 바닷물로 몸을 정화하는 예식을 거행한다.

4월에는 해충 구제 날(아부시바레), 5월에는 산신제(야마우간), 7월에는 오봉 마쓰리 등이 있고 그 외의 달에는 칠석이나 어린아이의 건강과 자손의 번창을 비는 시누구, 해신제(운자미), 조상의 영혼을 영접하기 위해 노래하고 춤추는 의식인 에이사 등 많은 행사가 있다.

11월에는 무—치—라는 명절이 있는데, 10센티미터 정도의 가는 떡을 복숭아 잎에 싸서 쪄낸 것을 불의 신이나 불전 혹은 마룻바닥 신에게 바치거나 처마나 천장에 매달아놓기도 하고 먹기도 한다. '귀신의 다리를 불에 태워버리자!(우니누히사야키요!)'고 외치면서 떡을 데친 물을 집 안 구석구석과 문 앞에 흩뿌리기도 하는데 이는 한 해 동안의 악귀나 불행을 막는 의식이다.

오시로 사다토시는 이처럼 소설 곳곳에 일본 본토와 다른 오키나와의 전통을 드러내고 있다. 이와 함께 그의 작품은 오키나와 방언인 '우치나구치(沖繩口)'를 효과적으로 사용하고 있다. '시와산케(걱정하지 마세요)', '안야사야(그러게 말이야)', '니게 두 시와와세(바라는 일이 곧 행복)' 등 '우치나구치'의 사용은 일본어(표준어)와 오키나와어가 다르다는 자의식의 반영이다. 오시로 사다토시는 그의 평론집인 『저항과 창조』에서 오키나와 문학의 특징 중 하나로 오키나와어를 꼽고 있다. 오키나와 문학의 본질을 규정하는 요소 중 하나로 오키나와어의 문학적 재현 가능성에 주목하는 그의 이러한 태도는 소설 속에서 그대로 드러난다. 그는 오키나와 소설과 시문학을 관통하는 오키나와어를 '시마코토바(島言葉)'로 명명하면서 일본 문학과 다른 오키나와 문학의 독자성을 말하고 있다.[3]

오키나와의 전통과 언어를 통해 오키나와 사람들의 삶을 그리고 있는 오시로 사다토시가 또 하나 주목하는 것은 단연 오키나와 전후 문제이다. 이를 이해하기 위해서는 독립왕국이었던 류큐국이 일본에 병합되는 '류큐처분'부터, '태평양전쟁' 당시 벌어졌던 '오키나와전쟁', 그리고 미군 점령과 1972년 '일본 복귀' 이후 미군기지 주둔에 이르기까지, 오키나와가 직면한 현실적 모순을 설명할 필요가 있다. 오시로 사다토시는 오키나와 문학의 배경을 다음과 같이 설명하고 있다.

오키나와는 전후 일본 본토와 분리된 채 미군정의 통치를 받은 특이한 역사를 지니고 있다. (…) 복귀 뒤인 지금, 이 좁은 땅덩이에 일본 전체에 주둔하고 있는 미군기지의 4분의 3이 존재한다. '태평양의 요석(要石)'이라면서 군사 우선 정책이 시행된 데다 오키나와 사람들의 기본적인 인권마저도 침해당하는 여러 비극이 발생하고 있다. 그리고 무엇보다 오키나와가 일본 본토와 크게 다른 것은 이전 전쟁에서 유일하게 주민들마저 휘말려버린 지상전이 벌어졌고 오키나와 현민의 3분의 1 가까이가 전사했다는 점이다. 이처럼 오키나와만의 역사는 당

---

3) '우치나구치(沖繩口)'는 오키나와 방언을 뜻하는 오키나와어이다. 오키나와 방언은 크게 북류큐와 남류큐 방언으로 나뉜다. 같은 오키나와 방언이라고 하더라도 북쪽의 아마미오섬이나 서쪽의 이리오모테섬의 방언은 큰 차이가 있다. '시마코토바'는 이처럼 다양한 오키나와 섬 지역의 말들을 통칭하는 용어로 쓰인다. 우리말로 '섬 말' 정도로 번역할 수 있다. 오키나와 방언이 일본 본토와 다른 독자적인 언어 체계로 존재하듯이 '시마코토바'는 단일한 방언 체계로 수렴될 수 없는 오키나와 언어의 다양성을 드러낸다. 이러한 오키나와 방언의 다양성을 문학 작품에서 구현하고 있는 대표적 작가로는 사키야마 다미를 들 수 있다.

연히 표현 분야에서도 일본 본토와 미묘하게 다른 점을 빚어냈다고 생각한다. 특히 자신이 태어난 시대와 직면하여 맞서 싸우면서 그 고뇌와 모순을 분명하게 드러내려고 하면 할수록 오키나와의 독자적인 역사와 복잡한 상황이 크나크게 눈앞을 가로 막아선다. 문학을 하는 이들이 이러한 고난의 궤적을 살피고 문제의식을 분명하게 하는 것은 의미가 있는 일이다.[4]

이러한 진술에서 알 수 있듯이 오시로 사다토시의 문학은 전후 오키나와가 직면해야 했던 현실적 모순에서 출발한다. 일본 영토에서 유일하게 지상전이 벌어졌던 오키나와전쟁의 참혹함과 전후 미군정 통치부터 시작된 미군기지 주둔의 문제를 총체적으로 마주하려는 그의 문학적 태도는 오키나와의 독자성에 주목하면서도 전후 동아시아의 냉전체제를 동시에 겨냥한다. 그런 점에서 오키나와가 직면한 현실적 모순의 시작인 오키나와전쟁은 그의 문학의 뿌리라고 할 수 있다.

오시로 사다토시를 비롯해 오키나와 문학을 이해하기 위해서는 간단하게나마 오키나와의 역사를 알 필요가 있다. 오키나와는 오랫동안 일본 본토에 속하지 않고 독자적인 국가를 유지해왔다.

---

4) 오시로 사다토시(大成貞俊), 『저항과 창조—오키나와 문학의 내부 풍경(抗いと創造-沖繩文學の內部風景』, コールサック社, 2019.

1879년 이른바 '류큐처분'으로 일본 메이지 정부에 편입되기 이전까지 '류큐왕국'으로서 해상 교류를 활발하게 하고 있었다. 일본 메이지 정부가 오키나와현을 설치할 때 내세운 명분은 일본 민족의 통일과 근대화였다. 하지만 오키나와는 1920~1930년 대공황 시기에 '소철지옥'이라는 극심한 경제위기를 겪게 된다.[5]

오키나와 사람들은 일자리를 찾아 일본 본토나 하와이, 심지어 남미까지 이주한다. 이후 일본의 아시아 침략이 노골화되고 '태평양전쟁'이 발발하면서 오키나와는 전쟁의 한복판으로 들어가게 된다. 태평양에서 일본군과 치열한 전투를 벌이던 미국은 과달카날과 이오섬 전투 이후 1945년 3월 대규모의 오키나와 상륙 작전을 펼친다. 오키나와전쟁은 태평양전쟁 당시 가장 많은 희생을 치른 전투로 기록되는데 이 전투에 동원된 인원은 미군이 54만8000명, 일본군이 11만 명, 지역 주민 40만 명이었다. 미군의 폭격은 3개월 가량 계속됐고 미군의 상륙 이후에 치열한 전투가 벌어지면서 수많은 사상자가 발생했다.

오키나와전쟁 사상자는 21만 명 이상으로 여기에는 12만 명 이상의 오키나와인들이 포함되어 있었다(오키나와전쟁에서는 일본인과 오키나와인뿐만 아니라 오키나와에 강제로 끌려갔던 조선인 군부와 '위안부' 등 조선인들의

---

5) '소철지옥'은 독이 들어 있는 소철의 독을 뺀 후에 전분으로 만들어 먹어야만 할 정도로 식량난을 겪었다는 의미이다.

피해도 컸다. 당시 사망한 조선인을 1만 명 정도로 추정한다). 일본의 패전 이후 오키나와는 일본 본토로 귀속되지 않고 미군정의 지배를 받았다. 그러다가 1972년 5월 15일 오키나와는 일본으로 복귀하게 된다.[6] 하지만 '일본 복귀' 이후에도 일본 전체 미군의 75% 이상이 오키나와에 주둔하면서 여러 사회문제와 직면한다. 전쟁과 미군 점령, 그리고 미군기지까지, 오키나와가 지나온 역사는 오키나와인들의 정체성에 큰 영향을 미쳤다. 오시로 사다토시를 비롯해 오키나와 현대문학이 오키나와 전후의 문제에 민감한 이유도 바로 이러한 역사적 배경이 있기 때문이다.

오시로 사다토시는 자신의 시대를 외면하지 않는다. 시대의 모순과 정면으로 마주하고자 한다. 그의 말처럼 문학(언어)을 통해 말하려 하는 사람이라면(일본어 원문에는 '표현자'라고 되어 있다) 오키나와가 거쳐온 삶의 궤적과 모순을 드러내려 하면 할수록 오키나와가 가지고 있는 현실적 모순과 직면하지 않을 수 없다. '표현자(表現者)'로서의 그 한계를 분명히 직시하고자 하는 작업, 그것이 그의 문학의 출발점이라고 할 수 있다.

---

6) 오키나와 역사에 대한 개괄적 설명은 개번 매코맥·노리마쯔 사또코, 『저항하는 섬, 오끼나와』, 정영신 옮김, 창비, 2014와 아라사키 모리테루, 『오키나와 이야기─일본이면서 일본이 아닌』, 김경자 옮김, 역사비평사, 2016을 참조했다.

전쟁의 비극에도 빛나는 반딧불이 같은 희망

소설 전반부의 평온했던 소스 마을 사람들의 생활은 오키나와전쟁이 벌어지면서 점점 비극저 상황으로 치닫게 된다. 전쟁을 "산 너머 저편, 바다 건너 먼 곳에서 일어나는 일"로 여겼던 소스 마을 사람들에게 전쟁이 갑작스럽게 찾아온다. 겐타를 비롯해서 일을 할 수 있는 마을 남자들 모두에게 영장이 나온 것이다. 아버지 겐타와 마을 어른들이 전장으로 떠나자 다이이치는 커다란 불안을 느낀다. 그것은 아버지가 죽을 수도 있다는 불안이었다. 게다가 엄마 시즈에의 나병도 깊어가고 있었다. 어린 나이에 감당하기 어려운 두려움을 다이이치는 애써 잊으려 하지만 쉽지 않았다. 아버지의 출정 이후 시즈에의 병색은 깊어갔다. 시즈에는 더 이상 집에 머물면서 가족들에게 피해를 줘서는 안 된다고 생각하고 시어머니 다에에게 집을 나가고 싶다고 말한다. 가족들의 만류에도 시즈에는 갓난쟁이 사치코와 다이이치, 미요 3남매를 남겨두고 집을 나가 바닷가 오두막에서 혼자 지내게 된다. 졸지에 부모와 헤어지게 된 다이이치는 깊은 슬픔에 사로잡힌다. 어머니 시즈에의 나병과 전쟁, 어린 나이의 다이이치에게는 감당하기 어려운 두려움이었다.

전쟁은 냉혹했다. 다이이치의 친구 고사쿠가 미군 비행기의 기총사격으로 사망한 것이다. 두 아들이 집으로 돌아올 것이라고 생각하면서 마지막까지 버티던 할아버지 겐스케도 이 일로 결국 피난을 결심한다. 산속의 피난 생활은 처참했다. 남은 친구 소노코가 독사에 물려 죽고 여동생 사치코마저 고열에 시달리다 세상을 떠나 버린다. 열 살 다이이치에게 죽음은 이미 일상이 되어버렸다. 미군이 상륙하기 시작하면서 겐타 역시 전쟁의 광풍에 휘말린다. 오키나와 본섬에서 이에지마로 끌려간 겐타는 계속된 미군의 함포 공격에 시달린다. 승산이 없는 전쟁이었다. 겐타와 동료들이 갖은 고생 끝에 만든 비행장은 이미 미군의 폭격으로 파괴됐고 일본군은 변변한 저항조차 하지 못하고 있었다. 함께 끌려간 동료들이 죽고 미군이 이에지마에 상륙하자 겐타는 목숨을 걸고 가족들이 있는 본섬으로 탈출을 시도한다. 하지만 겐타의 탈출은 끝내 실패한다.

오키나와전쟁은 전후방이 따로 없었다. 미군의 함포사격과 직접적인 상륙 지점에서는 처절한 전투가 벌어졌고 그렇지 않은 지역에서는 미군의 상륙을 피해 소개 작전이 벌어졌다. 일부 섬에서는 미군의 공격보다 말라리아로 인한 희생이 더 많았다. 오키나와인들에게는 미군뿐만 아니라 일본군들도 공포의 대상이었다. 오키나와전쟁에서 일본군은 민간인을 방패막이로 사용하였다. 오키나와어를 쓴다는 이유로 스파이로 몰려 살해당하는 주민들도 있었다. 투항을 권고하는 삐라를 가지고 있다가 처형되기도 했다. '강제집단사'[7]를 강요받기도 했다. 아버지가 아들을 살해하고 스스로 목숨을 끊는 일도 있었다. 이른바 '전진훈(戰陣訓)'을 지키기 위한 무모하고 어이없는 죽음이었다.[8]

『생명의 강, 시이노 가와』가 전쟁을 다루는 방식은 대단히 사실적이다. 에둘러가거나 알레고리로 빠지지 않는다. 어떤 부분에서는 건조한 역사 서술처럼 오키나와전쟁의 전개 과정을 보여준다. 성큼성큼 전쟁의 한복판으로 독자를 끌고 간다. 소설 전반부에서 유장한 호흡으로 오키나와 대자연과 그 자연의 품속에서 살아가는 소스 마을 사람들을 그렸던 것과는 사뭇 다르다. 전쟁이 파국으로 치달을수록 평화로웠던 소스 마을 사람들의 일상이 더 크게 다가오는 이유가 여기에 있다. 전쟁 전후의 극명한 대비를 통해 오키나와전쟁의 비극성은 강화된다.

『생명의 강, 시이노 가와』는 사치코의 죽음 이후 전쟁의 한가운데를 살아가야 하는 다이이치와 미요의 모습을 보여주면서 끝이 난다. 이 소설에서 가장 슬프면서도 아름다운 장면 하나를 꼽는다면 바로 이 부분이 아닐까 싶다.

---

7) '강제집단사'는 흔히 '집단자결'이라고 말한다. 미군의 오키나와 공격 직후 일본 군인들의 강요에 의해 오키나와 주민들이 집단으로 사망한 일이 있었다. 오키나와 본섬 동쪽의 요미탄촌과 게라마제도에서도 이와 유사한 '강제집단사'가 있었다. '집단자결'이라는 용어는 1950년 『오키나와타임스』가 펴낸 『철의 폭풍(鐵の暴風)』에서 사용되었다. '집단자결'이라는 말에는 스스로 죽음을 선택했다는 의미가 담겨 있기 때문에 최근에는 '강제집단사'라는 용어를 써야 한다는 주장이 설득력을 얻고 있다.

8) '전진훈(戰陣訓)'은 1941년 1월 8일 일본 육군대신 도조 히데키(東條英機)가 시달한 훈령. '살아서 포로가 되는 치욕을 당하지 않는다'라는 내용이 담겨 있어서 군인과 민간인 등의 옥쇄와 자결의 원인이 되었다는 해석도 있다.

우메코 고모는 미요와 함께 바위처럼 굳은 채 서서는 먼 곳을 바라보고 있다. 두 사람이 눈도 깜빡이지 않고 응시하고 있는 걸 수상쩍게 여긴 다이이치는 서둘러 강물 밖으로 나와 두 사람에게 달려갔다. 다이이치가 다가온 것을 알아챈 미요가 먼 곳을 가리키며 말했다.

"반딧불이, 반딧불이가 날아가고 있어…."

다이이치는 눈을 크게 뜨고 미요가 가리키는 방향을 본다. 반딧불 같은 무수한 빛이 깜빡깜빡거리며 날아오르는 게 분명히 보였다.

"사치코가 반딧불이가 되어서 날아가는 건가 봐…."

미요가 이렇게 말하며 다이이치와 우메코 고모를 봤다. 미요가 가리킨 곳은 가족들이 사치코의 돌무덤을 만든 곳인데 그 위로 희미한 불빛이 깜빡이고 있는 게 보였다. 그 가운데 큰 불빛 하나와 작은 불빛 하나가 있었고 작게 보이는 불빛은 마치 큰 불빛의 손에 이끌려가듯 크게 좌우로 흔들리며 올라갔다. 품에 안겨 올라가는 것 같기도 했고 식구들과의 작별을 아쉬워하는 것 같기도 했다. 다이이치와 미요는 가만히 그 빛을 바라봤다.

"엄마가…."

우메코는 말을 하려다가 입을 다물었다. 우메코의 말은 갑자기 수면 위로 뛰어올라온 물고기 소리에 가려져 다이이치와 미요에게는 들리지 않았다.

산의 나무들은 어두운 밤하늘을 그대로 옮겨놓으려는 듯이 소리를 내며 언제까지나 흔들리고 있었다.

다이이치와 미요는 동생 사치코를 묻은 곳에서 반딧불이가 날아다니고 있는 광경을 목격한다. 두 남매는 반딧불이 불빛을 사치코라고 여긴다. 작은 불빛 옆으로 큰 불빛 하나가 보인다. 마치 아이를 어르는 불빛을 바라보면 남매는 숨죽인다. 함포사격과 기총소사가 일상이 되어버린 전장에서 이 장면은 마치 시간이 멈춰버린 듯 고요하다.

전쟁에서 모든 죽음은 느닷없다. 갑자기, 생각지도 않은 순간, 죽음은 모두를 겨냥한다. 거칠고 재빠른 창처럼 죽음은 막무가내이다. 전쟁이 공포스러운 것은 죽음의 발포가 마구잡이이기 때문이다. 전장에서 죽음은 나이를, 성별을 가리지 않는다. 성품을 따지지도 않는다. 선악을 묻지도 않는다. 죽음만이 목적인 듯 죽음만이 파국인 듯 죽음은 스스로를 터뜨린다.

일상이 되어버린 죽음 안에서 반딧불이는 고요롭고 환하다. 채이태도 살지 못하고 세상을 떠난 사치코는 이승의 삶을 기억하기는 할까. 한 번도 엄마 품에서 응석을 부리지 못한 아이의 죽음은 어떤 모습으로 빛나는 것일까. 그리고 사치코의 옆에서 흔들리는 큰 불빛은 과연 누구의 영혼일까. 아이들을 만나기 위해 이에지마에서 탈출하다가 세상을 떠난 아버지 겐타일까. 아니면 미군 비행기의 기총소사로 세상을 떠난 친구 고사쿠일까. 그도 아니면 독사에 물려 세상을 떠난 소노코일까. 사치코 옆에서 흔들리는 불빛이 누구의 영혼인지는 소설을 다 읽으면 짐작할 수 있으리라.

『생명의 강, 시이노 가와』의 마지막 대목을 읽다 보면 서정적이면서도 비극적인, 전쟁을 이야기하되 슬픔에 빠지지 않으려는 서늘한 긴장이 느껴진다. 마지막 부분의 시간적 배경만 보면 오키나와전쟁이 끝나려면 5개월이나 남았다. 더 큰 파국이 이들 남매를 기다리고 있는지 모른다. 하지만 이 장면이 있기에 두 남매가 끝까지 살아남기를, 끝내 살아남아서 오키나와전쟁을 기억하고 말할 수 있기를, 반딧불이처럼 빛나고 빛나는 삶을 이어가기를 기대하게 되는지도 모른다.